바람난 의사와
미친 이웃들

바람난 의사와 미친 이웃들

니나 리케 지음 — 장윤경 옮김

팩토리나인

엘라 그리고 알바에게

화려하게 꾸며진 일상의 허울 뒤에
작고 못된 요정 하나가 잠복하고 있다.
우리는 그를 고의적으로 묵과하며
육욕의 활력을 깨운다.

그러면서 모든 예의와 품위를
주기적으로 꾸준히 무너트린다.
예의 바르고 품위 있는 이들도
결코 예외는 아니다.

__도메니코 스타르노네*

* 도메니코 스타르노네의 책 《스케르제토Scherzetto》 중에서

차례

감사의 말

1

조금 특별한 진료실

동네 주민들 마음속 잠재의식의 흐름을 주치의만큼 잘 아는 사람은 없다. 나는 건강한 사람들이 각종 신문 머리기사와 인터넷상에서 권하는 것은 되도록 철저히 지킨다. 글루텐과 유당을 먹지 않으며 설탕도 피한다. 그들은 빵이나 치즈를 먹지 않으면 모든 것이 원상 복구된다고 말한다.

중년에 다다른 사람들은 자신이 왜 항상 피곤한지 이해하지 못한다. 그 이유는 늙어가기 때문이다. 그러나 이리 말하면 다들 자신이 그런 나이에 해당되지 않는다고 생각한다. 마찬가지로 죽음 또한 자신과 무관하다고 여긴다. 보통 자신은 예외이며 특별한 경우일 거라고. 그들은 아무 결함 없이 몸이 작동한다고 확신하기 때문에 어느 날 돌연 몸이 제 기능을 하지 않으면 크게 놀란다. 하루아침에 어처구니없는 배변 실수를 저지르거나, 잠을 조절할 수 없거나, 근육이 말을 듣지 않는 날이 오면 말이다.

마흔일곱의 환자는 "그리 많은 나이는 아니지 않은가."라고 말한다. 그럼 나는 적지 않은 나이라고 답하곤 한다. 마흔일곱은 지금처럼 계속해나가기 어려울 만큼 충분히 많은 나이라고. 하지만 중년의 환자들은 인정하려 들지 않는다. 그들은 이제까지와 다름없이 하던 대로 계속 해나가려 한다. 그러면서 인터넷을 뒤적여 특별한 주스나 초록색 가루를 주문한다. 특이 알레르기나 식품 불내성을 이겨내겠다며 다른 음식물을 생략하고 털 있는 동물을 멀리하기도 한다.

환자들은 내 말을 들으려 하지 않는다. 천천히 접근하라고, 현재에 만족하며, 균형 잡힌 식사를 하고, 몸을 움직여야 한다는 등의 조언을 결코 귀담아듣지 않는다. 나는 이제 더 이상 끊임없이 전하고 싶은 마음이 없다. 그들 또한 더 이상 끊임없이 들을 마음이 없다. 이는 거스를 수 없는 진실이다. 그리고 진실은 지루하다.

금요일 아침 8시 5분 전이다. 5분 뒤에는 눈사태가 밀려들 것이다. 어느 동료의 표현대로 적군들을 안으로 들인다. 오늘도 나는 그 모든 세월을 지나 보내고, 여전히 여기 책상 앞에 앉아 있

바람난 의사와 미친 이웃들

다. 솔리 플라스 광장 근처 주택구역에 위치한 2층짜리 공동 개원 병원의 진료실에. 문득 바깥에 있는 사람들이 도대체 왜 나를 보겠다고 기다리고 있는지 이해되지 않는다. 그들은 내가 있는 곳으로 들어오기 위해 직장에서 월차까지 내고 왔다.

그러니까 대체 왜? 나의 머릿속은 텅 비어 있다. 책상 위에는 종이 몇 장이 널려 있고, 컴퓨터 모니터가 놓여 있으며, 그 옆에 청진기 하나가 자리하고 있다. 저쪽 편에는 바퀴 달린 기계 하나가 서 있다. 뒤편 창문 왼쪽에는 책과 잡지로 가득한 책장이 있으며, 맞은편 벽에는 인체 모형이 그려진 포스터가 붙어 있다. 누가 봐도 의사 진료실처럼 보인다. 하지만 이들 모두가 어디에 필요한 물건인지, 안에서 무슨 일이 일어나야 하는지, 또 무엇이 벌어지기를 기대하는지 모르겠다.

나는 왜 여기 있는 걸까. 의사는 어디 있는 걸까. 바로 내가 이 진료실의 의사란다. 전부 오해임이 틀림없다. 어쩌면 그저 먼지처럼 아무도 모르게 자취를 감춰버릴 수도 있다. 화장실에 가는 것처럼 사람들 사이를 살금살금 빠져나간 다음 그대로 사라지면 된다.

하지만 세상이 이미 나에게 초점을 맞추고 있다. 나는 입구 쪽으로 걸어가 문을 활짝 열며 첫 번째 환자를 부른다. 다시 흐름을 타고 평소처럼 자연스럽게 행동한다. 이어서 바로 장갑을 끼고는 손가락에 윤활제를 바른다.

환자용 간이침대 위에 한 남자가 누워 있다. 바지를 무릎 까지 내리고 있는 그에게 다가가 엉덩이 두 쪽을 잡아 벌린다. 그 순간, 나는 그가 볼일을 마치고 제대로 닦아내지 않았음을 눈과 냄새로 알아차린다. 그렇다. 그는 아예 닦지 않았다. 치질과 항문 가려움증으로 의사를 찾아가 진료받는다는 것을 알면서도 그대로 왔다.

나에게 이런 일은 문제가 되지 않는다. 전문가답게 치질이라 진단 내리고 침착하게 손가락 하나를 집어넣는다. 그곳에 이르러 직장과 전립선을 더듬어 찾는다. 그런 다음 손가락을 빼 장갑을 벗으며 세면대로 향한다. 외과수술처럼 철저하게 손을 씻고, 소독제를 세 번 펌프질하면 끝이 난다.

"창문을 좀 열어도 괜찮을까요."라고 나는 말한다. "잠깐 여기를 환기해야 해서요."

그사이 그는 옷을 입었다. 자리에 앉은 모습은 지극히 평범한 시민처럼 보인다. 붉고 푸른 혹과 씻지 않은 항문은 반듯하게 주름 잡힌 바지 아래 숨겨져 있다.

"죄송해요. 하지만 당장은 혼자 닦을 자신이 없거든요. 혹시나 뭔가를 터트릴까 두려워서요."

"그럼요, 괜찮아요."

괜찮지 않아. 토레가 입을 연다.

토레는 실물 크기의 해골 모형으로 세면대와 출입문 사이 구석에 서 있다. 플라스틱으로 만들어진 그는 이 공간에서 벌어지는 모든 일을 바라보는 유일한 목격자이다. 맨 처음 그를 사들였을 때, 나는 재미 삼아 그에게 검은 중절모를 씌웠다. 당시 나는 의사와 환자 사이에 유머가 중요하다 여기며, 웃음이 치료에 효과적이라는 생각으로 그를 거기 두었다. 그때 얼마나 열심이었냐면 세상과 의료서비스를 바꾸려 했을 정도니까.

우리에게 환자는 전부였다. 그 외에도 뭐가 많았다. 스스로를 예외라고 생각했다. 이 병원은 무언가 특별하고 비범해야 한다고 말이다. 어쩌면 모두를 몰아붙여 매일 아침 일어나도록 만드는 것은 우리가 예외적 존재라는 확고한 믿음 때문일지도 모른다.

괜찮지 않아. 전혀, 절대. 계속해서 토레가 말을 잇는다. 화장지를 적셔 조심스럽게 닦아낼 수도 있었어. 그것 말고도 아주 수많은 방법이 있지. 도착하기 전에 세븐일레븐에 잠시 들러 물티슈를 사다 닦을 수도 있었어. 그런데 그는 아무것도 하지 않았어. 따끈따끈한 오물이 묻은 엉덩이를 모르는 사람 얼굴 앞에 내밀 수 있다니 정말 대단하지 않아? 그것도 능력이라면 능력이지. 그런 능력이 있다면 못 할 것도 없겠어. 더 숨길 것도 없을 거야. 지하실의 시체 같은 비밀스러운 무언가도 없을 남자야. 안 그래?

환자에게 운동과 수분 섭취, 식이섬유에 대해 말하는 내 목소리를 듣는다. 동시에 토레의 격앙된 목소리를 비롯해 몇 분 전까지 공간을 가득 채운 강렬한 냄새를 몰아내려 애쓴다.

대학에서 공부하는 동안 나는 한 요양원에서 일했다. 그곳에서 무엇이든 철저히 분리하는 법을 익혔다. 불과 일주일 만에 인체와 휠체어에서 배설물을 제거한 다음, 구내식당에서 미트볼이 들어간 빵을 아무렇지 않게 먹을 수 있었다. 나는 방수천으로 된 칸막이를 여기와 저기, 과거와 현재, 그리고 나와 환자 사이에 설치해두었다.

오늘날 나는 그 무엇도 제대로 소화하지 못한다. 주변 모든 것과 이루었던 리듬이 해가 지나며 낡고 약해져버렸다. 이들을 서로 분리하는 나의 능력 또한 점점 떨어지는 듯하다. 몇 년 전만 해도 자연스레 일어나던 일들을 이제는 적극 붙들고 씨름해야 한다.

나는 망막에 비친 지난날의 모습을 밀어내려 애쓴다. 연고와 좌약에 대해 이야기하고 컴퓨터에 처방전을 띄운다. 하지만 그 모습들은 계속해서 어딘가로 나아가며 갈수록 더 고약해진다. 아니, 말로 형용할 수 없을 정도로 변해간다.

날카로운 이로 치핵을 깨물어 피와 변이 뿜어져 나오는 모습이 보인다. 대체 이건 어디서 온 걸까? 예전에는 이러지 않았다. 변이 뒤엉킨 치질보다 훨씬 심한 것도 경험했다. 사람들의 상처를 수없이 다루고 치료했다. 인체에서 나오는 모든 체액을 보았으며, 인간이 풍길 수 있는 모든 냄새를 맡아보았다. 나는 원래 대소변 정도로 당황하거나 흔들리지 않는다. 그러나 쳐놓은 칸막이가 엉성해서 모든 것이 마구 빠져나오려 한다. 정신을 차리

바람난 의사와 미친 이웃들

지 않으면 곧 어마어마한 사건이 벌어질 것이다. 이어지는 결과는 빤하다. 더 이상 여기 머물지 못할 것이다. 그럼 어떻게 될까. 이 진료실과 유니폼이 내게 남겨진 마지막인데.

안심해도 돼. 토레가 말을 꺼낸다. 사건은 이미 오래전에 지나갔잖아.

'하지만 여기서는 아니잖아.' 내가 답한다. '여기선 아직 아무 일도 일어나지 않았어.'

치질이 진료실을 떠난다. 나는 진료기록을 정리한 다음 문을 열며 다음 환자를 부른다. 복도에는 안경을 쓴 꽁지머리 남자 하나만 앉아 있다. 눈이 마주치자 그가 머리를 흔든다. 대기실까지 찾아가 이름을 불러보지만, 휴대폰에서 눈을 떼는 사람은 없다.

진료실로 들어가려 하자 꽁지머리가 무언가 요구하는 눈빛으로 바라본다. 그의 눈빛은 이런 말을 하고 있다. '앞에 환자가 나타나지 않은 거라면 내가 들어가도 될까?' '아니, 그럴 수 없어.' 나는 온몸으로 말한다. 이제 스스로에게 작은 휴식을 허락하기로 한다. 이 정도는 마땅히 누려도 된다며.

예전이었다면 그를 불러들였을 것이다. 일정표대로 통제를 유지하고, 전체를 조망하며, 상황을 분주히 해치우는 식으로. 하지만 얼마 전에 깨달았다. 내가 얼마나 일을 빨리하든, 얼마나 많은 환자를 담당하든 마찬가지라는 것을 말이다. 흡사 수도꼭지를 틀어놓은 듯이 흐르며 멈추지 않았다. 일은 끊임없이 이어졌다. 그리고 끝은 결코 오지 않았다.

나는 책상에 앉아 허공을 빤히 바라본다. '다 잘될 거야.' 이런 생각이 막 떠오를 정도로 안정을 찾아가고 있다. '하루 중 주어진 짧고도 자유로운 순간을 그저 차분히 보내자. 이건 나에게 아주 중요해.' 그런데 그때 휴대폰이 진동으로 요동친다. 생각해보니 전화는 이미 울린 적이 있다. 내가 손가락으로 그 치질 환자 엉덩이를 뒤적일 때도 한 번 있었다.

액정 화면에는 읽지 않은 메시지들이 줄줄이 늘어서 있다. 그 가운데 다수는 비에른이 보낸 것이다.

잘 지내는 거지, 왜 답을 안 해?

이 문자메시지에 나는 답을 하지 않는다. 어제 거의 답하지 않았듯이 오늘 밤에도 그럴 것이다. 메신저 앱을 훑는 동안 그가 보낸 메시지가 연신 뜨는 장면을 목격할 테니까. 무려 새벽 3시나 4시에도 다르지 않으리라.

이건 나의 새로운 전술이다. 답하지 않기, 다가가지 않기. 어제 오후부터 고수하고 있다. 늘 그렇듯 엄지는 액정 위에 올라가 있지만 그럼에도 문장은 만들어지지 않았다. 내가 무엇을 써야 하는지, 무슨 답을 기다리는지, 이 모두가 대체 무슨 의미인지 모르는 채로.

나는 그냥 해보자는 생각으로 전화기를 책장 틈에 놓았다. 어쨌든 전술은 먹힐 것이라며. 답하지 않은 상태로 시간이 흐르자 차츰 평온해졌다. 그러면서 문득 화가 났다. 아무것도 하지 않는 것이 최선이라는 사실을 파악하기 위해 반세기가 넘는 세월을 보내야만 했다니 어쩐지 억울하다.

하지만 지금 너는 숨을 필요가 없어. 토레가 말한다. 그는 내가 계속해서 맞서 싸우기를 원한다. 그렌다의 집에 머무는 악셀과도, 결혼 생활로 돌아갈 비에른과도. 또 여러 차례 악셀과 대화를 주고받은 그로와도. 그녀가 악셀과 대화를 나눴다는 이야기는 내가 답하지 않은 그녀의 메시지에 담겨 있다.

내가 보기에 요즘 그 사람, 잘 못 지내는 것 같아. 어제 그로는 나에게 이렇게 적어 보냈다. 그녀는 자기 전남편에 대해서도 이런 주장을 했다. 그리고 다음 문장이 이어졌다. **누군가 대화할 사람이 정말 필요해 보여.** 수백만 년이 넘은 그럴듯한 핑계는 어디에든 이용될 수 있다. 그녀의 말은 곧 이런 뜻이다. '그는 내가 필요해.'

눈앞에 그녀를 그려본다. 한때 나의 이웃이자 술친구로 저택에 홀로 앉아 있는 그녀를. 또한 거기 그렌다의 연립주택에 혼자 앉아 있는 악셀을. 그러다 문득 장면 하나가 떠오른다. 우리가 있는 주방으로 악셀이 들어올 때마다, 그로가 매번 의자를 고쳐 앉던 모습이. 아마 그녀는 의식하지 못했을 것이다. 의식했다면 감추었을 테니까.

거기에 맞서 뭘 할 건데. 토레가 묻는다.

'맞서다니, 어디에?'

그로는 지금 이 순간 악셀 옆에 누워 있을지 몰라. 네가 절반의 값을 치르고 그와 함께 들어 올린 위층 침대 위에.

'나도 모르겠어. 나에게는 경쟁 본능이 없나 봐. 만약 기근이 온다면 아마 내가 제일 먼저 굶어 죽을걸.'

너는 뭔가를 해야만 해. 너무 늦어지기 전에.

'내가 뭘 할 수 있을까? 모든 일은 그저 제 갈 길을 따라 흘러가. 내가 지금 뭔가를 시도하면 더 나빠지고 말 거야. 그럼 나는 그들 사이가 타오르는 데 마찰이나 유발하겠지.'

좀 기다려봐. 두 사람은 각자 머무는 데다 배우자와 떨어져 있어. 이보다 적절한 상황은 없지. 식탁은 이미 차려져 있어. 빛을 싫어하는 불륜을 향해 온 세상은 열렬히 저주를 퍼부어. 불륜은 서류와 계약, 부동산을 거스르지. 지금 두 사람 사이에 싹튼 무언가를 세상이 열광에 가깝도록 박수 치며 응원하는 셈이라고.

'그래서 뭐.'

그리고 비에른은……. 토레가 계속해서 파고든다. 내가 반응하지 않자 그는 눈에 띄게 불만족스러운 태도를 이어간다. 비에른은 어떻게 된 건데?

'비에른은 그가 모시던 여왕 린다에게 돌아가 있어. 다시 말하면 둘 사이는 종속 관계라는 뜻이기도 하지. 복종과 속박을 향한 갈망이 크기 때문에 그녀에게 돌아간 거야. 미국에서 남북전쟁이 끝난 뒤에 노예들은 농장을 떠나려 하지 않았어. 그리

이상한 일은 아니야. 오히려 뭔가 담겨 있을지 모를 무수한 것들이 더 이상하고 조심스럽지.'

　몇몇 메시지들이 악셀에게서 날아와 있다. 옷장에 있는 당신 옷가지들을 더 이상 참고 볼 수 없어. 그가 적었다. 악셀은 역시나 일찍 일어났다. 그가 메시지를 하나하나 보낼 때마다 점점 격앙되는 모습을 보는 일이 썩 나쁘지 않다. 이것들을 여기 두고 싶지 않아. 더 이상 참을 수 없어. 쓰레기봉투에 담아 차고에 갖다놨으니 언제든 와서 가져가. 단, 집 안으로는 들어오지 마.
　순간 집은 이제 그의 것이라는 생각이 떠오른다. 이 생각은 나의 맥박을 결코 올리지 않는다. 그렌다의 집을 돌보던 지난 모든 나날 동안, 나는 청소와 수리에 다락과 지붕을 확장하며 시간을 보냈다. 그리고 지금 나는 여기 앉아 있다. 그 집은 그냥 주어버렸다. 물론 조건이 하나 있다. 집의 소유권은 딸들에게 넘어가도록 설정돼 있으며, 악셀은 집을 담보로 한 푼도 빌릴 수 없다. 아이들에게는 미리 묻지 않았지만 그럼에도 그러기로 되어 있다.
　침착하게 행동하면 벌어질 일들은 자연스럽게 흘러간다. 그 와중에 악셀에게서 막 메시지 하나가 도착한다. 그 또한 십중팔구 일하고 있을 시간에 날아오니 왠지 위협으로 다가온다. 구멍에서 기어 나온 지렁이가 빛을 향해 머리를 내뻗는 것처럼. 이다가 어제 전화해 묻더라. 이번 여름에 언제 발레르섬에 가냐고.

번역하면 이런 뜻이다. '우리는 조만간 딸아이들과 대화를 해야 해. 무슨 일이 벌어졌는지 그들에게 설명해야 하거든. 네가 나서지 않으면 내가 하게 될 거야. 그럼 나는 내 버전을 우선 전하게 되겠지.'

나는 역시나 답하지 않는다. '아이들에게 그냥 당신 버전부터 말해버려, 이 사람아. 여기 있는 나는 어쨌든 나쁜 년일 테니까.'

토레가 말한다. 하지만 조만간 대답은 해야 해. 대화도 나누고 처리도 해야지. 그나저나 네 버전은 어떤 내용이 담겨 있는데? 네가 전할 최종 버전은 대체 뭔데?

토레는 그만의 독특한 방식으로 쳐다보며 말을 이어 간다. 악셀이 알아주지 않아서 네가 애인을 하나 구했다고? 악셀이 크로스컨트리에 관심을 너무 쏟아서 부정한 인간이 되었다 뭐 그런 식의 이야기? 아니면 비에른의 눈빛에서 스물둘의 삶을 되찾아 부적절한 관계에 발을 들이게 되었다고? 우리는 이번 생밖에 없으니까 그저 내키는 대로…….

'아, 조용히 좀 해.'

아니면 단순히 신물이 나 그랬다고? 신물이 차고 넘치도록 올라와 아이들에게 복잡한 이름을 선사할 준비가 돼 있었다고. 앞으로 평생 그 이름을 가지고 살도록 말이야. 내가 뭐 또 잊은 게 있나?

나는 답하지 않는다. 그러자 토레가 말을 잇는다. 악셀이랑 잘 지냈잖아. 아니면 뭐가 있었나? 그때 여름날의 오후를 떠올려

　　　　　　　　바람난 의사와 미친 이웃들

봐. 아이들이 정원에서 뛰어놀고 그런다 여기저기를 돌아다니던 날. 너희는 밥을 먹고 주방을 같이 치웠지. 날이 너무 더워 너는 짧은 원피스만 걸친 상태였어. 그러다 슬립을 벗어버리고 주방으로 뛰어갔지. 너의 구릿빛 허벅지는 악셀을 사로잡기 충분했고, 그는 이미 네 안으로 들어왔어. 두 사람은 주방에 서 있었고, 바깥에는 이웃과 아이들이 있었지. 언제든 누군가 들어올 수 있었어. 어쩌면 둘의 모습은 지나가던 이들에게 포착됐을지 몰라. 아이들이 노는 동안 서로의 몸에 몰두하는 매력적인 부부였으니까. 너희는 설거지를 해치우고 한 차례 더 했지. 한번 생각해봐. 예전 삶에서 네가 모든 걸 얼마나 당연하게 여겼는지 말이야. 만족하지 않았어?

　'그랬지. 만족스러웠어. 그렇지만 나는 무엇도 당연시하지 않았어. 오히려 그 반대였지. 나는 내 안에 자리한 공허함을 어떻게 왔을까 싶을 정도로 여태껏 끌고 왔어. 그렌다에서 그토록 오랜 시간을 참아낸 끝에 너무도 당연한 것이 되었지. 두려워했던 모든 일이 결국 현실이 되었어. 여기 지내며 매일 저녁 안락의자를 펼치고 이부자리를 정돈하는 삶이 나에게 더 어울리고 맞는 일처럼 느껴져. 마치 지난 모든 시간이 여기 이곳으로 향하는 길이었던 것처럼 말이야.'

2

어쨌든 일어날 일들에 관하여

새로운 시대를 매기기 시작한 첫날 밤, 나는 진료용 간이침대 위에 뜬눈으로 누워 있었다. 그러면서 솔리 플라스에 도착해 다시 출발하는 전차들의 소리를 들었다. 마지막 열차는 거의 1시 30분쯤 덜컹거리며 지나갔다.

휴일이 끝난 다음 날은 버스를 타고 이케아로 갔다. 거기서 펼치면 침대로 쓸 수 있는 안락의자를 샀다. 또한 커다란 쓰레기통도 하나 마련했다. 그 안에 침대 시트와 이불 그리고 베개를 구겨 넣었다.

세 번째 날 저녁, 누군가와 이야기하고 싶은 절박한 욕구가 들었다. 대상이 누구든 주제가 무엇이든 상관없었다. 나는 불쑥 나타난 청소부를 붙들고 대화를 시도했다. 그녀의 삶에 대해 꼬치꼬치 캐물었다. "아이가 있었어요?" 나는 그녀가 질문에 영어로 답하는 모습을 바라보다. "네, 이름은 마리아예요. 다섯 살이구요. 아이는 지금 폴란드에 있는 할아버지 할머니와 살고 있어요. 물론 너무 보고 싶죠."

그녀를 귀찮게 하지 마. 토레가 말했다. 그때 처음으로 그가 말하는 소리를 들었다. 순간 나는 아무런 반응을 하지 않았다. 너무나도 많은 일이 동시에 일어나고 있었다. 구석에 서 있는 낡은 플라스틱 해골과의 대화는 지극히 자연스럽게 이루어졌다.

잠시 후 나는 그의 말에 대답했다. 마음속으로만 했지만 흡사 살아 있는 사람에게 하듯이.

'나는 이 폴란드 여인의 인생에 관심이 없어. 노르웨이에서는 충분히 교육받은 사람들도 종종 밑에서 발견되곤 해. 청소부나 이삿짐 운송업자, 페인트공이나 바닥 연마공처럼 말이야.'

너의 병원을 청소하기에 그녀는 너무 아까워. 더구나 지금 너는 사적인 정보를 캐묻고 있잖아.

'그래도 대답을 해주는걸.'

다른 길이 없으니까. 그녀는 청소부야.

'그녀와 담소를 나눌 땐 순전히 선의로 다가갔어. 혼자서 자기 속을 내리 들여다보는 것도 지겨웠고. 지칠 정도로 뚫어져라 보면 아무것도 남지 않거든. 모든 것 뒤에서 다른 뭔가를 발견하게 되는 법이지. 그리고 다시금 뒤에 또 다른 뭔가가 있어. 이

건 절대 끝나지 않아.'

지금 나는 거의 3주 가까이 여기 살고 있다. 안락의자라는 이름이 붙은 소파 베드는 딱딱하고 불편하다. 매일 밤 대략 한 시간에 한 번꼴로 잠에서 깬다. 그래도 시계가 5시를 가리킬 즈음이면 몸을 일으킨다. 4시는 밤이고 5시는 아침이니까. 지금은 4시 15분이니 4시 20분까지 기다려야 한다. 그래야 비로소 화장실에 갈 수 있다. 유니폼을 재빨리 걸치고 살금살금 걸어서 말이다.

이처럼 이른 시간에도 동료와 마주친 적이 있다. 그때 나는 그녀와 마찬가지로 일찍 출근한 것처럼 행동했다. 조금 더 이른 시간에 도착한 사람처럼 어떤 해명이나 변명도 없이. '불평하지도 변명하지도 마라.'* 그러면서 체념한 듯 안타까운 시선만을 던졌다. 우리 가정주치의들이 밤낮없이 일하는 날이 와버렸구나 하면서.

"자기가 조화를 무너트렸어." 최근에 그들 중 하나가 나에게 말했다. "항상 여기 있잖아. 이사라도 온 거야?"

"맞아." 내가 답했다.

"우리 모두 항복하고 옮겨 와야 하지 않을까. 빠를수록 더 좋을걸."

---

* 에스터 퍼렐의 서적 《우리가 사랑할 때 이야기하지 않는 것들》 중에서 일부 인용.

우리는 히죽거리며 웃었다. 하하. 무언가를 감추고 있는 사람은 가능한 진실에 충실할 필요가 있다. 이는 분명 시도할 가치가 있는 일이다. 진실을 말하면 무엇이 일어나나 기다려보자. 아무것도 일어나지 않았다. 동료는 그저 고개를 끄덕여 인사하고 가던 길을 갔다.

나는 이미 여기 진료실 세면대에 소변을 보기도 했다. 볼일을 마친 다음 침구를 치우고 침대를 접어 평소처럼 안락의자를 만든다. 물을 마시고, 이를 닦고, 창문을 활짝 연다. 사람 하나가 방 안에서 자면 냄새가 나게 마련이니까.

이어서 구내식당으로 살금살금 걸어가 커피 한 잔을 가져온다. 커피머신은 켜지 않는다. 적어도 평일에는. 대신 전기주전자로 인스턴트커피를 끓인다. 아무것도 넣지 않고 진하게 마신다. 전에는 커피에 우유를 넣었다. 하지만 우유 또한 침대처럼 누릴 수 없는 사치라 생각되어 넣지 않기로 결심했다. 그뿐 아니라 하나를 덜면 내가 생각하는 것도 그만큼 줄어든다.

구내식당에서는 누군가를 마주칠 위험이 높아진다. 아래층에 있는 병원 사람들과 식당을 공동으로 사용하기 때문이다. 한번은 이른 아침에 식이장애 전문의사가 조리대 앞에 서 있었다.

"좋아 보이네요." 그녀가 말했다. "살이 좀 빠진 것 같은데?"

"그럴 가능성이 있죠."

"비결이 뭐예요?"

"밥을 먹고 나서 매번 목구멍에 손가락을 집어넣는 거예요."
내가 답했다. 그리고 우리는 함께 웃었다.

'유머는 중요해' 진료실로 돌아오는 길에 혼자 생각했다. '웃음은 중요하지. 웃으면 인간에게 유익한 물질들이 분비……'

입 다물어. 내가 돌아오자 토레가 말했다. 그 입 당장 닫으라고.

매일 아침 5시와 8시 사이 나는 라디오를 듣는다. 커피를 마시면서 온갖 서류 다발을 처리한다. 채혈 검사 결과들을 살펴보며 2차 분석을 하고 병원에 서면 보고를 한다. 피곤해서 머리가 컴퓨터 자판 위로 툭 떨어질 지경이다. 그래도 하루 중 가장 좋은 시간이기도 하다.

창문 너머 첫차 소리가 들린다. 첫 번째 전차가 덜컹거리는 동안, 나는 사회보장 당국과 보험 기관에 보낼 진료 보고서를 쓴다. 날이 갈수록 치밀하고 상세해지는 서식 용지의 빈칸을 조목조목 채워나간다. 그러면서 아주 조용히 NRK P1의 라디오 프로그램을 듣는다. 이른 아침에는 신경계가 마음의 파동을 허락하지 않는다. 나머지 시간에도 충격적 소식이나 시시한 광고는 허용하지 않으며, 오래된 혹은 새로운 음악 정도만 잔잔하게 듣는다. 오로지 나라에서 지원하는 편집되고 인가된 소리만.

"다 잘될 거야." 라디오에서 조용히 웅얼거리는 소리가 들린다. "다 잘될 거야."

전에 나는 어려운 진찰을 마치고 나면 악셀에게 물어보곤 했다. "정말 괜찮을 거라 생각해? 그 환자가 당장 수술받지 않아도?" 그는 항상 이렇게 대답했다. "그럼 다 잘될 거야. 당연히 잘되고말고."

이제 나는 그에게 물을 수 없다. 만약 악셀에게 그런 문자를 보낸다면 지금 같은 상황에선 선전포고로 이해될지 모른다. 내가 잘될 권리를 박탈당하지 않은 채 영원히 보장받으려는 사람처럼 보일 테니까.

이따금 나는 악셀에게 메시지를 보내 무언가를 이야기하고 싶은 충동을 느낀다. 무슨 말이든 상관없이. 내가 전에 말했던 어느 환자에 대한 소식을 전하면 혹시나 악셀이 관심을 가지지 않을까. 그러면서 이미 손안에 휴대폰을 쥐고 있다. 그 순간 더 이상 선택지가 없다는 생각이 머리를 스친다.

나는 스스로에게 묻는다. 너 대체 무슨 일을 저지른 거냐고. 이어서 도움을 찾아 주변을 두리번거린다. 기억과 대답, 벌어진 사건들을 한데 모아본다. 그리고 결론에 이른다. 어쨌든 일어날 일은 일어난다. 내가 맡아 진료하는 어느 부부처럼.

그들에게는 원인 모를 선천성 심장 결함을 지닌 아들이 하나 있었다. 결국 그는 세상을 떠나고 말았다. 어쨌든 일어날 일은 일어나는 법이다. 그리고 그들의 경우는 그랬지만 나의 경우는 아닐지도 모른다.

처음에 나는 아침마다 숨을 헐떡이며 일어났다. 그래서 숨을 쉬려면 잠시 동안 태아처럼 웅크린 자세로 누워 있어야 했다. 그때마다 매번 생각했다. 이제 끝난다. 이제 죽는다. 세 번째인가 네 번째 날에는 악셀에게 전화를 걸어 내게 할당된 우리 집 지분을 가져도 된다고 말했다. 보다 정확히 말하면 철회할 수 없도록 그에게 문자를 보냈다. 만약 다음 날 아침 그런 발작이 일어났다면 혼자 이렇게 말했을 것이다.

"지분을 그에게 넘겼는데 이제 뭐라고 전화하지."

그때까지 악셀은 내가 여기 들어온 이후 전화를 걸지도 받지도 않았다. 그러나 이 문자를 보낸 다음에는 곧바로 전화를 걸어왔다.

그날 우리는 그렌다에 있는 집 식탁에 마주 앉았다. 그의 얼굴 표정은 환하게 피어 있었다. 마치 단독 소유주인 듯이 집주인이 꽤나 어울렸다.

그와 나는 변호사가 새로 작성한 양도증서에 서명을 했다. 달라지는 것은 없었다. 달라질 이유도 없었다. 적어도 딸들은 부모의 집을 계속 소유하게 되었다.

악셀이 내세운 반론 중 하나는 나에게 무엇도 지급할 수 없다는 것이었다. 이는 충돌 당시 드러난 첫 번째 입장 표명이었다. 여기서 그는 확실히 보여주었다. 즉, 악셀의 초점은 돈과 부동산에 있었다. 그의 이런 면을 떠올릴 때마다 목근육의 긴장은 잠시나마 느슨해졌다.

바람난 의사와 미친 이웃들

아침마다 나타나던 발작은 사라졌다. 하지만 매매계약서, 변호사, 토지등기 같은 현실적인 것들을 처리하고 나면 곧바로 다시 찾아왔다.

그게 무슨 말인가 하면, 두려움 없는 아침을 위해 네가 대략 50만 크로네를 치렀다는 뜻이지. 토레가 말한다. 아니면 비에른과의 불법적인 섹스 대가로 20만 크로네를 지불했다고 해야 하나. 이 말이 더 적절해 보이는데.

나는 대답하지 않고 토레는 계속한다. 이건 밑 빠진 독에 물 붓는 짓이야. 절대 가득 채워지지 않아. 네가 뭘 하든 또 얼마를 퍼주든 상관없이. 언제 깨달을 건데? 그 죄책감은 네가 태어날 때부터 있던 감정이고, 무덤에 들어갈 때까지 따라다닐 거야. 너는 감정을 데리고 살아가는 법을 배워야 해. 그런 엉뚱한 일들을 하지 않으려면 말이야. 사람들이 자기 슬픔을 품고 살아가는 것처럼 한 걸음씩 천천히.

나는 여전히 답하지 않는다. 그러자 토레는 다른 관점으로 접근을 시도해본다. 네가 집을 넘겨버린 걸 도저히 이해할 수 없어. 어쩜 그렇게 어리석을 수 있지. 덕분에 너는 네가 쥐고 있던 협상의 토대 일부를 잃었어.

나는 협상의 토대 따위를 갖고 싶지 않다. 협상 같은 단어를 사용하는 곳에 있고 싶지도 않다. 또는 부부 회복 같은 표현이 있는 곳에도.

최근에는 발작 증상이 대낮에 찾아온다. 나는 몸을 구부려 두 손을 무릎에 의지하면서 폐 속으로 공기가 차도록 숨을 들이마신다. 몸은 발작을 무한히 버텨낼 수 없다. 몸에 한계가 있다는 것은 위안이기도 하다. 한계에 다다르면 거기서 발작이 멈추기 때문이다.

'모든 힘을 동원해 낙천적인 상태를 유지하는 게 중요해.' 거울에 비친 내 모습을 향해 말한다. 인간의 두뇌는 사고와 감정을 비롯한 모든 활동으로 새로운 궤도와 틀을 만들 수 있다. 이는 양방향으로 작동한다.

하지만 우울함은 점차 만성으로 가는 법. 처음에는 우울함에 빠지는 일이 꽤나 솔깃할 수 있다. 그렇더라도 한번 둥지를 틀면 벗어나기란 저지하기보다 더 어렵다. 이건 내가 환자들에게 하는 말이기도 하다.

"긴장을 풀고 여유를 가지세요. 현재에 만족하세요. 균형 잡힌 식사를 하세요. 그리고 몸을 움직이세요."

나는 혼자 미소를 지어본다. 잇몸이 다 보일 정도로 입을 크게 벌리면서.

'너는 다 잘될 거라고 믿어?' 토레에게 묻는다. 하지만 그는 답이 없다. 그저 거기 가만히 서 있다. 입이 귀까지 걸린 해골 특유의 오만한 미소를 띠며. 이어서 나는 대학 시절 어느 교수가 했던 말을 떠올린다. '내면 깊은 곳에서 우리는 항상 웃고 있다.'

내가 말한다. '악셀은 지나칠 정도로 스키를 많이 타러 갔어.

이거 하나는 확실하게 주장할 수 있어. 하지만 설명이 없으면 아무것도 아니야. 영웅도 없고 악당도 없지.'

그래도 너희 둘이 잘 지냈잖아. 아니면 뭐가 있었나. 토레가 다시 그르렁거리며 입을 연다.

'악셀은 잘 견뎌낼 거야. 우리도 잘 이겨낼 거구. 불륜을 극복하는 게 우리만 겪는 유일한 경험은 아니니까. 심지어 나중에 가서 더 잘 지내는 부부도 있대.'

얼마 전 네가 읽은 인터뷰를 생각해봐. 거기서 부부 상담 전문가에게 물었지. 식상해진 부부관계를 위해 의사로서 바람을 권하는지 말이야. 그 전문가는 이런 답을 내놓았어. 암이랑 크게 다르지 않다.* 너도 지금 완전히 전이된 채로 항암효과가 있기를 바라고 있잖아.

악셀은 내가 여기 사는 걸 모른다. 거짓말은 하지 않았다. 단지 정보를 보류하고 있을 뿐이다. 지난 한 해 동안 그랬듯이. 그런 까닭에 그는 내가 오스카스 게이트에 위치한 어머니의 집에 머문다고 생각한다. 그리 생각하는 것이 당연하다. 어머니가 요양원에 들어간 이후 집이 비었으니까.

매일 저녁 나는 그곳으로 들어가 살지 고민한다. 오스카스 게이트의 집에선 여기와는 전혀 다른 여유를 누릴 수 있다. 그뿐

---

* 에스터 퍼렐의 서적 《우리가 사랑할 때 이야기하지 않는 것들》 중에서 인용.

아니라 제대로 된 침대가 둘이나 침실에 나뉘어 있다. 하지만 나는 매일 저녁 여기 머문다. 여기처럼 일시적인 곳은 그 자체로 어딘가 매혹적이다. 더불어 무언가 금지된 곳이니까. 어쩌면 그래서 더 매혹적일지 모른다. 레이더망에 걸리지 않게 몰래 움직이는 어린아이 같은 즐거움은 어른의 세계에 속하지 않는 법이다.

말했듯이 나는 밤마다 깊게 잠들지 못한다. 그래도 낮에 여유 시간이 몇 분이라도 생기면 진료용 간이침대에 눕곤 한다. 검진대 발걸이에 다리를 올리고, 아래턱 밑으로 침을 흘리며, 그 어느 때 어느 곳에서보다 깊이 잠을 잔다.

그럼 왜 밤에는 간이침대에 눕지 않는 걸까? 저 진료용 간이침대에 두 다리를 올리고 잠드는 프로그램이 전혀 먹히지 않기 때문이다. 지금 해야만 하는 처방전이지만 이상하게도 밤이면 거기서 잠들지 못한다. 나도 모른다. 왜 그러는지. 간이침대에서 잠들려면 부득이하게 반대로 생각해야 한다는 것, 즉 내가 하지 말아야 하는 무언가를 생각해야 한다는 것 정도만 안다.

'아, 정말 이러면 안 돼.' 속으로 나는 생각한다. '지금 여기 누울 수 없어. 바깥에 환자들이 앉아 있잖아. 문을 안쪽으로 활짝 열어놓고 압박하고 있잖아. 진료기록을 새로 업데이트해야 해. 또 나는 당장…… 해야 해.' 그리고 보통 이런 순간에 잠이 들어 버린다.

나는 지금 50이 넘었다. 그럼에도 이런 어린아이 같은 고집을 다시 부린다. 어린 자아의 일부가 내 안 어딘가에 깊이 잠자고 있는 것처럼. 이제 막 일어나 어른 자아를 한입에 삼키려는 것만 같다.

3

XX마이웨이

나는 간이침대에서 잠깐 눈을 붙이기로 한다. 잠들었다는 것
조차 기억 못 하더라도 누군가 문을 두드리면 깨어날 테니까.

"2초만!" 크게 외치며 세면대로 돌진한다. 찬물을 얼굴에 끼
얹으며 벽에 걸린 시계를 보니 고작 10분이 흘렀다. 나는 여전
히 정해진 시간표 안에 돌아간다. 곧이어 꽁지머리를 한 남자가
내 앞에 앉는다.

"오늘은 무엇을 도와드리면 될까요?" 나는 미소 지으며 묻는
다. 어디선가 읽었는데 남성과 여성이 똑같이 행동해도 여성의
행동이 더 퉁명스럽게 인식된다고 한다. 동일한 분위기를 풍기
려면 여자들은 더 자주 웃고 더 많이 끄덕여야 한다. 다른 한편

바람난 의사와 미친 이웃들

으로 우리는 남자들보다 더 오래 산다. 머리도 잘 빠지지 않는다. 앞에 앉은 남자처럼 여자들 머리가 30대에 접어들며 대거 빠진다면 어마어마한 봉기가 일어날지 모른다.

꽁지머리는 미소에 화답하지 않는다.

"심리상담사에게 가져갈 소견서가 필요해요." 그는 안경알 너머로 공처럼 동그란 눈을 뜨고 말한다.

"아, 그러시군요. 하지만 소견서를 작성해드리기 전에 환자분이 조금 더 자세히 이야기해주셔야 해요. 무슨 이유로 심리상담사의 도움이 필요하신지 말씀해주시겠어요?"

그들을 유심히 살펴보자. 그들의 말에 귀를 기울이자. 이를 배우기 위해 나는 오랜 세월이 걸렸다. 몇 해 전인가 당시 흔히들 하듯이 상담 내용을 딕터폰이라 불리는 구술 녹음기에 기록해 들었다. 그러다 한번은 까먹어서 다음 상담이 모조리 녹음된 적이 있다.

맨 처음에는 어디서 새된 소리가 나는지, 누구에게서 비롯된 소리인지 전혀 파악하지 못했다. 바로 그날까지 어떤 이유에서 인지 몰라도 스스로를 훌륭한 청자라 착각하고 있었다. 환자의 말을 귀담아듣는 사려 깊은 의사라고 말이다. 나의 이상은 노르웨이 국영 철도의 차장이었다. 타인을 도울 준비가 되어 있으면서도 부담스럽지 않게 친절한 사람.

귀가 째질 듯한 음성은 광기 어린 까마귀의 잘난 체로 들렸다. 나는 방 안을 쨍쨍 울리는 것도 모자라 환자에게 건넨 농담에 혼자 웃고 있었다. 더불어 상대에게는 말할 기회를 좀체 주지 않았다. 아니, 오히려 그의 말을 끊거나 하려던 말 뒷부분을 내가 마무리하고 있었다.

마침내 나는 환자가 대화를 포기해버리는 순간까지 들었다. 흡사 망치로 뒤통수를 얻어맞은 기분이었다. 이처럼 극심한 간극이 또 어디 있을까. 내가 바라보는 나와 타인에게 비치는 나 사이의 틈은 대체 왜 이리도 넓고 깊은 것일까?

그날 이후로 나는 환자들의 말을 경청하려 애썼다. 그러면서 이야기를 마무리하도록 내버려두는 것이 얼마나 새롭고 낯선 일인지 알게 되었다. 그들은 일단 말을 시작하면 끝까지 하고, 결코 중단하지 않으며, 더 이상 할 말이 없을 때까지 계속한다. 처음에는 마디마디 끊고 싶어 온몸이 근질거렸다. 입을 다물기 위해 내 모든 힘과 인내심을 들여야 했다. 그러다 끝내 안개가 걷히는 듯한 느낌이 찾아왔다.

하지만 꽁지머리는 말하려 하지 않는다.

"제가 우울해서요."

그는 먼저 이메일로 부탁을 시도했었다. 문득 머릿속에 이런 생각이 떠오른다. 다른 많은 환자처럼 나를 일종의 문지기로 여기는 것은 아닐까. 다시 말해 나는 진짜 전문의에게 가는 길목을 지키는 사람인 것이다. 나의 소견서는 가정주치의가 쓰는 형식적 절차로 이메일이나 문자를 통해 얼마든 처리가 가능하다.

하지만 그리 단순한 일이 아니기 때문에 나는 그에게 병원으로 찾아오라고 부탁했다.

"그 우울함이 어떤 식으로 나타나는지 구체적으로 설명해주실 수 있나요? 어디에서 비롯됐다고 생각하시는지, 왜 그렇게 느끼시는지 등등……"

그의 손목은 하얗고 가느다라며 거무스름하게 털이 나 있다. 몸은 비쩍 말랐으며 옷가지는 꽤나 낡아 보인다. 또한 그에게선 왁스 비슷한 냄새가 나는데, 아마도 감지 않은 두피에서 풍겨나는 듯하다. 이에 더해 코를 찌르는 생선 비린내 냄새도 난다. 정어리인가?

나의 후각은 최근 몇 년 동안 점점 날카로워졌다. 덕분에 얻은 건 별로 없다. 이 몸은 그저 속수무책 껍데기일 뿐이다. 우리는 껍데기 속에 들어앉아 안에서 바깥세상을 바라본다. 몸은 우리가 살아가는 새장으로 이유도 모른 채 횃대를 흔들게 된다.

그리고 이 남자는 지금 심리상담사를 찾으려 한다. 우리 시대의 만트라를 따르면서. 심리치료를 받아라. 상담사를 찾아가라. 차라리 이런 주문이었다면 어땠을까. 머리를 조금 더 자주 감아라. 정어리를 먹고 나선 이를 닦아라.

게다가 이젠 또 다른 냄새도 느껴진다. 요즘 사람들은 잘 씻지 않나 보다. 이 냄새는 무언가를 떠오르게 한다. 뭐였더라. 나는 번뜩 깨닫는다. 악셀이 세탁기에서 운동용품을 꺼내지 않았을 때 이런 냄새가 난다. 정확히 말하면 썩은 것과 곰팡이가 혼합된 냄새다.

'이런 냄새가 났었지. 악셀이 운동용품을 잊어버렸을 때……'

토레가 끼어들며 말을 고친다. 너는 이제 악셀과 그렌다에 살지 않잖아. 지금은 여기 살고 있지.

'하지만 우리는 아직 결혼한 상태야. 헤어지지도 않았어. 그 어디에도 서명하지 않았다고.'

아, 아니다. 양도증서에는 사인을 했다.

꽁지머리가 나를 바라본다.

"왜 그러시는데요? 그냥 소견서만 써주시면 안 되나요?"

꽁지머리는 선생이다. 변호사와 의료인 다음으로 환자들 가운데 가장 까다로운 직업군 중 하나로 꼽히는 교사. 보통 교사들은 자기가 키를 잡고 주도하려 들기 때문이다. 더 정확히 말하면 진료를 힘들게 하는 부류이다. 그들은 대개 건방지며 자기 할 말만 한다.

"제가 말을 하면 저를 좀 보세요." 지난주에 찾아온 변호사는 나에게 이렇게 말했다. 그녀는 내 딸들과 비슷한 또래였다. 변호사들은 법률과 규정 위를 날아다닐 만큼 세상에 훤하다. 의사들은 자신이 할 수 있는 것이나 알고 있는 것이 얼마나 적은지 알기 때문에 진료가 쉽지 않다. 다행히 대부분의 의사는 의사를 찾아가지 않는다. 나 역시 가지 않는다.

"그렇게 쉽게 해드릴 수는 없어요. 소견서를 작성하기 전에 진단을 하고 평가를 내려야 해요. 우선 기본적이고 중요한 것부터 시작할게요. 밤에 잠은 잘 주무시나요. 식사는 잘 하시나요. 잘 씻으시나요?"

꽁지머리는 눈을 이리저리 굴린다.

예전에 사람들이 의사에게 가졌던 존경은 대체 어디로 간 걸까? 아, 그 존경심이 그립다. 나는 새로운 시대가 너무 싫다. 소비자가 중심에 서 있으며, 서비스와 양질이 도처에 널린 시대. 잘 먹어 기름이 줄줄 흐르고 입맛이 까다로운 사람들은 복지국가의 안락함에 파묻혀 더 많은 혜택을 요구한다. 나는 그들이 자기 주치의와 병원을 고를 수 있는 현실이 너무 싫다.

그렇다. 오늘날 사람들은 마음대로 고를 수 있다. 하지만 우리 뇌는 이 모든 결정을 내리기에 적합하도록 만들어지지 않았다. 나는 인터넷도 문자도 이메일도 싫다. 쓰잘머리 없는 온갖 헛소리들. 또한 사람들이 스스로 알고 있다 믿는 것들도 싫다. 온 세상에 가득한 그 부푼 자신감 말이다. 이 땅에는 지나친 겸손이 철칙처럼 군림한다. 다시 말하면, 실제로는 지극히 적은 겸손이 자리한다는 뜻이다. 이게 문제다.

"제가 환자분을 심리상담사에게 보내려면 왜 심리적 도움이 필요한지 알아야 해요. 환자분의 진료기록과 소견서에 적어야 하거든요. 그래서 여쭤보는 거예요. 환자분의 일상을 조금 더 이야기해주실 수 있는지. 왜 심리상담사의 도움이 필요하다고 생각하시는지."

꽁지머리는 한숨을 내쉬며 허리를 펴고 앉아 손가락을 세기 시작한다.

"저는 잠을 제대로 못 자요. 제가 하는 일이 싫어요. 친구가 하나도 없어요. 운동에도 흥미가 없구요. 미친 사람처럼 이리저리 뛰어다니는 건 체면에 어긋나는 일이에요. 여자들은 저에게 호감을 보이지 않아요. 적어도 제가 원하는 사람들은 다 반응이 없어요. 저는 학생들이 싫어요. 그리고 같은 블록에 사는 이웃도 싫어요. 개들은 보도 위에 똥을 싸고, 사람들은 목줄을 채우지도 않아요."

"아, 그렇군요. 그럼 혼자 사시나요?"

"네. 요즘 여자들은 엄청 까다로워요. 가만히 앉아서 체크리스트를 보며 평가하죠. 1점 차로 떨어져도 결국은 똑같아요. 안녕이라는 말이죠."

이야기하는 내내 그는 나를 쳐다본다. 안경알 너머로 휘둥그레진 눈이 위아래로 움직이다 빠르게 나의 가슴께에 고정된다. 멍하니 바라보는 그의 태도가 너무 자연스러워 그런 식으로 응시하는 것이 전적으로 내 잘못인 듯 보일 정도다. 모든 것이 그의 통제에서 벗어나 있으며, 이 세상은 그가 얻지 못한 것을 갚아야 할 의무가 있는 듯 보인다.

여기서 오늘날의 시대정신이 드러난다. 우리 모두는 돌려받을 빚이 있다고 생각한다. 그러면서 서로를 불쌍히 여긴다.

꽁지머리는 내 젖꼭지에 대고 이야기를 늘어놓는다. 데이팅 앱을 통해 여자들을 만났지만 아무것도 되지 않았다고 말이다.

"그 이유가 어디 있다고 생각하시나요." 나는 질문을 건네며 의사 가운과 속셔츠, 브라를 한껏 들어 올린다. 동시에 내 가슴을 살짝 꼬집으며 혀로 이리저리 움직이고 싶은 충동을 억누른다.

해봐. 한번 해봐. 토레가 말한다.

그러는 대신 스스로를 붙잡기 위해 두 손을 단단히 고정시킨다. 꽁지머리가 요즘 여자들이 얼마나 까다롭게 따지는지 상세히 전하는 동안. 그렇다고 그가 나이 많고 볼품없는 과체중에 속하는 것도 아니다. 얼핏 말했듯이, 그를 원하는 여성들이 존재한다. 그중에는 동료 교사도 있다. 문제는 그가 그녀들을 원하지 않는다는 것이다. 우리 꽁지머리는 특별히 선호하는 스타일이 있기 때문이다. 오늘날 젊고 예쁜 여자들은 남자를 선택할 때 외적인 특징보다 유전자와 지능을 더 중시하는 듯하다.

그가 말하는 동안 나는 느리고 오만하며 비음 섞인 목소리에 귀를 기울인다. 그러면서 도시의 밤에 혼자 있는 그를 상상해본다. 독선적이며, 투덜거리고, 고약한 냄새가 나는 이 남자를.

곰곰이 생각에 잠긴다. 매력도 인기도 행운도, 아니 불행이나 고통도 사람들에게 결코 골고루 나뉘어 있지 않다고. 나를 찾아오는 환자들 중에는 암, 고독, 정신적 고통, 교통사고, 약물남용, 자살, 염색체 이상에 엄습당한 가족들이 있다. 한편 기껏해야 팔 하나가 부러지거나 편두통 정도만 있는 가족들도 있다. 또한 사랑스러운 환자들이 있는가 하면 이 남자 같은 환자들도 있다. 인생의 벽에 부딪힐 때 제대로 처신하는 법을 모르는 사람들 말이다.

토레가 말한다. 이 남자는 심리상담사가 필요하지 않아. 그에게 필요한 건 교양 있는 행동거지를 위한 기본 수업이지. 샤워하기, 깨끗한 옷 입기, 양치질하기. 그리고 제발 그 망할 놈의 꽁지머리 잘라내기.

'가장 많이 필요로 하는 사람은 대개 가장 적게 얻곤 하지.' 나는 토레에게 답한다. 지금 나는 체력이 한계에 다다랐기 때문에 괜히 흥분하지 않도록 정신을 차려야 한다. 되도록 남자에게 공감하려 애쓰면서 남은 상담을 마치기만 하면 된다. 그리하여 계속해서 이 문장을 머릿속에 주입한다. '가장 많이 필요로 하는 사람은 대개 가장 적게 얻곤 한다.' 그러나 소용이 없다. 벌떡 일어나 고함치고, 책상을 뒤집으며, 한바탕 욕을 날리고 싶은 바람이 좀처럼 수그러들지 않는다.

나는 다른 묘책을 쓰기로 한다. 즉, 이 남자가 암에 걸렸다고 생각하며 행동하기로. 그것도 골 전이암에. 가여운 녀석! 아직 이렇게나 젊은데!

이 아이디어는 언젠가 내가 어느 추도사를 읽을 무렵 떠올랐다. 대부분의 추도사가 그러하듯 망자에 대한 찬사로 가득한 글이었다. 망자가 생전에 얼마나 비현실적이고 환상에 가까운 성품이었는지, 추도사 안에 얼마나 많은 안도감이 담길 수 있는지 눈여겨보았다. 행과 행 사이, 문장 하나하나에 들어찬 무제한적인 경의는 이 사람이 우리 가운데 살지 않는다는 사실에서 생겨난 안도감에 있을지 모른다고.

어쩌면 죽음은 깨끗이 씻어내는 목욕일 수 있다. 병의 종착역은 시선을 들어 모든 것을 보다 관대하게 보도록 한다. 우리는 왜 건강한 사람들에게 이 묘책을 쓰지 않는 걸까. 왜 죽음 직전이나 죽음 이후에만 사용하는 걸까. 복잡한 일상 한가운데서 요령을 활용하지 않는 이유는 무엇일까.

죽음을 둘러싼 성스러운 빛은 관에서 새어 나오는 거무스름한 빛을 막아선다. 매장으로 모든 것은 고양된다. 장례식장에서 곰팡이 냄새와 돌출된 안구처럼 사소한 것에 흥분할 생각은 거의 들지 않듯이.

기대와 요구를 저버리는 세상에 대한 꽁지머리의 강연이 10분간 이어진다. 나는 더 이상 견디지 못하고 소견서를 써준다. 봉투를 건네자 그는 바라보지도 고맙다는 말을 전하지도 않는다. 이런 환자들을 나는 별로 좋아하지 않는다. 자기 뜻대로 하는 사람들. 병원을 위해선 그들이 있어야 하므로 그저 받아들일 뿐이다.

4

어느 날 손가락이 인사했다

왜 여기 있는 걸까. 예전에는 어땠을까. 여기서 나는 어느 노년 남자의 운전 능력을 테스트한다. 또는 어느 중학생 아이에게 진단서를 끊어준다. 혈액검사 용지를 들여다보며 해당되는 모든 칸에 가위표를 한다. 진료기록을 업데이트하고 문을 열어 환자를 불러들인다.

이어서 다음 환자. 하지만 끊임없이 들어오는 휴대폰 메시지에는 답을 하지 않는다. 지금까지 나는 왜 이렇게 하지 않았을까. 이토록 간단하게 그저 답하지 않으면 될 일을. 아무런 논쟁도, 주고받는 말도 없다. 거의 하루 내내 침묵하고 있다. 그럼에도 오래전부터 시내 중심가의 모든 소음으로부터 떨어져 있는 기분이

든다. 숲속에 난 희미한 오솔길 위에 홀로 있는 것만 같다.

이 고요 속에서 질문들이 떠오른다.

'모든 것은 언제부터 시작되었을까. 나는 어떻게 여기 내려앉게 되었을까.' 마지막으로 결코 사소하지 않은 질문 하나. '언제쯤 나는 다른 결정들을 내리게 될까.'

1989년생 여성 환자 하나가 부인과 검사를 받기 위해 나타난다. 그녀는 정상적으로 행동한다. 사실 대부분의 사람이 정상이다. 그들은 자신의 최선을 다한다.

그렇지 않아. '토레, 대부분은 최선을 다해. 우리 모두가 그래.' 그리고 음지보다 양지가 더 따뜻하지. 토레는 답을 하고는 더 이상 말하지 않는다.

어쩔 수 없이 가까스로 이야기하도록 밀어붙인다. 정확히 1년 전 금요일 밤에 시작되었다고. 설령 많은 것이 그보다 더 오래전부터였다고 말하고 있지만 말이다. 그날 저녁 움직이기 시작한 것은 무수한 선으로 엮인 방대한 그물망 속에 있는 하나의 점. 보다 구체적으로는 소파에 누워 스스로 정상적이라 여긴 삶의 한가운데서 휴대폰 버튼 하나를 누르며 시작되었다. 가정주치의로 보낸 모든 세월을 통해 나는 알아야만 했다. 세상에 정상적인 일상 그리고 정상적인 삶은 없다는 것을.

"어머." 비에른의 얼굴이 화면 위에 뜨자마자 생각했다. 아직 살아 있다고? 거의 30년 가까이 그와 만나지도 연락을 주고받지도 않았다. 그의 사진 밑에는 버튼 같은 것이 있었다. 한 손에는 전화기를, 다른 한 손에는 와인 잔을 들고 있는 사진이었다. 전에 내가 나를 위해 장만한 금붕어 잔만큼 크고 둥근 잔이었다. 환자들에게 "하루 와인 한 잔은 건강에 좋아요. 저도 그러거든요."라고 말할 때마다 불필요한 거짓말을 하지 않기 위해 마련한 커다란 잔.

그리고 나는 버튼을 눌렀다. 당시만 해도 몰랐다. "당신이 알수도 있는 사람"이라고 뜰 때 사진 아랫부분을 클릭하면 바로 친구 요청 메시지가 보내진다는 사실을.

그 무렵 나는 페이스북을 비롯해 다른 소셜미디어에 대해 아는 것이 없었다. 그래서 비에른이 자발적으로 나와 친분을 맺길 원한다고 생각했다. "비에른 님이 친구 요청을 수락했습니다." 라는 메시지를 받고 나서야 비로소 무슨 일이 벌어졌는지 명료해졌다. 하지만 그때는 이미 너무 늦어버렸다.

그다음에는 "비에른 님이 손을 흔들어 인사했습니다"라는 말과 함께 흔들리는 손바닥 하나가 나타났다. 그 손은 너무도 활기차게 왔다 갔다 흔들려서 나는 단순히 멈추기 위해 '손 흔들기' 버튼을 눌렀다.

그러니까 네가 먼저 연락을 시작한 거네. 토레가 말한다. 네가 자발적으로 친구 목록에 추가한 거라구.

토레는 마치 몰랐다는 듯이 행동한다. 그의 목소리는 놀란 연기를 하는 것처럼 들린다. 처음에 나는 토레가 다정하고 관대한 아버지 혹은 지혜롭고 나이 지긋한 신부 같은 인물이라 믿었다. 그러나 시간이 흐를수록 그가 나에게 호의적이지 않다는 사실이 분명해진다.

'그렇지만 결코 그럴 의도는 아니었어. 그건 오해였어.'

너는 그를 무시하고 넘어갈 수 있었어. 토레가 말을 잇는다. 그 흔들리는 손을 무시할 수도 있었지.

'어떻게 그래? 이미 내가 친구로 추가한 다음인데, 손 흔들기를 보내지 않았으면 더 이상했을 거야.'

소셜미디어를 잘 다루지 못하는 사람처럼 행동할 수도 있었어. 당시에 네가 실제로 그랬듯이. 하지만 너는 호기심이 생겼지. 남몰래 호기심이 발동해 비에른이 어떻게 지내는지 알고 싶었던 거야. 마치 그가 30년 동안 준비하며 너에게 어떤 신호가 오기를 기다렸던 것처럼. 그가 빠르게 반응하자 너는 의심스러워하며 이런 생각을 한 거지. 그의 인생에 어떤 문제가 있다고 말이야. 그리고 네 생각이 맞는지 알고 싶어졌지. 결론적으로 말하면 허영심이 너를 쓰러트린 거야. 너는 네 생각의 옳고 그름을 반드시 알아내야 하니까.

'그렇지만 손 흔들기를 보내지 않았으면 무례해 보였을 거야. 우리는 그저 30년 전 잠깐 사귄, 중년에 접어든 두 명의 인간일 뿐이었어. 그게 전부였지. 당시의 우리는 이제 더 이상 없었어. 모든 체세포는 7년 안에 다시 생기니까 30년 전 우리는 어디에도 없는 거야. 게다가 무슨 일이 벌어질지 내가 어떻게 알았겠어? 우리 모두는 다들 숨겨진 상처와 맹점이 하나씩 있어. 누가 발견하기 전까지는 전혀 모르는 곳, 그러나 드러나는 순간 너무 늦어버리는 곳 말이야.'

토레는 대답하지 않는다.

'물론 처음부터 비에른을 모른 척 지나쳤어야 했어. 모든 메시지와 흔들리는 손바닥을 무시했어야 했다구. 하지만 그건 내가 음주운전 차량에 부딪쳐 하반신이 마비되고 그날 문밖으로 나가지 말았어야 했다고 말하는 것과 다르지 않아. 그런 식으로 따지면 아예 일어날 필요도 없지. 블라인드를 내린 채로 플러그를 뽑고, 초인종이 울려도 문을 열지 말아야 해.'

토레는 계속 답이 없다. 어차피 대답은 필요하지 않다. 그의 목적은 내내 중얼거리며 땀에 절어 불쾌해진 나를 지키는 것이기 때문이다. 그것도 양손에 검사경과 면봉을 들고 89년생 여성의 질 입구를 30센티미터 떨어져 보고 있는 주인을. 그는 이미 오래전에 목적지에 이르렀다.

내가 손 흔들기 버튼을 누르고 나서 불과 몇 초 뒤, 비에른으로부터 메시지가 왔다.

안녕.

나는 마침표조차 찍지 않은 짧은 글자를 유심히 들여다보았다. 의도를 알 수 없는 거대한 동물의 앞발이 어깨 위에 얹어진 느낌이었다. 사람들이 그런 무의미한 메시지를 보낼 때는 결코 우연이 아니라고 생각한다. 그들은 메시지를 짬 내서 대충 적어 보낸 것처럼 보이기를 원한다. 다른 중요한 일들을 하느라 바쁘다면서. 보통 우리가 전혀 관심 없는 일에 관심 있는 것처럼 행동할 때, 또 대단히 관심 있으면서 관심 없는 듯이 행동할 때처럼 말이다. '이봐, 비에른. 그건 아니지.' 그러면서 나는 답을 보냈다.

그래, 안녕, 비에른! 잘 지내? 아직 프레드릭스타에 살고 있어?

'온전한 문장, 대문자와 소문자, 쉼표, 느낌표 그리고 물음표. 이래야지.' 나는 휴대폰을 무음으로 돌려 거실 탁자 위에 던졌다. 그리고 곧바로 후회했다. 대체 그걸 왜 써서 보냈을까? 나는 스스로에게 물었다. 늘 적자를 면치 못하는 무한한 감정은 어디에서 왔을까. 비단 돈 문제나 환자들, 악셀 및 딸들과의 관계에서뿐만이 아니었다. 사회적 관계에서도 이 감정을 정산하면 매번 마이너스가 아니던가. 또한 방금 보낸 메시지로도 화를 자초했다. 아무 형식 없이 내뱉듯 보낸 메시지에 너무도 많은 열광과 단어를 동반해 답을 하면서. 형식도 꾸밈도 없이 안녕이라 적어 보내는 것에 만족했어야 했다. 하지만 그러는 대신 나의 손가락은 자판 위를 날아다녔다.

나는 와인을 크게 몇 모금 삼켰다. 페이스북에서 무슨 일이 일어나든 누가 신경이나 쓸까. 이런 유치한 공간을. 페이스북은 초등학교를 떠오르게 했다. 학급 문집을 만들고 수업 시간에 쪽지를 주고받던 곳. 내가 페이스북에 가입한 이유는 딸들이 꼭 해야 한다고 적극 제안했기 때문이다. 그런데 그곳에서 속속 떠오르는 사진들을 마주할수록 신경만 곤두섰다. 나도 모르게 죽었을 거라 생각하고 지나간 옛 시절 알고 지낸 이들의 사진들. '죽은 줄 알았는데.' 우리는 과거의 사람들을 향해 쉽게 이런 생각을 한다. 하긴 수십 년 동안 보지 않았으니 지난 모든 나날을 살아왔다고 상상하긴 어렵겠지. 심지어 대부분은 같은 도시에 살고 있는데도 말이다.

사사건건 간섭하는 몇몇 환자들이 막연한 조언을 얻으려 접촉을 시작하자마자, 나는 더 로그인하지 않고 이내 전부 잊어버렸다. 페이스북, 인스타그램, 메신저 등은 당시 나와 아주 멀리 떨어져 있었다. 재미도 의미도 없는 인위적이고 폐쇄된 세상처럼 보였다.

두 명의 환자가 오가는 사이, 나는 쌓이고 쌓인 비에른의 메시지들을 본다. 그중 맨 마지막 것만 읽는다. **11시 30분까지 읽지 않을 거면, 아예 답도 하지 마.** 그는 지금 프레드릭스타에 있다. 거기서 IT 관련 일을 하며 모니터 앞에 앉아 내가 왜 답을 하지 않는지 묻고 있다. 여태까지 나는 항상 답을 보냈다. 어쩌면 그는 내가 죽었다고 생각할지도 모른다.

곧이어 그는 린다와 점심을 먹을 것이다. 금요일이면 늘 그렇듯이. 내가 11시 30분 전에 답하기를 바라는 이유도 아마 여기 있을 것이다. 비에른이 IT 업계에 종사하기는 하지만 역설적이게도 소셜미디어에 있어선 린다가 훨씬 능하기 때문이다. 그래서 구내식당에서 그녀와 마주 앉는 동안, 나에게서 메시지가 들어오지 않기를 바라는 것이다.

오늘 저녁 그는 자기 손주들과 시간을 보낼 것이다. 금요일이면 늘 그러하듯이. 이제 나는 비에른의 삶에서 무엇이 그리 흥미로웠는지 더 이상 기억이 나지 않는다. 지금 나는 일말의 허기가 사라지고 있음을 감지할 뿐이다. 질문과 대답, 소음과 인생을 향한 허기가.

그러면서 1999년생 여성을 불러들이기까지 비에른이 보낸 마지막 메시지를 읽는다. 완전히 놓쳐버리지는 않으려고 애를 쓰면서.

점점 걱정이 돼서 불안해. 비에른이 적어 보냈다. **최소한 살아 있다는 표시라도 하나 보내주면 안 될까. 괜찮다는 걸 알 수 있게 말이야.**

하지만 아무것도 괜찮지 않다. 괜찮았던 적은 까마득히 오래된 일이다. 문장 자체도 괜찮지 않다. 이 인간은 대체 뭘까. 나는 모든 걸 깨부쉈는데 그는 이렇게 변태 같은 말이나 하고 있다.

예전에 내가 본 어느 미국 드라마 속 인물들은 모든 상황에서 끊임없이 서로에게 물었다. "Are you okay?" 한 여성이 타버린 집 잔해 앞에서 죽은 가족들에게 멍하니 둘러싸여 있었다. 그때 누군가 다가와 그녀에게 물었다. "알 유 오케이?"

이런 질문에는 답이 없다. 나도 답을 하지 않는다.

5

오 나의 그렌다

1년 전 금요일, 악셀과 나는 그렌다의 집에 살았다. 아이들도 없었고, 개도 한 마리 없었다. 2년 전 이다가 의학을 전공하러 트롬쇠로 이사를 나갔고, 그로부터 2년 후에 실예 또한 의대를 간다며 베르겐으로 떠났다.

이다가 집을 떠날 당시에는 어머니의 병세가 크게 달라져 요양원에 들어갈 무렵이었다. 나는 더 이상 날마다 일을 마치고 오스카스 게이트로 달려갈 필요가 없었다. 어머니가 잠옷 차림으로 계단에서 헤매거나 가스레인지 밸브 잠금을 잊지는 않았는지 점검하러 가지 않아도 되었다. 그저 매주 토요일마다 요양원을 방문하면 그만이었다. 무엇보다 체면치레를 하기 위해 얼

바람난 의사와 미친 이웃들

굴을 내밀어야 했다. 어머니가 나를 알아보는 일이 거의 없었고, 내가 거기 있었다는 사실을 기억하지 못했으니까.

다른 말로 하면 악셀과 나에게 방해 요소는 하나도 없었다는 뜻이다. 우리는 각자의 여가 활동에 매진했다. 나의 경우 와인과 TV가 대부분을 차지했으며 악셀은 짬이 날 때마다 숲속에서 시간을 보냈다. 계절에 따라서는 스키를 타거나 스키 없이 지냈다.

그러다 우연히 동시에 집에 있기도 했다. 덕분에 모처럼 환자와 동료, 아이들에 대한 대화를 오래 나눌 수 있었다. 나는 소파에 앉아 그의 품속으로 파고들었다. 잠을 잘 때는 그가 나에게 팔베개를 해주기까지 했다.

그러나 우리 둘은 성적으로 거의 불능한 상태였다. 시간이 흐르며 함께 잠자리를 하는 것이 상당히 고된 작업이 되어버린 셈이다. 에스트로겐이나 비아그라 같은 보조 수단이 큰 낭비는 아니었겠지만, 계단을 올라 지체 없이 침실로 향하는 일이 가장 편하고 익숙한 일상이 되었다. 이에 대해 많은 말을 주고받지 않고도 서로가 자연스레 의견 일치를 보았다. 나이가 더 많았다면 아예 돛을 내리고 포기했을지도 모른다.

우리는 이제 막 50에 접어들었다. 그뿐 아니라 악셀을 릭스호스피탈렛의 동료 의사에게 언제든 빼앗길 수 있었다. 이런 이야기는 끊임없이 내 귀로 들어온다. 오슬로에 있는 릭스호스피탈렛, 또 다른 종합병원, 다른 도시에 있는 크고 작은 병원에서. 병원에서 흘러나오는 잡담들은 들불처럼 온 나라로 퍼져나갔다.

그래서 분명히 알고 있었다. 정신을 차려야 한다고. 환자에게 설교하듯 체력을 키우고, 균형 잡힌 영양을 섭취하며, 에스트로겐을 통으로 사두고 챙겨 먹어야 한다고 말이다. 특별히 나는 술을 줄여야 했다. 술에 대한 통제를 서서히 잃어가고 있었기 때문이다.

　매일 아침 나는 굳은 결심으로 차 있었다. 이걸 하고 또 저걸 고치고 싶은 마음이 간절했다. 무엇보다 술을 끊거나 줄이고 싶었다. 그럼에도 오후가 되면 머릿속은 환자들에 관한 물음과 답으로 채워졌고, 내가 건넨 말을 두고 찬반 논쟁이 이어졌다. 내 안에서 생겨난 고함 소리는 쉼 없이 지속되었으며, 와인과 드라마는 그 소음을 저지할 수 있는 유일한 수단이었다.

　나는 더 이상 뉴스를 보지 않고 책을 읽지 않았다. 언제부터인가 거의 모든 종류의 사교 모임도 중단했다. 예외적으로 그로와 보내는 저녁에만 그녀가 있는 윗동네로 건너가거나 내가 있는 아랫동네에서 함께 시간을 보냈다.

　하루 열 시간을 일하고 빈모노폴렛에서 파는 비싼 샤블리 와인을 꺼내는 일이 긴장을 푸는 유일한 방법이었다. TV 화면 위로 연속극이 차례로 방영되는 동안 입을 반쯤 벌려 소파에 누워 있는 것 또한 내가 하고픈 유일한 일이었다.

　다수의 드라마는 이상하게도 아는 이야기처럼 익숙해 보였다. 항상 막연하면서도 분명하게 다음에 무슨 일이 벌어질지 알 것 같은 느낌이었다. 드라마 속 인물들이 꺼내기도 전에 나는 그들이 무슨 말을 할지 알았다. 시나리오 작가가 끼워 넣은 모든 속임수를 간파하고 있는 데다 다음 이야기를 선수 쳐 알고 있기 때문이었다. 그 드라마를 이미 한 번 보았다는 사실이 머릿속을 스치기 전까지 말이다. 혈중알코올농도가 높이 치솟은 와중에도 나는 이중으로 보지 않기 위해 두 눈을 감아야만 했다.

이따금 나는 악셀에게 말했다.

"이제 술을 끊어야겠어."

"당신 그 얘기 이미 여러 번 했어." 그가 답했다.

"하지만 이번에는 진심으로 하는 말이야."

"그런데 그 말도 이미 여러 번 했어."

"웃지 마."

"나 안 웃는데."

"웃는 거 보이거든."

"당신이 그 말을 너무 자주 하니까 그렇지. 그리고 그렇게 많이 마시는 것도 아니야."

내가 해낸 가장 긴 시간은 사흘이었다. 나흘째 저녁, 나는 다시 소파에 드러누웠다. 탁자 위에는 반쯤 채워진 금붕어 잔이 놓여 있었다. 나는 그 잔을 가득 채울 수밖에 없었고, 다 마시고는 거의 비몽사몽이 되었다. 그런 다음 아주 쉽게 남은 와인을 모조리 마셔버릴 수 있었다. 그러면서 다시 제자리로 돌아왔다.

모든 중독 뒤에는 동일한 메커니즘이 작동하고 있었다. 또한 정확히 알고 있었다. 우리 가운데 어쩌면 특히 의료인들이 똑같은 핑계를 가지고 있다고 말이다. 우리 모두는 전원을 끈 채 보상받고 싶은 충동을 누구 하나 다를 바 없이 품고 있다고.

나는 마음속에 다음의 단어들을 새겼다. '게으름과 쾌락주의 그리고 고통에 대한 두려움.' 하지만 소용없었다. 마지막 환자가 나가고 급한 서류 더미를 처리한 다음, 두 다리는 저절로 빈모노폴렛을 향해 전진했다.

매번 방문할 때마다 새삼 그곳의 매력에 홀리곤 했다. 체포 위험이나 처방전 없이 나라에서 운영하는 상점에 들어가 중독을 부르는 마취제를 구할 수 있다니. 거기다 친절하고 정중하며 교양 있는 사람들에게 서비스를 받을 수 있다니. 이들은 줄줄이 늘어선 알록달록한 병들과 함께 알코올 세계의 구성원을 이룬다. 게다가 의회와 왕실 같은 국가적 차원에서도 이곳을 공인하고 인정한다.

나는 늘 마분지 상자에 담긴 제일 비싼 와인을 골랐다. 청동 각인에는 와인 생산자의 이름이 적혀 있었다. 이름 아래 고상하기 그지없는 수채화 그림이 있는 와인이었다. 모두가 무척이나 아름다워 구미를 돋우게 만들었다.

나는 상자를 계산대로 가져가는 동안 생각했다. 우리가 무언가에 의존하도록 세상이 적극 고무하고 자극한다고. 식품이나 알코올, 혹은 인터넷이나 도박, 아니면 돈이나 그 무엇이든. 항상 전문가 무리들이 길가에 서 있다. 계속해서 휘말리도록. 북돋는 일이 직업인 풀타임 직원들은 내가 금주를 마음먹은 날 마냥 머무르게 만든다. 그리고 그놈의 여유를 위해 마음껏 마시도록 격려한다. 먹을 때도 마시라고, 도박을 즐기라고, 쇼핑을 누리라고. 그러면서 말한다. '인간은 한 번 살지 두 번 살지 않아. 가끔은 전원을 끌 수도 있어야 해. 이게 뭐가 그리 나빠.'

그렌다의 집에서 나는 코트를 벗기도 전에 스스로에게 첫 잔을 선사했다. 두 번째 잔은 TV 앞에서 저녁을 먹으며 마셨다. 밥이라고 해봐야 닷새 중 나흘은 마른 빵에 싸구려 치즈와 오이피클이 전부였다.

나는 저녁식사를 마친 다음 그날의 공식적인 잔을 나에게 선물했다. 악셀이 식탁에 앉아 오트밀을 먹고 있어서 모든 게 이해되는 듯 보였기 때문이다.

"그거 원래 레드와인 잔 아니야?" 한번은 그가 고개로 내 금붕어 잔을 가리키며 물었다. 나는 잔을 입술로 가져가며 떨지 않으려고 움켜쥐었다.

나머지 저녁 시간, 그러니까 악셀이 트레이닝복 차림으로 이리저리 달리거나, 바로 아래 작업실에 머물며 스키를 손질할 때. 아니면 스포츠용품점에서 운동 장비를 사거나, 특정 모델의 스키폴을 검색할 때. 그도 아니면 달리기나 스키 타기와 관련된 다른 무언가를 하는 동안, 나는 소파에 누워 멍하니 TV를 바라보았다. 번쩍이고 깜빡이며 내내 빛을 발하는 그 작디작은 점들을.

이런 광적 훈련에 사로잡힌 악셀은 정형외과 의사로서 자신의 중독성을 잘 알고 있었기 때문에 내가 술을 마실 때도 보통은 그냥 내버려두었다.

물론 이따금 냉장고에서 와인 상자를 꺼내며 묻곤 했다. "당신, 이거 언제 샀더라. 어제 아니었나?" 그러면서 와인병을 높이 들어 올리며 손이 자동으로 치솟은 것처럼 행동했다. 하지만 그저 장난일 뿐이었다.

악셀은 아주 정확히 알고 있었다. 그가 나의 음주벽에 불만을 제기하면 내가 그의 스키 집착을 화두로 끌어들이리라는 것을 말이다. 스키는 우리의 가정과 재정에 심각한 부담을 지우고 있었으니까. 술에 취하더라도 어쨌든 나는 집에 있었다. 또한 내가 사들이는 와인 상자는 그의 장비 및 여행 비용의 10분의 1에 불과했다.

악셀은 지하창고에 전문적인 왁스칠을 비롯한 제작 및 수리 공간을 설치해두었다. 그리고 잠을 자거나, 병원에서 일하거나, 트랙을 도는 시간을 빼면 늘 그 공간에 머물렀다. 거기서 자기 스키들을 손질하며 메탈리카를 들었다. 그에게 볼일이 있을 때면 나는 지하실 계단을 내려가야 했다. 이후에는 그가 헤드폰을 벗도록 손짓 발짓으로 알려야만 했다. 나는 좀처럼 과감히 결단

바람난 의사와 미친 이웃들

을 내릴 수 없었다. 그리하여 우리는 각자의 구역을 고수하며 일종의 세력균형을 이루었다. '당신이 나의 집착을 내버려둔다면, 나도 당신의 집착을 가만히 둘 거야.'

그는 겨우내 최소 한 달에 한 번 주말에 스키를 타러 떠났다. 스키 시즌은 12월 초로 알프스 어딘가에서 내가 매번 이름을 까먹는 경주와 함께 시작되었다. 그런 다음 마르시알롱가 대회가 1월 말 이어졌다.

3월에는 바살로펫과 비르케바이너 경주 가운데 하나를 선택해야 했다. 경기는 한 달에 하나만 참가하기로 느슨하게나마 협의를 했기 때문이다. 악셀은 2월 경주에는 참여하지 않으니 3월에 바살로펫과 비르케바이너를 다 뛰어도 되지 않냐고 반론했다. 하지만 나는 한결같이 대답했다. 오랫동안 병원을 오지 않았다는 이유로 비싼 검사를 받고 싶어 하는 환자들에게 말하듯이. "시스템은 할당량에 기반을 두지 않아."

4월 말이면 그는 스피츠베르겐으로 날아가 스키 마라톤에 참가했다. 시즌 동안 허리 통증이나 아킬레스건에 이상이 생기지 않는 한, 그가 손보지 못하더라도 다른 동료들이 치료할 준비가 되어 있었다.

나는 만류하는 일에 넌더리가 났다. 그는 다 큰 성인 남성이었다. 지난 수년 동안 생각했다. 왜 매달 이런저런 경주에 참가하지 않으면 안 되는 걸까. 왜 바살로펫과 비르케바이너 대회를

뛰지 못하면 알프스와 러시아로 떠나야 하는 걸까. 왜 끝까지 해내지 않으면 안 되는 걸까. 대체 언제 멈추고 싶은 걸까?

악셀의 경주벽은 예전에 우리가 키웠던 잉글리시 세터를 떠올리게 했다. 녀석은 오로지 하나에만 관심이 있었다. 자기에게 오는 모든 것을 먹어 치우는 일에만. 하루는 여러 차례 고민을 거듭한 끝에 다진 고기 50킬로그램을 사다 이곳저곳에 널어놓았다. 죽을 만큼 먹을 수 있도록. 원하는 바가 먹는 거라면 죽을 때까지 못 먹을 이유도 없지 않은가?

나는 악셀이 무언가를 그만두게 하는 일에 진저리가 났다. 당시 우리 개가 무언가를 그만두게 하는 일에 진저리를 쳤듯이.

그때 우리는 길거리를 달렸고, 녀석은 건너편으로 가려 했다. 뜻대로 내버려두어도 소용이 없었다. 그럼 그 아이는 다시 또 반대로 가려고 했다. 이리 왔다 저리 갔다 숨을 헐떡이며 모든 근육이 팽팽하게 긴장된 채로. 장밋빛 혓바닥을 길게 늘어뜨린 녀석은 목줄을 세게 잡아당겼다. 그리고 죽도록 먹게 내버려둘까 고민했듯이 쏜살같이 달리도록 목줄을 놓을까 생각했다. 차선으로 들어가 자동차 앞에서, 쾅.

내가 거기 누워 있을 때면 가끔 악셀이 곁에 앉았다. 그러면 안절부절 들썩이는 탓에 온 소파가 진동을 했다. 이윽고 나는 말했다. "조용히 나가서 한 바퀴 달리고 와." 악셀은 아무런 반응을 하지 않았다. 하지만 천천히 떨림은 수그러들었다. 그는 잠

바람난 의사와 미친 이웃들

시 머뭇거리다 이내 말을 꺼냈다. "흠, 계획에는 없던 일인데 나쁜 생각은 아닌 것 같아." 그러고 나서 이미 문밖에 있었다.

나는 그를 내버려두었고, 그는 나를 내버려두었다. "우리 모두는 각자 결함이 있어. 어머니가 말했듯이 말이야. 완벽한 인간은 없어. 그녀가 했던 무수한 상투어 중 하나처럼. 우리는 모두 그저 인간일 뿐이야." 나는 이렇게 말하고 TV에 건배를 했다.

환자들로 기나긴 하루를 보낸 날이면 턱과 머리가 피곤했다. 그리고 나의 영혼도 마찬가지였다. 나는 종종 내면에서 무언가를 간질이는 느낌이 들었다. 마치 내 안에 고유의 성격과 의지를 지닌 수많은 생명체가 들어 있는 것 같았다. 뒤엉킨 목소리로 내면이 채워지는 동안, 나는 소립자들 사이의 격렬한 바람을 느꼈다.

나는 영화나 드라마를 두고 실랑이를 벌일 필요 없이 혼자 TV를 볼 수 있다는 사실이 좋았다. 소파와 냉장고 사이를 비틀비틀 오가며 금붕어 잔을 가득 채울 수 있다는 점이 특히나.

내가 나에게 하는 참견만으로도 충분했다. '알코올은 치매를 유발해.' 다시 생각했다. '간을 수축시키지.' 그러나 먹히지 않았다. 나는 술을 너무 많이 마셔 문제가 생긴 내가 아는 모든 환자를 눈앞에 그려보았다. 부어오른 피부, 고혈압, 당뇨, 콜레스테롤, 간 수치. 하지만 역시나 소용이 없었다. 나는 몸을 내려다보았다. 허리께는 두툼하지만 두 다리는 여전히 가늘었다.

주방으로 가는 길에 복도 거울에 비친 내 모습을 자세히 살펴보았다. 아직 봐줄 만했다. 적어도 내 나이에 비하면. 나는 금붕어 잔을 채우고는 아슬아슬 균형을 유지하며 소파와 TV 쪽으로 돌아왔다. '나는 그저 가벼운 마취가 필요할 뿐이야. 하루 종일 환자들에게 귀 기울이며 억눌렸단 말이야. 그러니까 지금은 내 차례야.'

나는 거기 누워 있었다. 파국을 초래한 1년 전 금요일에. 전기 담요 속에 파묻혀 무릎 아래 쿠션을 놓은 채로 꾸벅꾸벅 졸고 있었다. 여느 때처럼 취해 있었다. 아니, 특별히 취해 있었다. 금요일이었으니까. 그리고 비에른은 완전히 잊고 있었다. 대신 딸들이 추천해준 드라마를 보고 있었다. 1945년 전쟁 통에 있던 여성이 갑자기 200년 전 과거로 되돌아가는 이야기다. 1743년에 도착한 그녀는 이후 어느 스코틀랜드 귀족을 만나며 섹스와 폭력, 사랑과 고문 같은 또 다른 시간으로 들어간다. 맨 처음 나는 드라마 초안을 보고 웃었다. 하지만 첫 회 중반부터 완전히 빠져버렸다.

휴대폰은 다시 손에 쥐기까지 몇 시간 동안 거실 탁자 위에 놓여 있었다. 당시 전화기는 나의 일상을 번거롭게 하는 커다란 방해 요소에 불과했다. 그러나 머지않아 길거리와 상점을 분주히 돌아다니며 그 바보 같은 물건을 높이 쳐들고 다니는 대열에 들어가게 되었다.

환자들에게는 침묵으로 일관했다. 그들은 어깨를 둥글게 말

　　　　　　　　　　　　　바람난 의사와 미친 이웃들

고 앉은 독수리처럼 각자의 장난감을 만지작거렸다. 종종 너무 멀리 가 있는 바람에 내가 이름을 불러도 반응하지 않았다. 그러면 나는 곧바로 부재중으로 돌아서 휴대폰에 매달렸다. 악셀에게 크리스마스 선물로 받은 기계는 극히 일부 기능만 사용하는 나에게 과분했다. 게다가 제대로 쓰려면 가끔 집에 들르는 딸들의 도움이 필요했다.

그러다 어느 순간, 물건에 의존하게 되었다. 흡사 팔이나 다리와도 같았다. 하지만 1년 전만 해도 휴대폰에 대해서는 까막눈이었다. 소파에 드러누워 오점 하나 없이 순수했던 당시의 나처럼. 그 무렵 나는 늙은 술꾼의 삶을 고수하고 있었다. 무결하고 순진한 시대를 살고 있다는 것을 그때는 몰랐다. 이를테면 고대 사람들이 자기가 사는 시대를 모르는 것처럼 말이다.

잠자리에 들기 위해 계단을 오를 때, 비로소 나는 비에른이 메시지를 보냈다는 사실을 알게 되었다. 이번에는 구두점을 하나하나 붙였고, 심지어 문장 첫 글자는 대문자로 보냈다.

정말 반가워, 엘린! 너에게 이렇게 소식을 듣게 되다니 너무 기쁘다. 나는 여전히 프레드릭스타에 살아. 하지만 오슬로에도 자주 머물러. 언제 만나서 커피 한잔하고 싶은데, 네가 시간과 마음이 있다면 말이야. 어때? 옛 추억에 잠겨서.

그 메시지는 도착한 지 몇 시간은 지난 것이었다. '커피, 꿈도 야무지네.'라고 생각하며 욕실로 들어갔다. 옛 추억에 잠겨서 뭐. 나는 비에른과 커피 한잔을 마실 생각이 없었다. 그걸로 무얼 얻게 되는데. 왜 하필이면 지금. 휴대폰 버튼 하나를 실수로 건드렸다고 이 소모를 감당해야 하다니.

그 순간 나는 전화기가 혐오스러워졌다. 그리고 지금은 증오한다. 내게 벌어진 모든 일의 책임이 기계에 있다. 현대 발전의 화신인 척하지만 실제 휴대폰은 악마의 작품이다. 사탄이 둥지를 틀고 앉아 빨간 점과 초록 점으로 우리가 환영받는 존재라고 착각하게 만든다. 이 물건은 우리를 죄의 길로 이끈다. 망가지도록 불행에 빠지도록. 단지 우리가 보지 못할 뿐이다. 우리는 사탄에게 점령당했다.

과장하지 마. 적당히 해. 토레가 말한다. 너는 사탄에게 점령되지 않았어. 네 고유의 갈망, 욕구, 정욕이 너를 파멸로 이끈 거야. 다른 건 없어. 너는 항상 도가 지나쳐. 몇 해 전, 딸들이 독립할 때는 리모델링을 하며 모조리 뒤집어버렸지. 너희 부부는 창고를 확장하고 다락을 증축해 새로 받은 대출을 갚았어. 그러다 일이 없어지자 술을 마시며 TV를 보기 시작하더라. 너는 드라마 한두 편을 보는 동안 씁쓸한 화이트와인을 홀짝홀짝 마시곤 했어. 아니다. 여섯 개들이 와인 상자와 드라마 시리즈를 곧바로 해치웠다. 네가 아이들을 키우거나 병원을 꾸릴 때 지녔던 동일한 작업 규율을 가지고 말이야.

나는 나 자신 그리고 토레와의 대화에 점점 격분한다. 너무 자주 내뱉어 외울 정도인 문장들을 줄줄이 쏟아내면서.

허리통증으로 찾아온 1987년생 남성에게 MRI 검사가 필요하지 않다는 단언도 여기 속한다. 5분 전, 문을 통과해 들어온 그가 처음 던진 말은 MRI를 받고 싶다는 것이었다. 요즘은 다들 MRI를 원하니까. 보다 정확히 말하면 MRI는 자기공명영상장치를 이용한 검사로 조직구조와 내부장기를 들여다보는 진보적인 영상 처리 과정이라 할 수 있다. 생각처럼 쉽고 간단한 일이 아니라는 소리다.

얼마 전만 해도 사람들은 다들 자신이 당뇨가 있다고 생각했다. 그래서 장기 혈당을 확인하러 병원을 찾아왔다. 마치 이곳이 몸에서 보내는 신호 엿듣기가 취미인 사람들이 모이는 동호회라도 되는 듯이. 오늘날 우리가 현대적이라 칭하는 것들은 의료종사자라면 모두 알고 있듯 고통과 광기로 가는 지름길이자 복지국가를 붕괴로 이끄는 장본인이다.

'아니야, 1987년생 청년. 너에게는 MRI가 도움 되지 않아. 너에게 도움 되는 건 하나야. 그만둬. 일단 직장에서 여덟 시간 내리 앉아 있는 것부터. 그런 다음 소파 위에 누워 있거나 게임으로 보내는 시간을 멈춰. 대신 말이야. 이봐, 1987년생 남성. 바닥이 울퉁불퉁한 긴긴 산책길을 걸어야 해.'

"그렇지만 그건 디스크 탈출 같은데요." 1987년생이 말한다.

"저는 컴퓨터 게임을 해야 긴장이 풀려요. 신문에도 났던데요. 흔히 하는 말처럼 게임이 건강에 해로운 건 아니라고요. 그리고 거기에는 이런 말도……."

어쩌고저쩌고 기타 등등.

남자의 무릎을 살피기 위해 엑스레이 촬영을 준비시키는 동안, 나는 토레와 진료실 구석에서 옥신각신한다. 그의 마지막 요구는 무릎 MRI 촬영이었다. 최소한 그거라도 해달라며 사탕을 조르는 어린아이처럼 말이다. 나는 대체 무얼 위해 검사를 하는지도 모른 채 알겠다고 말해버렸다. 우선 여기 우리 집에서 엑스레이 촬영을 하기로.

'참나.' 나는 토레에게 말한다. '그래도 술은 끊었잖아.'

그건 단지 네가 새로운 집착거리를 얻었기 때문이지. 너는 그저 와인 상자랑 비에른을 맞바꾼 거야.

'인간은 정욕을 뿌리치기 어려워. 정욕이 그리 강하지 않을 때나 겨우 저항할 수 있지.' 나는 답한다. '만일 감당하기 힘들 정도라면 더 이상 우리는 선택권이 없어.'

내 귀에 그 말은 철저한 책임 거부로 들리는데. 토레가 비난조의 목소리로 말한다. 나는 놀라서 멈칫한다. 말투뿐 아니라 단어 선택 또한 그답지 않기 때문이다. 이내 나는 그게 토레가 한 말이 아니라는 사실을 깨닫는다. 그 문장은 오래된 기억의 일부다. 그렌다에 둥지를 튼 초창기에 EU 가입에 찬성표를 던질지 반대표를 던질지 모르겠다고 했을 때 누군가 했던 말이다.

책임 거부, 결여된 태도, 규범적인, 관습적인, 자민족중심주의적인, 문화상대주의적인⋯⋯. 토레라면 이 같은 개념들을 절대 사용하지 않았을 것이다. 하지만 그렌다에서 우리는 항상 이런 개념들을 서로에게 던졌다. 나 또한 동참했다. 그렌다에서는 적어도 크고 작은 일들에 어떤 태도를 가지는 것이 중요했다. 천 기저귀를 쓸지 일회용 기저귀를 쓸지, EU에 찬성인지 반대인지, 중동이 먼저인지 환경이 우선인지. 해마다 앉아 시간 죽이는 일이 전부인 거대한 닭 무리처럼 꼬꼬댁거렸다.

오늘날 노르웨이 사람이라면 대부분 그렌다가 어디 있는지 알고 있다. 무엇보다 누가 거기 사는지 정도는 다들 안다. 90년대 초만 해도 그렌다는 오슬로 북서쪽에 위치한 무명의 작은 거리로 합해서 마흔 채 정도의 연립주택이 늘어서 있었다. 이른바 바우하우스 양식으로 전쟁 직후 가난한 이들을 위해 세워진 건물이었다. 당시에는 부동산 가격도 낮고 주변 상황도 별로였다. 그러나 첫 소유주들이 차례로 세상을 떠나고 그렌다는 몇 해 만에 새로운 세대와 젊은 가정들로 채워졌다. 그 가운데 우리도 있었다.

건너편 거리에는 19세기 중후반 세워진 호화 저택들이 즐비했다. 난방이 되는 진입로, 입주 도우미, 자동차와 차고를 갖춘 거주지는 다른 태양계에 속해 있었다. 우리는 가난한 사람들이었고, 그들은 부유한 사람들이었다. 그렌다에서는 자기 아이를 대형 SUV로 등교시킬 생각을 누구도 하지 못했다. 금지령에도 불구하고 아주 거리낌 없이 학교 앞에 차를 세우는 저택 엄마들을 제외하고는.

그렌다 사람들은 아이들을 자전거 트레일러에 태우고 다녔다. 또 여름 반년 동안은 즉흥적으로 정원 축제를 열었다. 민들레와 이끼가 자란 정원 위를 아이들이 뛰어다니는 동안, 우리는 녹슨 드럼통을 가지고 만든 그릴 주변에 앉아 와인과 맥주를 마셨다. 그러나 수리와 질서에 대한 태도가 느슨했음에도, 벼룩시장이나 쓰레기장에서 옷과 가구를 구했음에도, 그렌다에서 가장 자주 사용하는 두 가지 욕은 '좀스럽다'와 '속물스럽다'였다.

사실 그곳 환경은 누가 봐도 대단히 좀스럽고 속물스러웠다. 그렌다의 건너편 거리에 있는 저택들은 무엇이 받아들여지고 무엇이 수용되지 않는지에 관한 최소한의 목록이 있었다. 다시 말하면 그렌다에는 규칙이나 관례가 없었다는 것이다. 모두가 동등했으며 특히 성별과 관계없이 평등했다. 하지만 사람이 둘 이상 모이는 곳이면 발언 시간을 얻은 누군가보다 귀담아들으려는 사람들이 더 많았다. 다른 이들이 무시되는 반면 후자는 발언권을 위해 싸울 필요가 없었다. 동일한 위계질서가 통용됐으나 숨어 있거나 남루한 옷을 걸치고 있을 뿐이었다.

나는 언제나 정리정돈을 하였고 주변을 깨끗하게 유지했다. 심지어 지하창고에 무엇이 어디 있는지도 알았다.

딸들이 어렸을 때도 잠들자마자 곧바로 방을 정돈했다. 가지고 놀던 바비 인형의 플라스틱 신발을 색깔별로 정리했다. 아이들의 옷을 한데 모으고, 망가진 장난감을 골라버리고, 그림책을 따로 분류했다. 그러나 이웃들이 방문할 때면 옷가지를 거실 바닥에 흩어놓았다. 그렌다에서는 너그럽고 관대하며 유연해야 했기 때문이다. 긴장감 없이 여유로운 태도를 지니는 것이 중요했다. 이 규칙은 치밀하게 따라야 했으며 예외가 없었다.

현실에서 이 말은, 10대 아이가 새벽 4시에 이웃집 베란다에서 테크노음악을 듣고 있으면 못 본 척 지나가야 한다는 뜻이다.

어느 여름날 신티와 로마라는 집시족 한 무리가 숲에서 야영을 하던 무렵이었다. 강한 바람에 쓰고 버린 화장실 휴지가 그렌다 정원으로 날릴 때도 같은 규칙이 적용되었다. 며칠 동안 나는 휴지를 주워 모았고, 우리 집 정원에서 나온 것만 대형 비닐 봉투 하나가 찼다.

"사적 경계가 도발당하는 일은 분명 문제일 수 있어요." 그해 여름 즉흥적으로 열린 정원 축제에서 한 남자가 말했다. 그는 유명 저널리스트로 얼마 뒤 이방인 혐오에 관한 기사를 썼다. "하지만 우리는 잊지 말아야 해요. 문화를 다룰 때는 위생에 있어 다른 관점을 지녀야 한다는걸요. 그들에게 이런 생활 방식은 합리적인 데다 완벽하게 들어맞아 보일 거예요. 물론 하나하나 들어가면 합의점을 찾기 어려울 수 있어요. 의심스러운 순간에는 시선을 들어 다르게 바라보면 돼요. 사실 화장실 휴지로 해를 당한 사람은 없잖아요."

"적어도 그들은 화장지를 사용하고 있으니까." 악셀이 말했다. "그나마 그게 한 줄기 희망이라 할 수 있겠네요."

1987년생 남성 다음으로 1998년생 여성이 들어온다. 그녀는 두통이 있다고 말하며 요즘 느끼는 두려움과 불안에 대해 설명한다. 나는 혈압을 측정하는 동안 목덜미와 어깨를 만져보기 위해 일어난다. 모든 두통의 95퍼센트는 목 근육 긴장에서 비롯되기 때문이다. 무슨 이유에서인지 몰라도 그녀에게 여름계획이 있는지 물어본다.

이따금 나는 환자와 담소를 더 많이 나누어야 한다고 스스로를 설득한다. 의사 포털사이트에서 나의 진료 평가를 들여다본 이후부터 그렇다. 거기 적힌 인정할 수밖에 없는 몇몇 부정적 평가들은 기억 속을 늘 따라다닌다.

제대로 돌봐주는 느낌이 들지 않았어요. 저를 제대로 파악하지 못하는 것 같았어요. 거기서 진료받고 뒷맛이 씁쓸했어요. 의사가 스트레스가 많아 보여요. 의사가 친절하지 않아요. 제 혈압을 측정할 때 의사 손이 덜덜 떨렸어요. 의사가 제 말을 귀담아듣지 않았어요. 진료하는 시간이 너무 짧았어요. 의사가 컴퓨터 화면만 보았어요. 거들먹거리는 유형은 귀 기울여주지 않는다는 사실을 감안하시길.

"엄마 아빠랑 프랑스로 떠날 예정이에요." 1998년생 여성이 말한다. 그녀의 입술이 부들부들 떨린다. 그러다 울기 시작한다.

나는 격렬한 흐느낌이 가라앉을 때까지 기다린다.

"뭐가 잘못되었나요? 거기 프랑스에 무슨 일이 생겼나요?"

　　　　　　　　　　　　　바람난 의사와 미친 이웃들

어쩌면 그녀는 근친상간의 피해자일지 모른다. 어쩌면 자살하고 싶은 마음이 있는 사람일지도. 그건 아무도 모른다. 그리고 나중에 가면 너무 늦어버린다. 또한 시간 부족을 이유로 성폭행 피해자나 예비 자살자를 병원 밖으로 내모는 주치의가 되고 싶은 사람은 없다.

"우리는 항상 니스에 있는 숙소로 떠나거든요! 매년 똑같은 곳에 간다면 선생님 기분은 어떠시겠어요? 왜 우리는 니스 대신 태국이나 발리로 떠나면 안 되는 걸까요? 엄마랑 아빠는 돈도 있거든요. 그런데 우리는 왜 매번 그 거지 같은 도시로 연금 생활자들이랑 가야 하는 거죠?"

'차라리 이 도시 동쪽 지역에 병원을 했더라면. 거기선 이런 일이 없었을 텐데.'

동부에선 다른 일을 겪었겠지. 토레가 말한다.

그녀의 속눈썹이 눈물로 반짝인다. 입술은 적당히 부풀어 올랐다. 그래도 젊은 사람들이 울면 귀여워진다. 하지만 내가 울면 얼굴로 거친 콘크리트 바닥을 박박 문지른 것처럼 보인다.

나는 그녀를 바라보며 생각한다. '귀여운 게 다행인 줄 알아. 안 그랬으면 동물 병원으로 끌고 가 마취주사를 놓았을 거야.'

"심지어 부활절 연휴도 거기 있었어요. 부활절은 정말 헴세달에서 보내고 싶었거든요. 스키를 타면서 말이에요. 원래 저의 목적은 스키 타기였어요. 그런데 어김없이 다시 프랑스였어요. 이제 못 참겠어요. 한 번만 더 그 노인네들과 니스행 비행기에 올라타야 한다면 절대 참지 않을 거예요! 저는 이제 그냥 죄다 못 참겠어요!"

그녀는 다시금 흐느끼기 시작한다. 나는 거기 가만 앉아 그녀를 본다. 그리고 지금 느끼는 고통이 절대적으로 사실이라는 것을 안다. 착각하거나 속이거나 꾸며내는 고통이 아니라는 뜻이다. 그녀의 울음은 순수한 눈물로 동그란 뺨 위를 흐른다. 정밀함을 자랑하는 최신 기계로 우리 젊은 아가씨가 느끼는 고통을 측정한다면, 여생이 다섯 달밖에 남지 않은 어느 암환자보다 더 높은 지점을 찍을 것이다.

"부모님과 이야기는 나눠보았나요?"

"그럼요, 해보았죠. 하지만 엄마 아빠는 함께 가지 않아도 된다고만 말해요. 제가……."

잠시 동안 그녀는 다시 흐느끼며 몸을 떤다. 나는 아무 말도 하지 않는다. 다만 그녀를 바라볼 뿐이다. 바라건대 되도록 중립적인 표정으로.

"제가 원하면 그냥 집에 있어도 된다아고 엄마 아빠는 마알해요. 그럼 저 없이 그냥 떠나알 거라고 그렇게들 마알해요."

말하는 동안 그녀는 숨을 가쁘게 몰아쉰다. 울부짖는 어린아이가 숨을 헐떡이듯이.

"저는 불안해요. 요즘 자암을 거의 못 자요. 고등학교를 졸업하고 한밤중에 최소 두 번은 깨요. 그러고 나면 더 이상 자암들지 못해요."

이어서 계속 흐느낀다. 그런 다음 차츰 안정을 되찾는다. 나는 그녀에게 조언을 건넨다. 휴대폰을 침실로 가져가지 말고, 시원하고 어두운 상태를 유지하며, 오후 3시 이후 커피를 마시지 말라고. 또 햇빛을 받으며 산책하고 운동을 하라는 등 뭐 그런 널리 알려진 것들을 말이다. 덧붙여 안경점에 가서 시력검사를 해보라고도 권한다.

그녀가 나가고 한동안 자리에 앉아 창밖을 멍하니 바라본다.

하지만 저 아가씨가 또래를 대표하는 건 아니야. 구석에서 토레의 목소리가 들린다. 딸아이들을 생각해봐. 아마 절대 저런 식으로 행동하지 않을 거야. 그리고 네가 여전히 진료실을 차지하고 있다는 사실도 잊지 마. 가운을 비롯해 이 방과 관련된 모든 것을 말이야. 게다가 너는 여기가 마음에 들잖아. 아주 마음에 들지. 예전에는 그저 다 힘들기만 했잖아.

만약 잘 알지 못했다면 토레가 나를 위로한다고 생각했을지 모른다. 그러나 토레는 내가 좋은 컨디션을 유지해 투지로 불타기를 바랄 뿐이다. 포기하는 듯 보이면 그는 초조해진다. 움직이지도 않는 무언가를 가지고 노는 일에 재미를 느끼지 못하는 고양이처럼. 마찬가지로 토레도 구석에 서서 혼잣말을 하는 게 재미없을 뿐이다.

예를 들어 그렌다에서는 꽤나 힘들었지. 토레가 말한다. 그걸 잊지 마.

그럴지도 모른다. 처음에는 내가 어떻게 여기로 내려앉게 되었는지 이해할 수 없었다. 하지만 이제는 어떻게 그렌다의 위층에서 그리 오래 참을 수 있었는지 이해할 수 없다.

나는 그렌다가 아닌 다른 곳을 그리워한 적이 없었다. 오히려 연립주택의 출입구에 들어설 때마다 여기 살 수 있어 다행이라고 생각했다. 그렌다에서는 모두 몸과 마음이 건강했다. 범죄에 연루되거나 약물 문제가 있는 사람은 없었다. 누구도 자기 아이를 때리지 않았다. 모두가 일자리를 가지고 있었으며, 자기 분야에서 선두를 달리거나 그리되기 직전이었다.

우리가 이사 왔을 때만 해도 대부분 각자 일터에서 막 첫발을 디딘 상태였다. 하지만 수십 년의 세월이 흐르자 유명 저널리스트, 작가, 편집자, 정치인 그리고 교수 같은 사람들로 북적이게 되었다. 국회를 비롯해 출판사, 신문 칼럼, 라디오와 TV 스튜디오를 차지하며 영향력을 행사하는 이들이었다.

집값도 예외는 아니었다. 외풍이 심한 작은 연립주택의 제곱미터당 가격은 2000년부터 꾸준히 올랐다. 매물이 드물게 나오는 데다 가격이 항상 높아서 신문에서 다뤄질 정도였다. 때로는 건너편 거리에 있는 저택들보다 비싸기까지 했다.

그럼에도 그렌다가 부유하고 콧대 높은 지역에 둘러싸인 고립되고 빈곤한 땅이라는 생각은 계속 남아 연명했다. 사람들은 어쩌다 배달된 보수 기독교 신문을 즉흥적으로 열린 그릴 파티에 가져갔다. 탁자에 올려놓으면 누군가 큰 소리로 펼쳐 읽었고,

거의 열광적이고도 일치된 비웃음을 끌어낼 수 있었다.

이와 반대로 대화 자리에서 누군가 동성애자, 여장 남자, 이민자 또는 다른 소수집단에 대해 회의적이면 그는 공동체에서 영원한 작별을 고하는 것과 다름없었다. 그렌다에서 유일하게 깔 수 있는 만만한 대상은 대도시에 사는 노르웨이 이성애자들이었다. 다른 말로 하면 자신들이었다. 그렌다에는 이민자도 동성애자도 살지 않았다.

비교적 최근 열린 정원 축제 가운데서 우리는 앞서 등장한 저널리스트가 오슬로 중앙역에 즐겨 머문다는 사실을 알게 되었다. 이것도 지금으로부터 몇 해 전의 일인데, 활발하던 사교 활동이 세월에 따라 점차 수그러들었기 때문이다.

"저는 그저 에너지를 느끼기 위해 그곳을 어슬렁거려요." 그가 말했다. 사람들은 귀를 쫑긋 세워 주의 깊게 들었다. 왜냐하면 남자는 그렌다에서 일종의 추장이었기 때문이다. 거기서 누구도, 또한 그조차도 이 단어를 입 밖으로 낼 생각은 하지 못했다.

언론매체에서 논쟁거리가 생기고 주민 의견을 질문받으면 사람들은 남자가 입장을 취할 때까지 기다렸다. 보통 그의 입장은 말할 나위 없이 당연했으나 이따금 예기치 못한 견해를 드러내기도 했다. 그래서 모두 그를 두려워했다. 특히 그가 축제에서 숨겨진 인종주의나 몰지각, 편견에 대한 증거를 늘어놓으면 사람들은 면역이 없어 알코올이 들어가도 타격에서 자유롭지 않았다.

"내가 왜 그러는지 알아요?" 그가 반짝이는 눈으로 물었다. 아무도 대답하지 않자 그는 탁자 위로 몸을 숙여 외쳤다. "다양함 때문이에요! 역이라는 공간이 지닌 환상적인 다양성 때문에! 그건 절대 질리지가 않아요!"

그러자 둘러앉은 모두가 열심히 고개를 끄덕였다. 그렌다에서 다양함은 고귀하고 신성한 단어였기 때문이다. 또 흠이 없는 하얀색처럼 수치심과 연관된 단어이기도 했다. 그리고 오랜 세월 우리는 그렌다가 그렇게 가고 있는지 적잖이 걱정했다.

문제는 노르웨이인이 아닌 사람들이 와서 잠시 지낼 때뿐이었다. 그들은 인도 출신 부부였는데 둘 다 IT 분야에서 일했고, 소유지를 사들일 만큼 여유로웠다. 두 사람은 홀멘콜렌으로 이사하기 전에 단 반년 동안 그렌다에 머물렀다. 그들은 그렌다처럼 비싼 동네에서 가꿔진 정원을 맞이하는 사람이 없다는 사실에 당황한 듯 보였다. 인도 부부의 연립주택은 우리 집과 바로 맞닿아 있었다.

인도인들이 이사를 나가자 중년의 동성 부부가 들어왔다. 우리는 부부를 진심으로 환영했고, 모든 정원 축제와 저녁 식사에 초대했다. 하지만 동성 부부는 이런저런 태클을 걸기 시작했다. 그 가운데 하나는 우리 두 집 사이의 정원에 나무를 심어 울타리를 치자는 것이었다. 그렌다의 다른 누군가가 그랬더라면 아마 봉기가 일어났을 것이다. 문서화되지 않은 수많은 규칙 중에 모두가 자유롭게 다닐 수 있어야 한다는 조항이 있었기 때문이다. 나무울타리 같은 좀스럽고 불필요한 경계 표시 없이 말이다.

어느 날 두 남자 중 하나가 나에게 물었다. 우리 집 잔디를 조금 더 자주 깎을 수 없냐고. 그러면서 자기 집 쪽으로 잡초가 날려 들어온다는 이유를 댔다. 그뿐 아니라 우리 집 잔디에 이끼가 너무 많이 퍼져 있다고도 했다. 언젠가는 우리더러 겨울에 정원 가구를 방수포로 덮어놓으라고 조언했다.

그들 집에 비치된 가구들은 구식인 데다 무겁고 투박했다. 천장이 낮아서 작은 방 안에 어딘가 어울리지 않게 서 있었다. 내가 이를 아는 이유는 두 사람이 강림절 기간에 그렌다 사람들을 초대해 글루바인과 크리스마스 쿠키를 주었기 때문이다.

주민들은 머리가 치렁치렁한 아이들을 데리고 집 안에 자리를 잡았다. 그곳은 마치 두 명의 노부인이 사는 집처럼 보였다. 식탁은 코바늘로 뜬 식탁보와 자수가 놓인 천 냅킨, 은으로 된 케이크 서버와 식기 세트로 빈틈없이 차려졌다.

손님 하나가 맥주병을 나이프로 열려고 하자, 정원남이 급히 병따개를 가져다주었다. 두 남자는 하얀 셔츠에 정장 바지 그리고 산타클로스 무늬가 들어간 넥타이를 걸치고 있었다.

정원남의 남편은 앞치마를 두르고, 일곱 종류의 쿠키를 구워냈으며, 베이킹 과정을 상세히 들려주었다. 모두가 앞치마남이 재료를 일일이 열거하는 동안 서서 기다렸다. 우리는 더 많은 색깔을 기대했다. 두 사람은 결국 동성애자고 궤도에서 벗어난

이들이니까. 무언가 특별한 것이 있을 거라고. 하지만 거기서 벌어진 가장 독특한 사건은 노르웨이 방송국에서 얻은 비디오테이프를 틀어준 일이었다.

60년대 방송된 어느 강림절 프로그램을 흑백으로 녹화한 오래된 비디오였다. 이어서 콜리플라워를 닮은 파마머리에 전통 복장을 입은 노부인이 나와 강림절 초에 불을 붙이며 설명해주었다. 예수와 마리아를 비롯한 헤롯왕에 대한 이야기와 우리가 왜 성탄절을 기념하고 축하하는지에 대해서.

"아! 아스트리드 솜머."* 앞치마남이 탄성을 내뱉었다. "이것만큼 저를 크리스마스 분위기로 데려다주는 것도 없어요. 저는 이 방송을 정말 사랑해요." 그는 앞치마 자락으로 눈물을 닦으며 정원남에게 기댔다.

나는 다른 사람들을 둘러보았다. 그렌다의 토박이들로 우리처럼 오랜 세월 그곳에 눌러산 자들을. 그 가운데 한 부부는 얼마 전 열린 학부모의 밤에서 성탄절 축제와 관련된 안건을 올린 이들이었다. 각각 교수와 편집장으로 일하는 그들은 기독교적 선언을 드러내지 않고 노래를 부를 수 있는지 물었다. 또한 하나님이나 예수님 또는 에덴동산 같은 단어들이 등장하는 성탄 축하곡을 문제 삼았다. 그런다고 교과과정에 어긋나는 건 아니지 않냐고도 했다.

---

* 앞선 비디오 영상에 등장하는 노르웨이 배우의 이름

바로 그 두 사람이 TV를 보고 있었다. 전통의상을 입은 피조물이 촌스럽고 느린 1960년대식 템포로 예수와 마리아, 헤롯을 이야기했다. 모두가 함께하고 있었기 때문에 두 동성애자가 틀을 짠 상황 전체가 그들을 옴짝달싹 못 하게 만들었다.

시간이 흐르면서 사람들은 눈에 띄지 않을 만큼 능숙하게 주변을 둘러보기 시작했다. 마치 무슨 실험 상황에서 숨겨진 카메라를 찾는 것처럼. 어쩌면 우리는 어느 사회학 실험의 일부였을지 모른다. 우리가 얼마나 인종주의적이고 편파적인지 그리고 군중심리에 얼마나 쉽게 휘둘리는지를 보여주는 실험 말이다. 그랬다면 당시 그렌다에 살았던 우리는 실험을 속이기 위해 전력을 다했을 것이다. 왜냐하면 스스로가 그런 범주를 넘어설 뿐 아니라, 다른 모든 범주를 초월한다고 여겼기 때문이다.

"마침 여러분들이 다 계시니." 영상이 끝나자 정원남이 말했다. "이 기회를 빌려 제안을 하나 하고 싶어요. 우리 그렌다의 정원들을 정돈하는 건 어떨까요. 사실 여기는 수준 높은 지역이잖아요. 건너편 주택가처럼 질서 있게 정돈된 정원이 어울리는 곳이죠. 관리되지 않은 우리 정원을 보면 저는 너무 안타까워요. 우리 부활절 연휴 지나고 컨테이너 상자를 주문하면 어때요? 그런 다음 나무들을 좀 베기로 해요. 이쪽 나무들은 다들 너무 많이 자랐어요. 게다가 햇빛을 징그럽게도 많이 가리잖아요."

모두가 그를 바라보았다. '수준 높은 지역' 그리고 '나무들을 좀 베기'라는 메아리가 공기 중에 떠도는 동안 누구도 감히 시선을 주변으로 돌리지 않았다. 그렌다에서 묵시적으로 통용되는 또 하나의 규칙은 나무를 베지 않는 것이었다. 무슨 일이 있어도 절대. 무엇보다 건너편 저택에 사는 사람들이 자기 땅에 있는 나무들을 모조리 베어버렸기 때문이다. 그럼에도 아무도 입을 열지 않았다.

똑같은 일이 전에도 있었다. 인도 부부가 300미터 떨어진 학교까지 자녀들을 차로 등하교시키며 건물 앞에 차를 세웠을 때. 공문서와 이메일이 반년마다 교장과 학부모 대표로부터 날아왔으나 누구도 문제를 거론하지 않았다. 동성 부부의 냉장고에 붙은 "보수당에게 나의 한 표를!"이라는 자석 문구에 대해 우리가 한마디 언급도 하지 않은 것처럼.

이듬해 봄, 정원남은 컨테이너를 주문했다. 모두가 그 비용을 분담했지만 누구도 프로젝트에 참여하지 않았다. 그리고 가을이 오기도 전에 동성 부부는 이사를 나갔다.

젊었을 때 그렌다의 주민인 우리는 생각했다. 20년 뒤에도 직접 만든 드럼통 그릴에 둘러앉아 시니어 레저 광고처럼 멋진 백발노인으로 살아가리라고. 모든 것이 헝클어졌더라도 똑같은 리듬과 방향을 유지하며 나아가야 한다고. 우리는 그 무엇도 영원히 계속되지 않는다는 사실을 미처 알지 못했다. 우리를 포함해 모든 생의 토대가 되는 변화를 누구도 알아차리지 못했기 때문이다.

오늘날 그렌다의 공동체와 즉흥적인 축제들은 역사가 되었다. 이제 그렌다의 정원들은 건너편 주택가와 꼭 같은 모습으로 손질돼 있으며, 드럼통 그릴은 크고 번쩍거리는 가스 그릴로 교체되었다. 늘어선 연립주택들은 다락과 지하창고를 확장했고, 동시에 아이들도 하나둘 차례로 독립해 나갔다.

지금 그렌다는 거의 텅 빈 궁전들로 이루어져 있다. 낡은 정원 가구는 쓰레기더미로 보내졌고, 대체용 플라스틱 라탄 가구는 아무도 사용하지 않는다. 대리석 조리대 위에는 고가의 주방 가전들이 놓여 있으며, 벽에는 고정된 포스터 대신 예술 작품이 걸려 있다.

또한 그렌다에 사는 대부분의 부부가 온전한 반면 건너편 주택가의 부부는 거의 모두가 깨졌다. 그렌다의 아이들이 착실히 경력을 쌓아가는 반면, 주택가 아이들의 다수는 아직도 집에 있다. 그럼에도 여전히 그렌다에는 건너편 저택이 기득권이자 주류라는 견해가 지배적이다. 그리고 그렌다는 '재야'이자 '반란'이라는 뜻으로 통한다.

6

어느 토요일 아침의 은밀한 재회

오전 10시. 점심까지는 아직 두 시간이 더 남아 있다. 이어서 1965년생 여성이 들어온다. 그녀는 날 때부터 몸에 있던 반점을 제거하고 싶어 한다. 진료실을 벗어난 어딘가에서 수술칼을 대고 몇 땀 꿰매는 일은 나에게 이로울 것이다.

나는 우리가 쓰는 수술실이 비었는지 확인한 다음 그녀와 함께 그곳으로 들어간다. 그녀가 옷을 벗는 동안 나는 필요한 기구들을 챙기며 생각한다. 1년 전 토요일 아침에, 그러니까 비에른과 페이스북으로 친구를 맺은 다음 날 내가 무슨 생각을 했는지 기억하려 애쓴다.

하나는 확실하다. 비에른을 생각하지는 않았다. 그날 아침 내

바람난 의사와 미친 이웃들

머릿속에 떠오른 첫 번째는 십중팔구 술을 끊어야 한다는 생각이었다. '이번에는 진심으로 하는 말이야.' 뒤이어 나는 여느 토요일처럼 집을 청소했을 것이다.

내가 1965년생 여성을 국부마취하는 동안, 지난 토요일 오후에 얼마나 만족했는지 생생히 기억한다.

나는 요리를 시작할 때부터 자신에게 한 잔을 허락했다. 다시 제자리로 돌아왔고, 일요일에 숙취와 함께 깨어났다. 그리하여 결국 숲으로 산책을 떠났다. 때때로 악셀과 조깅을 시도하기도 했으나 당시 그의 건강상태는 나보다 훨씬 좋아서 아무런 의미가 없었다. 악셀은 그저 몇 분 템포를 맞춰주다가 못 참고 쏜살같이 들판을 가로질러버렸다.

붉게 상기된 뺨으로 산책을 마치고 돌아오자 어쩐지 건강해진 느낌이 들었다. 이어서 생각했다. '식사 중에 한 잔은 그리 해롭지 않을 거야. 알다시피 내일은 월요일이고 나는 더 이상 마시지 않을 거니까.'

그렇게 며칠이 흘렀다. 죄악과 속죄, 죄악과 속죄를 꽤나 한결같은 리듬으로 번갈아가면서. 나는 100퍼센트 예측 가능한 오르락내리락 상태에 처할 때마다 매번 처음인 것처럼 느껴졌다.

더불어 토요일 오후에 집은 눈부시게 반짝거렸다. 빨랫감을 담는 바구니 속 옷가지는 모두 한데 치워져 있었다. 현관 신발들은 가지런히 놓여 있었고, 욕실 변기와 세면대는 깨끗했으며, 맑게 닦아진 거울은 광이 났다. 온 집 안에서 기분 좋은 냄새가 났다. 나는 주방 싱크대에 서서 스스로에게 받아 마땅한 한 잔을 따라주었다. 그 와중에 딸들이 혹시 연락하지는 않았을지 휴대폰을 잠깐 들여다봐도 괜찮겠다는 생각이 들었다. 거기에는 비에른이 보낸 새로운 메시지가 하나 들어와 있었다.

우리가 굳이 만날 필요는 없지. 그저 생각일 뿐이었어. 너를 부담스럽게 하고 싶지는 않아.

그 메시지는 자정 직후 보내진 것이었다. 나는 집을 청소하고 점점 올라가는 혈중알코올농도로 그에게 썼다. **안녕 비에른! 네 소식을 듣게 돼 기뻐. 너랑 커피 한잔하고 싶은데.**

싱크대 옆에 서 있는 동안 나는 불과 몇 시간 전보다 더 사회적이고 친화적인 분위기 속에 있었다. 가끔 그런 일이 벌어진다. 하루 중 각기 다른 시간대를 사는 각기 다른 인물들이 시간이라는 차원을 원형경기장 삼아 서로 싸우는 일 말이다.

그런 식으로 토요일 오후 버전의 나라는 인물이 밤 버전의 나에게 뒤통수를 맞는 일이 벌어졌다. 나는 거기 서서 자주 그러하듯 무언가에 묘하게 빠져들고 있었다. 철자 하나하나에서 이를 느꼈다. 그럼에도 내가 행했던 모든 것이 그 순간에는 너무도 논리적이고 정상적이었다. 한 문장 한 문장, 단어 하나하나 모두.

'좋지. 커피 한잔하며 옛날얘기도 하고. 그럼, 안 될 게 뭐 있어.' 이어서 몇몇 메시지가 오고 간 다음 우리는 약속을 잡았다. 그것도 바로 월요일 당일 일이 끝나고 나서. 마침 비에른이 오

바람난 의사와 미친 이웃들

슬로에 일정이 하나 있다고 해서 그리 정해졌다. '이미 엎질러진 물이야.' 나는 생각했다.

'너를 부담스럽게 하고 싶지는 않아.' 이 문장은 아무리 겸손함을 담았다 해도 상당히 도전적인데? 내가 진료실로 들어오자 토레가 묻는다. 그리고 '우리가 굳이 만날 필요는 없지.'라는 문장에서 '필요'는 대체 무슨 뜻인데? 거기다 너는 답을 할 필요가 없었어.

정말 기쁘다! 비에른이 적었다.

나도 그래! 내가 적어 보냈다.

나는 기쁘지 않았다. 이미 후회하고 있었기 때문이다. 마음 한구석에서 이런 웅웅거리는 소리가 들렸다. '일 끝나면 사람들 만나기 피곤하잖아. 머릿속에서 통제되지 않은 채 계속 잡담이 흘러나올 거야. 뿐만 아니라 환자들을 두고 징징거리겠지.' 하지만 늘 그렇듯이 손가락이 휴대폰 위를 움직였고, 그저 내가 저지른 일을 처리하려고만 애를 썼다. '그만둬. 저리 가. 나를 괴롭히지 마. 부담스럽게 하지 마.'

나는 이해가 안 가. 토레가 콧방귀를 뀐다.

'그럼 대체 내가 뭐라고 써야 했던 건데? 벌써 이만큼 와버렸는데?'

내가 기억하는 한 나는 세상에 무언가를 빚지고 있다는 감정을 늘 지니고 살아왔다. 주의나 관심, 아니면 돈이나 그 어떤 것이든. 어딘가 장부에 기록되어 영원히 마이너스라는 생각으로부터 벗어날 수 없었다.

활발하게 사교 활동을 하던 때도 마찬가지였다. 언제나 내가 다시 연락을 취해야만 한다는 강박에 사로잡히곤 했다. 나는 바로 휴대폰을 붙들고 마지막으로 연락한 사람이 누구인지 확인했다. 그러면 마지막으로 연락한 건 나일 뿐 아니라, 당사자들은 대답조차 하지 않은 상태였다.

내가 했다고 믿은 것, 그러니까 아는 사람을 소홀히 하고 무시한 것은 사실 다른 이들이 나에게 한 짓이었다. 잊지 말자고 매번 생각했지만 그럼에도 이런저런 고민에 빠졌다. 다만 누구를 만나고 싶다는 간절한 바람이 느껴지지 않더라도 한 가지는 꼭 하려 했다. 모든 연락과 일정, 문자 교환까지 포함해 가능한 빨리 일을 처리하는 식으로.

나와 연락을 주고받은 누군가는 이 적극성을 열광으로 혼동하기 쉬웠다. 내 모든 주저함이 특유의 열의로 상쇄되어 상대가 지닌 망설임을 쳐냈으니까. 그런 까닭에 단번에 처리하고자 모든 계획과 약속에 돌진했다. 하지만 이는 미루는 고통을 의미했다. 나중에 가서는 계획과 약속을 변경하거나 취소해야 했기 때문이다. 그리고 변경이든 취소든 둘 다 똑같이 힘들었다.

기쁘다는 비에른의 메시지에 내가 답을 보내자마자 악셀이 달리기를 마치고 집으로 들어왔다. 그는 주방으로 가 계량컵에 물을 따랐고, 가득 채운 1리터들이 물을 마셨다. 충분한 수분 섭

바람난 의사와 미친 이웃들

취를 확실히 지키기 위해서.

"한번 알아맞혀봐. 월요일에 누구랑 만나기로 약속했는지."
내가 말했다.

악셀은 물을 삼키며 고개를 흔들었다. 그의 울대뼈가 얇은 살
가죽 밑에서 너무나 또렷하게 움직여 눈길을 돌려야 했다.

"비에른이랑."

악셀은 마시기를 멈추었다.

"어떤 비에른?"

"내가 당신 전에 만났던 비에른."

악셀은 빈 계량컵을 놓고 손등으로 입가를 훔쳤다.

"아, 그 사이코. 그런데 왜 만나는데?"

"어제 그가 나를 페이스북에서 친구 추가 했거든. 그리고 같
이 커피 마시기로 했어. 미친 것 같지, 안 그래? 거의 30년 동안
안 봤는데 말이야."

"아하." 악셀이 말했다. 그는 나의 노이로제를 누구보다 잘 알
고 있었다. 내 앞에 닥친 모든 약속에 대해서도 알고 있었다. 평
소 나는 이런저런 약속들을 해치워야 뒤에 오는 다른 만남들을
면할 수 있다고 믿었으니까. 사람 만나는 일을 참고 받아들여야
하는 의무처럼, 진짜 하고 싶은 것을 위해 끝내야 하는 일과처
럼. 이를테면 TV 앞에 누워 화이트와인을 마시기 전에 해치워
야 하는 것들이라고 말이다.

악셀은 좌우로 머리를 흔들며 미소 지었다. 그리고 샤워를 하

러 갔다. 그는 옛날 옛적 연인과 커피 마시는 약속 따위를 감행할 사람이 절대 아니었다.

악셀은 비에른에게 결코 질투심을 느끼지 않았다. 아니, 단 한 번도 질투하지 않았다. 게다가 그럴 이유가 전혀 없었다. 이와 반대로 비에른은 종종 질투를 했다.

"저 녀석은 누구야?" 처음이자 마지막으로 내가 의대생 파티에 그를 데려갔을 때 비에른이 물었다. 악셀은 즉시 그의 눈에 띄었다. 더 정확히 말하면, 악셀을 대하는 나의 행동이 그의 이목을 끌었다고 할 수 있다.

"무슨 뜻인데." 내가 답했다. "악셀이라고, 학과 동기. 그게 다야. 다른 건 없어."

"너 나랑 있을 땐 절대 그렇게 웃지 않거든." 비에른이 말했다. 나는 그가 무슨 말을 하는지 모르겠다는 듯 행동을 취했다.

불과 몇 주 뒤, 나는 비에른을 버리고 악셀과 만나기 시작했다. 그날 밤 오스카스 게이트의 집에서 격렬한 다툼이 이어졌을 때 예감했듯이.

"너 나랑 있을 땐 절대 그렇게 웃지 않아." 그는 몇 번이고 되풀이해 소리쳤다. "네가 아까 그놈 옆에서 웃고 떠들며 꼬리치는 모습을 나는 한 번도 본 적이 없어! 너 나한테는 절대 그러지 않아!"

악셀과의 만남은 아주 뜨겁고 습한 공간에 갇혀 있다가 막 신선한 공기를 들이마시는 것과 같았다. 악셀은 질투가 없었다. 뜻 모를 낯선 외래어를 틀리게 발음하며 남발하지도 않았다. 악셀은 자전거와 조깅을 즐겼다. 당시의 나처럼. 우리 두 사람은 의사가 되려 했고, 나는 즉시 그의 친구들 모임에 들어갔다. 마찬가지로 그도 나의 친구들 무리에 들어왔다.

"유유상종이지. 원래 날개가 같은 새들끼리 모이는 거야." 사람은 학교 공부뿐 아니라 속담도 배워야 한다고 주장했던 우리 어머니가 말했다. 왜냐하면 모든 속담이 들어맞았으니까. 어머니의 생각은 그랬다. 그리고 이를 믿지 않는 사람은 충분히 오래 살지 않은 것뿐이라고 이야기했다. 어머니의 속담과 격언은 치매로 씻겨 내려가지 않은 소수의 것들에 속했다. 그리고 그녀가 속담을 꺼낼 때면 드물지 않게 상황에 잘 들어맞았다. 흡사 그녀 안에 아직 지능이 남아 뼛속까지 자리 잡고 있는 것처럼. 내가 악셀과 이혼할지 모른다고 설명하자 그녀는 말했다. "행운은 있다가도 없어지고, 나타났다가도 사라지지."

페이스북에서 비에른을 추가하고 난 사흘 뒤, 나는 프로그네르베이엔의 길을 달렸다. 5월 들어 처음으로 따뜻한 월요일이었다. 나는 숙취가 상당했다. 늘 그렇듯이 일요일 저녁에 거하게 마셨기 때문이다. 하지만 오늘은 절대 아무것도 마시지 않으리라. 비에른과 커피 한잔을 마시고 돌아와 스코틀랜드로 시간 여행을 떠나야지.

온종일 환자들이 오가는 동안은 숙취를 그리 심하게 느끼지 않았다. 그러나 모든 진료가 끝나고 나자 두통과 오한, 불안이 느껴졌다. '이대로는 안 돼. 이런 식으로 계속 갈 수는 없어. 끊임없이 약속에 응하고 사람을 만나고. 이게 다 뭘까. 다 어디에서 온 걸까. 대체 무슨 의미가 있을까.'

다른 한편으로는 스스로를 북돋우며 기분을 좋게 만들려 애썼다. '비에른을 다시 보는 일은 흥미로울 수 있어. 지난 세월 그는 무엇을 했을까? 악셀 때문에 내가 떠나버린 사람. 지금 그의 삶은 어떤 모습일까?'

전날 저녁, 나는 소파에 기대 클릭 한 번으로 비에른의 삶을 훑어보았다. 그의 아내 린다는 날마다 사진을 올리는 부류에 속했고, 꽃병과 커피잔이 담긴 사진 밑에 짧은 글귀를 달아놓는 스타일이었다. **드디어 나를 위한 평화로운 시간**. 사진들 가운데 하나는 포개진 두 손에 분홍 필기체로 "28번째 결혼기념일"이라는 문구가 빨간 하트와 꾸며져 있었다.

나는 거기 드러누워 사진들을 바라보며 생각했다. 무언가 너무 이상하다고. 오늘날 우리는 인터넷에 들어가기만 해도 다른 사람들을 엿볼 수 있다. 그것도 아주 은밀하게. 참으로 기이하지 않은가. 동시에 나는 취하지 않고 싶다는 소망을 느꼈다. 또한 눈앞에 펼쳐진 삶 속으로 들어가고 싶다는 바람도 느꼈다. 어쩐지 비에른이 이긴 것만 같았다. 그의 삶은 여러 면에서 나보

바람난 의사와 미친 이웃들

다 자랑거리가 많았기 때문이다. 린다와 비에른은 나이보다 젊어 보였고, 우리보다 아이들을 일찍 얻었다. 모든 것이 조화롭고 유쾌하며 밝아 보였다. 모든 인간이 꿈꾸는 행복한 부류의 견본 같았다.

나는 사진들을 거듭 뒤로 넘겨야만 했다. 그중 비에른과 린다, 성인이 된 네 명의 자녀들이 함께 바닷가에서 찍은 사진이 있었다. 아들이 린다를 업고 있었는데 얼굴이 비에른과 판박이였다. 내가 기억하는 예전 그의 모습을 복사한 듯 똑같았다. 그리고 다들 웃고 있었다.

소파에 드러누운 나는 사진들과 극명히 대비되었다. 우리의 가정생활, 우리의 친구들, 우리의 여행, 우리가 함께한 저녁 식사는 다 어디로 간 걸까. 우리도 한때는 그런 삶을 영위했었다. 그렌다의 즉흥적인 축제들과 부산스레 뛰어다니던 아이들과 함께.

그 순간 우리는 각자 따로 집에 앉아 있었다. 사진들은 살면서 내가 느낀 오랜 감정 하나를 불러일으켰다. 말하자면 바깥에 서서 안쪽을 구경하는 느낌. 지난 모든 세월 동안 일종의 이민자 같은 느낌을 받았다. 그것도 무슨 전향자처럼. 비단 그렌다에서뿐만이 아니었다. 노르웨이 핵가족의 삶도 나에게는 낯설기만 했다. 토박이의 당연함 같은 건 없었다. 어색하고 서투르게 규칙들을 습득했으며, 바깥에서 보는 느낌을 지속적으로 받았다.

"내 생각에 나는 가정생활에 적합한 사람이 아닌 것 같아." 언젠가 악셀에게 말했다. 그때 나는 그렌다의 주방에 앉아 딸아이에게 젖을 먹이고 있었다.

"뭐라고?"

나는 반복해 말했다. 가정생활에 적합하지 않은 것 같다고. 그러자 악셀이 웃기 시작했다.

"나도 그래."

환자들을 돌보며 세월을 보낸 지금도 여전히 의심이 든다. 인생에서 벌어지는 갖가지 상황에서 무엇을 어떻게 해야 하는지에 관한 규칙이 적힌 안내서를 나만 못 받은 것은 아닌지. 거의 모든 사람이 각자의 방식으로 표현하는 까닭에 공통된 감정을 가지고 있는 듯 보이지만 실상은 아닌 것 같다.

내가 카페브레네리엣에 들어설 무렵, 그는 이미 거기 앉아 있었다. 자리에서 일어나 그가 미소를 지으며 다가왔다. 그리고 팔을 뻗어 끌어당겼다. 잊고 있었다. 그가 얼마나 컸었는지. 포옹은 꽤나 오래 지속되었다. 벗어나려고 했지만 쉽지 않았다. 나는 다시 그에게 기댔다. 그러자 그가 나를 놓아주었다. 포옹은 해봐야 3, 4초 동안 계속되었다.

"오랜만, 진짜 오랜만이다."

"그러게, 정말 오래간만이야."

우리는 그가 앉아 있던 테이블로 갔다. 거기에는 반쯤 채워진 커피잔이 놓여 있었다.

"조금 일찍 와서 앉아 있었어. 일정이 계획보다 빨리 끝났거든."

"나 얼른 가서 커피 한 잔 사 올게."

"그렇게 해."

나는 계산대가 있는 대기 줄에 서서 기다렸다. 곁눈으로 그가 나를 바라보는 모습을 볼 수 있었다. 린다가 올린 바닷가 사진들이 생생한 채로 나는 바짝 배를 당겨 서 있으려 노력했다. 대체 무슨 일이 벌어지고 있는 걸까. 이 만남은 무슨 의미가 있는 걸까. 우리는 무엇에 대해 이야기를 나누어야 할까.

어쩌면 화장실에 가는 척하며 슬쩍 빠져나와 도망칠 수도 있었다. 그러나 내가 알기로 화장실은 뒤쪽에 있었고 창문이 하나도 없었다.

"너 의사가 됐더라." 커피를 들고 돌아와 앉자 비에른이 말했다. "정말 의사가 됐어."

"음…… 뭐, 그렇게 됐어. 그런데 그냥 일반의야."

"그게 무슨 뜻이야. '그냥 일반의'라니? 의사가 아니라는 말이야?"

"우리 어머니가 종종 말씀하셨지. 아무 재능 없는 사람도 일반의는 될 수 있다고."

비에른이 웃자 문득 이런 생각이 떠올랐다. '말 너무 많이 하지 마. 그가 실컷 말하도록 내버려둬. 그렇지 않으면 엄청 길어

질 거야.'

"네가 의사라는 게 그저 놀랍고 대단해. 이상하게 잘 받아들여지지가 않아. 거기다 너는 전혀 변하지 않았어. 여전히 예전과 똑같아 보여."

"너도 그래."

비에른 곁의 모든 것이 작아 보였다. 그의 가늘고 긴 손가락에 끼워진 결혼반지마저도. 기다란 두 다리는 테이블 밑에 다 들어가지 않았고, 커피잔은 손안에서 거의 보이지 않았다.

피아노를 치는 손. 그는 오스카스 게이트에 있던 조율되지 않은 낡은 피아노를 즐겨 쳤다. 여기서 고작 100여 미터 정도 떨어진 집에서 말이다. 그가 변하지 않았다는 것은 사실이 아니었다. 만일 환자들 중 하나였다면 나는 그를 알아보았을까? 그가 진료실에 발을 들일 때 머릿속을 스치는 첫 번째 생각은 무엇이었을까? '거참.' 하고 생각하며 나는 다시 한번 확신했을 것이다.

대부분의 20대 여성이 파트너를 자유롭게 고를 수 있는 반면, 일부 남성들의 차례는 수십여 년 뒤에 온다. 자유로이 선택할 수 있는 남성들은 소수이며 어쨌든 이들 안에 비에른도 속할 것이다. 청년 특유의 서투르고 깡마른 모습은 빠른 성장과 함께 사라졌다. 높은 코, 파란 눈, 강인한 턱, 두드러진 하관. 예전에는 그를 아둔하게 만들었던 것들이 이제는 도리어 남성적인 느낌을 자아냈다.

담소를 나누는 동안, 나는 모두를 주의 깊게 보았다. 동시에 생각했다. 그렌다에 살며 남성적이라는 단어를 결코 입 밖에 내보지 않았음을. 왜냐하면 그렌다에서 성별은 문화적 구조물에 불과했다. 그럼에도 단어는 정확히 떠올라 그의 어깨와 팔뚝, 까칠한 수염, 셔츠 밖 회색 털 위에 놓였다.

나는 그의 입술을 바라보았다. 여전히 똑같았다. 비에른은 입꼬리를 아래로 젖히며 나와 같은 방식으로 웃었다. 당시 우리는 이에 대해 이야기한 적이 있었다. 우리의 동일한 미소와 아이들의 모습에 대해서.

비에른은 말하곤 했다. "우리가 결혼을 하거나 아이를 가지면, 만약에 그러면." 그럼 내가 말했다. "응, 만약에."

지금의 비에른을 80년대 후반의 질투 많고 히스테리 심한 청년으로 연결 짓기는 어려웠다. 그가 가볍게 끅끅거리는 웃음을 짓거나 어디서든 쉽게 눈에 띄더라도 말이다.

우리는 서로 아이들이 몇인지, 그들이 무엇을 하는지 이야기했다. 어디에 사는지 그리고 언제 거기로 이사를 왔는지도. 비에른은 자기 일에 대해 상세히 전했다. IT 관련 일을 하고 있으며 프레드릭스타에 있는 큰 회사에 다닌다고. 그 회사는 그의 아내 린다가 행정 직원으로 일하는 사회복지기관 옆에 붙어 있었다. 두 사람은 걸어서 출퇴근이 가능했다. 소도시에 살면 누구나 누릴 수 있는 장점이었다. 게다가 둘은 가까이 붙어 일을 하는 덕에 매주 금요일 함께 점심을 먹었다.

나는 환자들과 보내는 일상에 대해 구체적으로 전했다. 의대를 다니는 딸들에 관해서도 이야기했다. 비에른은 네 명의 아이들과 다섯 손주들에 대해 설명했으며 이들 모두 프레드릭스타에 함께 산다고 했다. 현실적인 이유도 있지만 그는 손주들과 기꺼이 시간을 보내고 싶어 했다.

"하지만 힘들 텐데. 우리는 이제 40대가 아니잖아. 하하." 이어서 내가 말했다. 환자들을 대하는 일은 기본적으로 흥미롭다고. 사람들과 어울려 일하면 내적으로 채워지지만 그만큼 나를 힘들게도 한다고. 그리고 사람들이 병원을 너무 자주 찾는다고. 한계에 다다른 복지국가에 대해 일일이 열거하는 일조차 피곤한 일이라고. 나이를 먹을수록 관용이 줄고, 피곤해지며, 숙취가 심해진다고. 나는 이미 그리되었다는 뭐 그런 잡다한 말들을 늘어놓았다.

'사람들과 어울려 일하면 내적으로 채워진다.' 처음에는 유효할지 모른다. 하지만 시간이 지나며 그들의 등장, 냄새 그리고 잡담에 질려서 가능하다면 종을 바꾸고 싶을 정도다. 할 수만 있다면 침팬지로 탈바꿈하고 싶다. 사람들이 나에게 우끼끼우끼끼 이외에 다른 소리를 기대하는 일이 없도록 말이다. 그러면 나는 카페 테이블에 앉아 무언가 입장 표명하는 일은 영원히 면할 수 있다.

비에른은 원래 린다가 간호조무사였으며 엄청난 교육과 훈련을 거쳐 사회복지 당국에 들어가게 되었다고 전했다. 실제로 의료 분야에서 쌓은 경험이 그녀가 공공기관에 들어가는 데 적잖은 이바지를 했다고. 또한 린다가 지금의 공무원 생활을 마음에 들어 하기는 하나, 여전히 사람들과 함께하는 육체노동을 그리워한다고도 했다.

린다는 아이들 때문에 수년간 집에 머물렀다. 그러면서도 다시 사람들과 어울리고 싶어 했다. 목표지향적인 사람인 탓에 늦게 들어간 대학에서도 그리 오랜 시간이 필요하지 않았다.

나는 머리가 아팠다. 대화 도중 잠시 양해를 구해 화장실에 갔다. 겨우 30분이 지나갔다는 사실이 도무지 믿어지지 않았다. 체감상으로는 흡사 일주일 전부터 저기 작은 테이블에 앉아 있던 것처럼 느껴졌기 때문이다.

나는 거울 속에 비친 모습을 들여다보았다. 간밤에 마신 알코올과 진료 끝에 시들어버린 피부. 정확히 알고 있었다. 내가 자신에게 뭐라 속삭일지. '금방 지나갈 거야. 집에 가면 뭘 좀 마시자. 어제도 마신 데다 오늘이 월요일이긴 하지만. 그리고 잊지 마. 스코틀랜드로 떠나는 시간 여행 드라마가 아직 세 편이나 남아 있다는걸.'

그때까지 비에른은 휴대폰처럼 단지 방해 요소에 불과했다. 그 순간 누군가 내게 말해주었더라면 어땠을까. 액정 화면에 그의 이름이 뜨기만 해도 전율하게 될 거라고. 무력화된 중년의 몸에 말라버린 체액이 흘러넘치게 될 거라고. 200년 전 과거로 돌아가는 것처럼 희박하다 여겼던 일들이 벌어질 거라고 말이다.

테이블로 돌아와 다시 앉자 대화가 계속되었다. 비에른은 악셀에 대해 물었다. 나는 악셀이 정형외과 의사로 릭스호스피탈렛에서 일하며, 그가 병원을 무척 마음에 들어 한다고 말했다. 하지만 무엇보다 그가 좋아하는 일은 스키였다. "악셀은 겨울에는 크로스컨트리, 여름에는 롤러스키를 즐겨 타." 이렇게 말하고 있는 자신의 목소리가 들렸다. 취하지 않은 상태에서 실상을 깨닫기까지 결코 많은 문장이 필요하지 않았다.

샤블리 와인 상자를 생각하는 것도 별로 도움이 되지 않았다. 그랜다에 있는 우리 집 냉장고 속까지 가려면 너무 오래 걸리니까.

문득 나는 말을 멈추었다. "저기, 있잖아. 갑자기 생각나서 하는 말인데, 내가 점심 이후로 아무것도 먹질 않았거든. 그런데 여기 파는 샌드위치나 케이크는 당기지가 않네. 우리 어디 다른 곳으로 옮기면 어떨까. 뭔가 따뜻한 음식이 있는 곳으로 가는 건 어때? 너만 괜찮다면."

"물론 괜찮지. 그런데 시간은 충분해? 너 집에 가서 저녁 먹어야 하는 거 아니야?"

"너는 집에 가서 먹어야 해?"

"아니, 안 그래도 돼. 고객이랑 식사하느라 늦는다고 린다에게 미리 말했거든."

바람난 의사와 미친 이웃들

"지금 오슬로에서 나랑 만나고 있는 거, 아내는 몰라?"

"어우, 모르지. 미쳤니. 내가 업무상 미팅이나 저녁 식사가 오슬로에서 자주 있거든. 그러니 아무 문제없어."

바로 이 지점에서 불길한 예감이 들었다. 그러나 깊이 생각하기에는 심히 지쳐 있었고 목이 너무 말랐다.

그러니까 결국 알코올이 너를 파멸로 이끈 거야. 토레가 말한다. 네가 그렇게 목마르지 않았더라면, 아니 카페에서 버텼더라면 달라졌을지도. 그 인도 레스토랑으로 들어가며 모든 게 시작됐으니까 말이야.

우리는 몰랐다. 비에른이 아예 카페에서 마음을 털어놓거나, 유일한 기회라고 알려줬더라면 달라졌을까.

카페에만 있었다면 너는 말짱했을 테니까. 토레가 말한다.

'그래. 여왕에게 그게 달려 있었으면 여왕이 아니라 왕이었겠지.'

어디서 방향을 잘못 꺾었는지 알고 싶지 않은 거야? 나는 그저 도와주려고 애쓰고 있는데. 토레가 묻는다.

'아니. 너는 오로지 함정에 빠트리는 게 목적이야. 네가 설치한 함정에서 내가 허우적거려야 실컷 비웃을 수 있으니까.'

'최소 맥주 500밀리리터 두 잔은 마셔야지. 충분히 그럴 자격이 있어.' 근처 레스토랑으로 향할 때 나는 생각했다.

조만간 마실 맥주에 대한 기대감으로 발걸음을 재촉하며 기분을 한껏 들어 올렸다. 내가 돌보는 환자들 가운데 한 마약 중독자는 언젠가 이런 말을 했다. 밀매업자를 만나러 가는 지하철 안에서 이미 황홀경에 빠진다고. 그 환자만이 유일한 경험자는 아니다. 이게 일종의 현상이라고 증명하는 몇몇 연구 결과들을 읽은 적이 있다. 즉, 유기체는 자신이 곧 무엇을 얻을지 알게 되면 미리 반응을 한다.

바로 그 순간 나는 정확히 같은 현상을 경험했다. 레스토랑으로 가는 고작 몇 미터 사이에 수다스러워졌으며, 악셀이 참가하는 스키 경주와 과도한 훈련에 대해 늘어놓았다. 비에른은 나보다 거의 머리 하나 정도가 컸고, 나는 그를 악셀과 비교하지 않을 수 없었다. 나와 키는 비슷하면서 피하지방은 거의 없는 남편을 말이다.

그 인도 레스토랑은 본의 아니게 오스카스 게이트로 가는 모퉁이에 있었다. 우리가 막 들어가려 할 즈음, 비에른이 주변을 둘러보고 말을 꺼냈다. "그런데 여기 오스카스 게이트잖아. 너희 어머니 아직 여기 사셔?"

나는 그에게 지금 집이 비어 있으며 어머니는 치매를 앓아 요양원에 계신다고 말했다. 가게 안에서 자리를 찾는 동안 나는 그 집을 세놓을 계획이라고도 전했다. 하지만 마음 한구석에는 어머니가 언제든 다시 돌아올 거라는 믿음을 품고 있었다. 그 때문에 집을 세주기 위해 수리할 결심을 내리지 못하고 있다고, 어머니가 좋아져서 예전처럼 돌아오면 어떡하나 고민 중이라며 웃었다. 사실 맥주에 대한 기대감으로 가득 채워진 웃음이었다.

비에른은 미소 지었다. 어딘가 멍해 보이기도 했다. 자리에 앉자 종업원이 메뉴판을 가져왔다. 나는 맥주가 놓이기 전에 잠깐 동안 하고픈 말을 무사히 마쳤다. 초과근무를 할 때 주로 여기서 음식을 포장해 가는데 양고기 요리를 적극 추천한다고.

그런 다음 요리를 찾아 메뉴판을 마구 넘겼다. "아, 여기 있다." 내가 말했다. "어때, 너도 이거 먹을래? 그럼 내가 2인분으로 주문할게." 비에른은 고개만 주억거렸다. 그러면서 나는 저 양고기를 어떻게 먹어야 할지 스스로에게 물었다. 왜냐하면 전혀 배고프지 않았으니까. 오로지 갈증만 있을 뿐이었다.

그때 맥주가 왔다. 우리는 건배한 다음 잔을 들었다. 맥주가 들어가자 비에른과의 약속이 새삼 유쾌하게 느껴졌다. 인간은 일탈을 자주 해야 한다. 사방이 막힌 공간에서 사람들을 만나고, 옛 친구들과 다시 연락을 취해야 한다. 그런데 그들은 다 어디 있을까. 생각해보니 나는 더 이상 아무도 만나지 않았다.

좋은 분위기가 문득 입에서 이런 말이 나오게 했다. "너 있잖아, 그거 알아? 네가 오스카스 게이트에서 날 위해 피아노를 쳤을 때 어땠는지 말이야. 그리고 또 그거 알……." 그러나 더 말을 잇기도 전에 비에른은 두 손을 테이블 위에 올리며 내 눈을 바라보았다.

"자, 그냥 말할게. 뭐가 어떻게 된 건지. 나는 원래 일정이 없었어. 그냥 핑계였어. 너에게 연락이 왔을 때 너무 기뻤거든. 그래서 쇠도 뜨거울 때 두드리라고 망설이지 말자 생각했지."

"뭐라고?"

나는 맥주잔을 꼭 쥐며 언제 마셔야 될지 속으로 물었다.

"그저 너를 만나기 위해 오슬로까지 온 거야."

"다른 일정이 하나도 없었다고?"

비에른은 테이블을 빤히 쳐다보았다.

"응, 없었어. 마음이 급해서 점심을 먹자마자 바로 출발했지. 회사에는 몸이 별로 안 좋다고 말해놨어. 린다에게는 아까 말했듯이 오슬로에 업무 일정이 있어서 늦을 거라 전해뒀고. 이미 1시 30분에 도착해 오슬로 시내 여기저기를 돌아다녔어. 얼른 5시만 되기를 기다리면서 말이야."

"아."

나는 남은 맥주를 끝까지 마셨다. 비에른은 고개를 비스듬히 기울이며 나를 바라보았다. 누가 봐도 반응을 기다리고 있었다. 결국 내가 먼저 잔을 비운 다음 입을 열었다. "그런데 왜 말하지 않았어. 나랑 약속이 있다고. 내가 누구인지 아내는 알아?"

"네가 누구인지 그 사람이 아냐고? 초창기에는 네 이름을 입밖으로 내서는 안 됐지."

"내가 아는 사람이야? 당시 너랑 어울리던 친구야? 그럼 파티에도 있었어?"

"응, 그러니까 쉽게 말하면 그 사람은 너를 아주 잘 알고 있지."

"나를 질투하는 건가. 네가 전에 그랬듯이?"

바람난 의사와 미친 이웃들

"린다에게는 질투하지 않아. 너를 만나기 전에도 그러지 않았어. 그때 내가 얼마나 어리석게 행동했는지 생각만 해도 부끄러워. 모든 걸 망쳐버렸으니까. 인생에서 가장 후회되는 세 가지를 꼽는다면, 그중 하나는 내가 너무 바보 같았다는 거야."

나는 거기 앉아 그를 물끄러미 응시했다. 그리고 어느 때보다 자신에게 많이 물어보았다. 내가 지금 여기서 무얼 하고 있는지, 어쩌다 여기 내려앉게 되었는지. 그것도 지극히 평범한 월요일에.

나는 종업원에게 손짓하며 맥주 한 잔을 더 시켰다. 비에른에게는 더 주문하고 싶은 것이 없는지 묻지 않았다. 첫 잔도 고작 몇 모금 마시다 말았으니까. 얼마간 나는 그로가 그리워졌다. 그녀는 적어도 나만큼이나 빠르게 술을 마셨다.

"그리고 말이야. 너에게 꼭 전해야 할 말이 있어. 네가 지난 금요일 처음 연락한 이후로 머릿속에 맴돌던 거야. 원래는 말할 마음이 없었는데 그냥 지금 말할래. 그러니까…… 90년대 말에 내가 회사에서 세미나를 하나 들었거든. 당시 흔히 하던 팀워크 관련 세미나였어. 아무튼 거기서 주어진 과제 중 하나가 10년 후를 상상해보는 일이었어. 훗날 어디 있고, 무엇을 할지에 대한 뭐 그런 것들. 그저 아무런 제한 없이 내 안을 들여다보는 시간이었어. 주어진 재능이나 현실적 문제는 상관없이 말이야. 우리는 록 스타, 영화배우, 우주비행사를 답안으로 적어내야 했어."

맥주가 도착하자 나는 잔을 높이 들었다.

"건배!"

비에른 역시 고개를 끄덕이며 잔을 들어 올렸다. 그러나 입에 대지 않고 다시 내려놓았다.

"그리고 이렇게 썼지. 엘린과 함께 오스카스 게이트에서 살기." 비에른은 계속 이야기했다. "나는 단 1초도 생각할 필요 없이 곧바로 적었어. 당시 린다와 결혼한 지 8, 9년 차로 막 넷째를 얻은 상태였지. 그래서 그 쪽지를 갈기갈기 찢어버렸어."

"네가 정말 그랬다고?" 나는 오직 한마디만 건넸다. 그 외에는 무슨 말을 해야 할지 몰랐다. 내가 지난 모든 세월 동안 했던 비에른에 관한 생각으로는 결코 적절한 수준을 메울 수가 없었다. 왜냐하면 생각 자체를 하지 않았기 때문이다. 하지만 그 순간만큼은 부디 균형이 맞춰지기를 바랐다. 마이너스는 나쁘고 슬픈 법이니까. 그런 생각으로 홀로 마시고 또 마시며 멈추고 싶지 않을 뿐이었다.

나는 비에른이 이야기하는 동안 입속에 들어간 양고기가 차츰 부풀어 오르는 것을 느꼈다. 그가 나의 삶을 추적해왔으며, 내가 언제 결혼했고, 언제 아이들이 태어났으며, 언제 그렌다로 이사를 왔는지. 또 언제 의사 면허를 받았고, 언제 공동 병원을 개원했는지 알고 있다고 말하는 사이에. 심지어 그는 그해 악셀이 비르케바이너 대회에서 몇 등을 차지했는지와 마르시알롱가를 비롯한 다른 모든 경주에서 거둔 성적까지 알고 있었다.

"인터넷에서 모두 공개적으로 접근할 수 있는 정보들로만 알아낸 거야."

비에른은 아직 첫 번째 맥주잔을 붙들고 있다. 반면 나는 세 번째 잔에 다다랐다. 그리고 여전히 무슨 말을 해야 할지 몰랐다. 비에른은 계속 이야기를 이어갔다. 연애 시절의 영수증을 보관한 상자가 있으며, 가끔씩 그 내용물을 꺼내본다고.

그는 우리가 인터레일 패스로 그리스 섬들을 여행 다녔던 이야기도 꺼냈다. "그때 우리 배낭만 메고 다녔잖아. 아테네 역전에서도 잤는데. 다른 인터레일 여행객들 옆에 나란히 누워서 말이야. 기억나? 린다였다면 같이 못 갔을 거야. 세상천지에 무슨 일이 있어도 절대."

우리의 손은 나란히 테이블 위에 놓여 있었다. 내 손은 비에른보다 작았으나 그것만 빼면 거의 동일했다. 길고 가는 손가락을 지닌 커다란 손이었다.

비에른이 묘사하는 과거는 나에게 비현실감을 선사했다. 마치 드라마에서처럼 시간을 여행하는 것만 같았다. 그리고 이 드라마는 머릿속에서 완전히 지워져버렸다. 왜냐하면 모든 것이 다시 시작되고 있었으니까. 어두운 레스토랑에서 새로운 드라마가 바닥부터 쓰여지고 있었다. 콘크리트라고 여긴 정체가 축축한 모래밭으로 드러나는 순간이었다. 무수히 작은 모래 알갱이들로 이루어진 밭은 책임도 없이 계속해서 흘러내렸다.

하지만 나는 여전히 가만히 앉아 있었다. 그저 옛 남자친구와 저녁을 먹고 있다고 믿었다. 그것도 남성 갱년기 혹은 가정 위기에 처한 듯 보이는 남자와. 그러면서 우리가 그의 메시지대로 옛 추억에 잠겨 있다고 여겼다.

나는 비에른과 달리 배우자에게 아무것도 숨기지 않았다. 곧 집으로 돌아가 악셀과 함께 웃을 것이다. 악셀이 계량컵으로 물을 마시고 내가 금붕어 잔으로 술을 마시는 동안. 그것도 내내 웃을 것이다.

"잘 모르겠어. 내가 무슨 말을 해야 할지."

"충분히 이해해. 사실 나도 모든 이야기를 쏟으며 급습할 생각은 없었어. 하지만…… 네가 금요일에 연락했을 때, 정말 믿을 수 없을 정도로 기뻤어. 무슨 일이냐고 린다가 물었지. 나는 엘린이 페이스북에서 나를 친구 추가했다고 말했어. 그러자 린다가 묻더라. 대체 왜 이제 와 너랑 연락하고 싶은 건지 모르겠다고. 그리고 만약 둘이 만난다면 완전히 끝이라고. 그런데 린다는 늘 이혼하고 싶어 해. 내가 쓰레기 내놓는 걸 까먹기만 해도 이혼하자고 하니까."

"진짜?"

"응, 진짜야. 어제도 이혼하고 싶다고 했어. 내가 맥주 한 캔 마신 걸 알고는 그러더라. 일요일인데도 말이야. 그래, 아무래도 그래야 할 것 같다고 답했지. 정말 이혼해야 할지 모르겠다고. 우리 만남에 대한 기대감이 어쩐지 나를 조금 더 강하게 만든 것 같아. 지난 금요일부터 쉬지 않고 내리 너만 생각했거든. 그러자 린다가 불안했던 모양이야. 한 번도 내가 그런 말을 한 적이 없었으니까. 지금껏 그 사람이 이혼하겠다고 소리 지르면 내가 늘 달래는 식이었거든.

린다는 그게 무슨 뜻이냐고 물었어. 그래서 말했지. 아무래도 이혼해야만 할 것 같다고. 그래도 이혼이 답은 아니라고 그 사람이 말하더라. 당신이 한 제안이지 않냐고 내가 받아쳤어. 어차피 우리 사이는 그리 좋지도 않았으니까. 린다는 당신이 좋지 않은 거라며 대꾸했어. 나는 그럼 당신은 좋냐고 물었지, 당신은 행복하냐고. 무슨 뜻인지 모르겠지만 인간은 항상 행복할 수만은 없다고 하대. 이번엔 내가 물었지. 그럼 당신은 나랑 함께 있어서 좋냐고. 당신은 나를 쳐다보지도 않는다고. 린다가 답했어. 30년 넘게 살면서 매번 바라볼 수는 없다고 말이야. 하지만 그녀는 나를 아예 쳐다보지도 않아. 신경을 건드리거나 뭔가 잘못을 하면 그때야 쳐다봐. 린다는 다시 내게 물었어. 아까 이혼해야 할 것 같다는 말이 무슨 뜻이냐고.

그리고 그런 식으로 계속 이어졌지, 제자리를 돌면서. 그러다 결국 자리 들어갔어. 우리 부부는 가족이나 친구들, 맛집 동호회 같은 공식 자리에서는 누구도 불협화음을 내지 않아. 린다는 이웃들과 있으면 완전히 다른 사람이 돼버려. 그래서 둘만 있으면 분풀이라도 하는 것처럼 행동해. 온종일 다물고 있다가 사소한 것 하나로 몰아붙이기 시작하지."

비에른은 수저를 들고 이리저리 음식을 뒤적이다 내려놓았다.

"린다하고는 너랑 하듯이 대화할 수 없어. 좀 전에 네가 카페로 들어서는 순간 바로 알아챘어. 내가 예전처럼 너에게 모두 말하게 될 거라고. 너도 알지? 우리 밤이 깊어지도록 이야기를 주고받았잖아. 분명 너는 내가 미쳤다고 생각되겠지. 하지만 나는 미치지 않았어. 과거나 지금이나 다른 누구와도 이러지 않아. 너랑 있으면 내가 이래. 너의 존재 사실을 아는 것만으로도 늘 위로가 됐어."

나는 맥주를 삼키며 고개를 끄덕였다. 그리고 다시 한번 삼켰다. 남은 맥주를 다 마신 상태였다.

"나 맥주 한 잔 더 시킬래. 너도 더 마실래?"

"그래, 그러자."라고 말하며 비에른은 드디어 첫 잔을 비웠다. 종업원이 맥주 두 잔을 가져오자 건배를 했다. 비에른에게는 두 번째, 나에게는 네 번째 잔이었다. 비에른은 잔을 박력 있게 테이블 위에 내려놓았다.

"그리고 말야. 내가 벌써 여기까지 왔네. 우리 사이는 섹스도 없어. 그러니까 내 말은, 더 이상 하지 않는다는 뜻이야. 5년이 넘도록 함께 잠을 자지 않아. 마지막이 언제였는지도 정확히 기억해. 바로 5년 전 크리스마스이브였어."

"신체 접촉도 전혀 없어?"

"없어. 가끔가다 뺨에 입 맞추는 게 전부야. 더 이상 하고 싶은 마음이 없나 봐. 그 사람은 우리 인생에 이 부분은 지나갔다고 생각해. 그런데 또 휴대폰 메시지에는 애칭이랑 하트, 키스 이모티콘까지 붙여. 페이스북이나 인스타그램에 올리는 모든 사진에도. 가끔 나는 린다가 올린 사진들과 글을 보며 일말의 희망을 품기도 해. 이 여자는 누구일까. 저 바깥세상에 우리 이야기를 전하는 여자가 내가 결혼한 사람이 맞나. 이것이 정말 우리의 삶일까. 이렇게 환상적인 삶이 또 있을까. 하지만 다시 만나면 우리는 언제나처럼 그대로야. 나는 엄청 육체적인 남자거든. 제대로 작동하려면 신체 접촉이 필요해. 그런데 매일 밤 린다는 휴대폰을 쥐고 침대에 누워 딴짓만 하지. 인스타그램과 아이들 외에 다른 건 중요치 않아."

"다른 사람들하고 말은 해봤어?"

"아니."

"친구들이나 동료들과도? 다른 누구와도 전혀?"

"전혀. 누군가와 이야기한 적은 한 번도 없어."

'그는 내가 필요하다.' 순간 나는 생각했다. 처음이지만 결코 마지막은 아닌 생각. '오로지 나만 그를 도울 수 있어.'

오늘에 와서 다시 생각한다. 인간은 일말의 허영을 조심해야 한다고. 특히 도와주려는 욕구 안에 숨어 있는 허영을. 인간은 허영으로부터 스스로를 지켜야 한다. 무언가 잘해보려는 사람이 내려놓아야 할 첫 번째가 허영이다. 허영으로부터 자유로운 사람은 모든 것으로부터 자유롭다. 그러나 허영은 숨는 데 매우 노련하다. 더욱더 능숙하게 더더욱 교묘하게 숨는다. 하지만 종종 아예 숨지 않기도 한다.

비에른은 고개 숙인 채, 맥주잔을 이리저리 흔들었다.

"그런데 너희 두 사람은 항상 그랬던 거야?" 내가 물었다. "그래도 언젠가는 지금보다 나았을 거 아니야?"

"처음에는 사이가 정말 좋았어. 아이들이 생기기 전까지는. 아이들이 생긴 이후에도 몇 년 동안은 그럭저럭 괜찮았지. 하지만 언제인가부터 그 사람을 만족시킬 수 없었어. 아이들이 독립할 무렵 가라앉았다가 손주들이 생기니 다시 시작되더라."

그는 한숨을 쉬었다.

"얼마 전에는 영화를 보러 갈 생각이었어. 그런데 그때 우리 첫째에게서 전화가 왔지. 아프다고 하더라. 그 사람이 아이들을 위해 모든 걸 내려놓는 일은 고통스럽지 않아. 나도 아이들을 기꺼이 돕고 싶으니까. 나를 정말 고통스럽게 하는 건, 아이들 중 하나가 메시지를 보내거나 전화라도 걸면 마치 되살아난 것처럼 적극 반응한다는 거야. 말을 할 때도 숨이 찰 정도로 열정적이지. 완전히 다른 사람이 돼 있어. 나는 바로 몇 초 전 그 사람과 대화를 시도했지만, 그녀는 가만히 앉아 한 번도 쳐다보지 않았어. 이번 휴가는 어디로 떠날지, 밖에 나가 무슨 밥을 먹을지, 일요일에 자전거 여행을 하면 어떨지 아무 관심이 없어. 린다는 오로지 아이들에게만 관심이 있어. 그들과 관련된 모든 것에만. 하나 더 있다. 인스타그램. 그런데 지금 내가 너에게 별소리를 지껄이고 있네. 그냥 내 안에서 막 솟아나. 집에 가야 되면 언제든 말해."

　　　　　　　　　　바람난 의사와 미친 이웃들

"아니야, 괜찮아."라고 말하며 나는 목구멍에서 어떤 만족스러움을 느꼈다. 내가 드라마에 깊이 빠졌을 때 느껴지는 감정과 동일한 것이었다. 몸 안에 퍼지는 안락한 느낌, 일종의 깊은 만족감. 어쩌면 그저 술에 취했는지도 모른다.

"대체 어떻게 견딘 거야? 그 긴 세월을 왜 아무에게도 털어놓지 않았어?"

"어디서부터 시작해야 할지 몰랐어. 다들 우리 사이가 좋다고만 생각하니까. 어쩌면 아이들은 예외일지 몰라. 지난 수년 동안 보고 듣고 겪은 일이 있으니. 나는 지난 세월 조금 더 기다리면 모든 게 원상 복구될 거라 믿었어. 아이가 하나 생기면, 아이들이 더 자라면, 증축 공사가 끝나면, 린다가 꿈꿔온 집이 매물로 나오면, 그 집을 사 리모델링을 하면, 아이들이 독립하면, 이런다면 저런다면.

시간이 흐르며 자연스레 깨닫게 됐지. 아무것도 달라지지 않는다는 사실을. 그 사람이 원하는 대로 해주다가 내가 모든 걸 악화시켰어. 아주 오래전부터 엄하게 호통쳤어야 했는데. 이제 너무 늦었지. 드물게나마 큰소리치면 그 사람은 그냥 웃기 시작해. 세상에, 당신 그렇게 소리 지를 때 얼마나 바보 같은 줄 아냐며 나가버려. 그녀는 나를 존중하는 마음이 조금도 없어. 나보다 우리 집 늙은 고양이를 더 존중하지. 그 사람이 아이들과 손주들을 관심과 사랑으로 대하는 건 견딜 수 있어. 하지만 그 더러운 늙은 고양이는…… 이따금 그놈이 린다 무릎 위에 앉아 샛노란 눈으로 나를 뚫어져라 본다니까."

한바탕 웃자 비에른이 말을 이었다. "그래, 알아. 나도 내가 슬슬 미쳐가는 것 같으니까."

나는 그를 기차역까지 배웅해주었다. 우리는 아무 말 없이 국립극장까지 걸었다. 이후에는 칼 요한스 게이트를 따라 올라갔고, 국회의사당을 지나 중앙역 광장으로 내려왔다. 나는 그를 승강장까지 바래다주었다. 거기서 그는 내 얼굴을 몇 초 동안 따뜻한 손으로 감쌌다. 그러고 나서 곁을 떠났다.

집으로 가는 지하철에서 유리창에 몸을 기댔다. '아, 그래.'라는 생각만 들었다. '아, 그래.' 다 합쳐서 3리터의 맥주를 들이마셨다. 뱃속이 찰랑거리며 부글부글 끓어올랐다. 나는 월요일부터 취해버린 자신에게 화가 났다. 뜨거운 뺨에 맞닿은 유리창은 그래도 편안하고 기분 좋았다.

그러면서 예전의 감정이 떠올랐다. 비에른으로부터 벗어났을 때 느껴졌던 어떤 안도감. 몹시도 뜨거운 어느 여름날 창문을 활짝 열어 환기시키는 것만 같았다. 나는 잠자리에 들기까지 시간 여행 드라마를 최소 한 편은 볼 수 있겠다고 생각했다.

나는 여전히 믿고 있었다. 모든 것이 여느 때와 다름없다고. 그 순간 나에게 벌어지고 있는 상황을 그저 관망만 했다. 일상의 일부인 듯 흐름의 일부인 듯. 실제로는 화상을 입었는데도 말이다. 뜨거운 물에 손을 담그면 처음에는 고통을 느끼지 못한다. 손등에 생긴 붉은 반점 하나를 두고 결코 심각하게 생각하지 않는다. 그러나 손을 미지근한 물에 담그지 않으면 붉은 반점은 다음 날 노란 수포로 변해버린다.

"비에른과의 만남은 어땠어." 집으로 들어오자 악셀이 물었다. 지하 욕실에서 젖은 머리로 수건을 두른 채 나오면서. 연분홍빛 피부는 갈빗대 위로 팽팽하게 당겨져 있었다. 그는 날이 갈수록 더 말라가는 것만 같았다.

"비에른이랑 그의 아내가 맛집 동호회에 다닌대."

우리는 비에른과 린다 이야기에 함참을 웃었다. 그러나 내가 나머지 이야기를 전하려 하자 그는 이미 계단을 오르고 있었다.

'거봐.' 나는 토레에게 말한다. '나는 악셀에게 다 말하려 했어. 하지만 그가 그냥 자러 가버렸어.'

정말 그렇게 생각해? 네가 모두 말했다면 달라졌을 거라고? 토레가 되묻는다.

'응. 왜냐하면 바로 그날 밤 내가 비에른에게 메시지 하나를 보냈으니까. 다시 만나 반가웠어. 고마워. 덧붙여 손 키스를 날리며 웃고 있는 조그만 해님도 보냈지. 나는 지금도 강렬하게 느껴. 만약 그때 악셀이 곁에 앉아 귀를 기울였다면 절대 그런 짓을 하지 않았을 거라고 말이야.'

아니, 그래도 했을걸. 네가 보낸 메시지는 덴 상처일 뿐이야. 너의 내면에서 파먹은 화상. 당시 너는 지극히 정중한 태도를 유지했어. '다시-만나-반가웠어-고마워.'라는 메시지를 보내면서. 비에른이 자기가 털어놓은 말들로 불쾌감을 느끼지 않기를 바랐지. 빚지고 있는 누군가에게 느끼는 오래된 감정이랄까. 네가 메시지를 보내도록 만든 것은 바로 마이너스 상태야. 네가 집에서 외로움을 느낀다거나 하는 상황 때문이 아니라. 어쩌면 그 외로움도 네가 지난 세월 품어왔던 핑곗거리일지 모르지.

비에른이 답하지 않자 불안은 점점 커졌다. 나는 소파에 누웠다. 그때까지 TV는 손도 대지 않고 있었다. 지하철에서 느꼈던 안도감은 이미 사라지고 난 뒤였다. 비에른은 아직 기차 안에 있었다. 그런데 왜 그는 답을 하지 않는 걸까. 따로 할 일도 없으면서.

'TV나 켜자.' 나는 스스로에게 말했다. '잊지 마. 스코틀랜드 드라마 다음 회차를 보기로 했잖아.' 하지만 나는 아무것도 하지 않은 채 휴대폰만 뒤적일 뿐이었다. 지난 하루 사이 린다가 새로운 사진들을 올렸기 때문이다. 하나는 출근길 풍경, 또 하나는 들판 위의 태양. 마지막은 샐러드 접시와 화이트와인 한 잔이 담긴 사진이었다. **어느 월요일의 생과부.**

대단한 광기다. 자기 인생을 이렇게 그려낼 수 있다니. 그것도 인간이 기꺼이 살고 싶어 하는 모습으로. 그사이 알게 된 모든 사실에도 불구하고 말이다.

30분 뒤, 마침내 답장이 왔다. **고마운 건 나지. 내 온갖 문제들로 너를 괴롭힐 생각은 아니었는데.** 이어서 하트 하나. 그리고 새로운

바람난 의사와 미친 이웃들

메시지 하나 더. 너랑 이야기하니 참 좋더라. 다시 또 만나고 싶어.

그는 내가 필요하다. 그는 지금 힘들다. 그리고 나는 그를 도울 수 있다. 이제 나는 전 인류에게 지고 있는 일반적 부채와 비에른에게 지고 있는 특별한 부채, 즉 내가 떠나며 그의 부부관계가 건강히 흘러가지 못한 것에 대한 책임 일부를 갚을 수 있을지 모른다. 그와 그들을 동시에 도와줌으로써.

'나는 취했고 감상에 빠져 있어.' 스스로에게 말했다. 우리가 대학에서 환자 대하기 수업을 통해 배운 것이었다. 심경변화를 겪는 동안 감정에 이름 붙이기. 한 걸음 비켜서서 스스로에게 말하기. "나는 지금 화가 난다." 같은 식으로 분노와 짜증 또는 다른 어떤 감정에 삼켜지는 대신 말이다. '너는 술에 취했고 감상에 젖어 있어. TV나 켜. 정신 차리고 하던 대로 해.' 하지만 그러는 대신 나는 휴대폰을 붙들고 놓지 않았다.

"나도."라고 벌써 보냈다. 그리고 답을 기다렸다. 내가 뭘 한 걸까. 왜 그런 말을 보낸 걸까.

'우리는 다시 카페에서 옛이야기도 하고 부부 문제도 나눌 수 있어. 전혀 이상하지 않은 무해한 일이야.' 스스로에게 되뇌었다.

다음 날 나는 악셀에게 말했다. 마치 막 떠오른 것처럼 행동하면서.

"아 참, 당신 비에른 기억하지? 그 사람이 그러더라. 나랑 이야기하니 좋아졌다고. 다시 만나고 싶대. 아내랑 문제가 좀 있거든."

악셀은 대답하지 않았다. 나는 시선을 TV에 고정한 채 말을
이어갔다.

"나도 잘 모르겠어. 내 여가 시간을 심리치료사 놀이로 보낼
만큼 흥미가 있는지. 아니면 그를 차라리 환자로 받아야 하나
싶어."

악셀은 여전히 아무런 말도 하지 않았다. 나는 그가 있는 쪽
으로 눈길을 돌렸다. 안락의자에 누워 곤히 자고 있었다. 아니,
나에게서 받은 50번째 생일선물에 파묻혀 막 오트밀을 먹으려
하고 있었다. 내 목소리가 공기 중에 메아리로 떠 있는 동안, 그
는 내내 입을 벌리고 누워 흡사 죽은 사람처럼 보였다.

7

란사로테 징크스

점심시간까지 아직 한 시간이 남아 있다. 이어서 귓속에 습진이 있거나 등허리가 아픈 환자들이 줄줄이 들어온다.

"통증이 다리까지 퍼졌네요.", "손으로 바닥을 짚으실 수 있나요.", "하루 중 어느 시간대에 심하신가요.", "물을 충분히 마시도록 하세요.", "제가 목을 좀 만질게요.", "잠은 잘 주무시나요."

종종 안개 속을 더듬거리는 것만 같다. 환자의 주관적인 고통과 나의 객관적인 진단 사이의 일치는 극히 드물다. 그럼 무엇을 해야 할까? 감정이입을 하며 공감과 이해를 보여야 할까? 무엇에 대해서? 자신들에 의해 유발되었을지 모를 통증이나 상태에 대해서? 신체적인 문제일까, 정신적인 문제일까? 마치 둘의 무게가 다른 것처럼 따로 물어야 하는 걸까?

"어지러워요." 한 환자가 퀴즈를 시작한다. 그러면 나는 집요하게 파고들며 몸 이곳저곳을 두드린다. 흡사 우리가 3만 년 전 아프리카 어느 바위 위에 앉아 있는 두 유인원인 것처럼. 나는 한 번에 모든 내부장기를 점검할 수 있는 도구를 꿈꾼다. 피, 침, 소변, 눈물, 대변, 귀지를 해석할 수 있는 기계. 귀, 눈, 코, 목, 질, 요로, 음낭, 직장을 들여다볼 수 있는 기계. 어마어마한 정밀 분석을 토대로 보통 수년 걸릴 일들을 단번에 해결해주는 기계.

하지만 현실은 다르다. 인간의 몸은 갓난아이와 비슷하다. 아이가 울면 아무도 이유를 모른다. 기저귀도 말랐고, 밥도 먹었으며, 엄마도 곁에 있는데. 그럼에도 아이는 소리를 지르며 운다.

우리의 몸도 이와 같이 행동한다. 특히 늙어갈 때 그런다. 몸이 소리치면 우리는 왜 그러는지 모른다. 알 수 없는 이유로 두통을 느끼고, 이리저리 뒤척이며 잠 못 이룬다. 먹지 않아도 허리둘레가 두툼하며, 운동을 해도 피부가 힘없이 늘어진다. 긍정적인 생각을 하며 낯선 이에게 미소를 보내지만 그럼에도 퉁명스러워 보인다.

종종 나는 기억을 소환할 수밖에 없다. 대체 내가 왜 일반의, 그것도 가정주치의가 되었는지. 또 나는 왜 악셀처럼 대형 병원에서 일하지 않는지. 내가 여기서 매일 걸러낸 것들이 기본 업

무의 대부분인 그곳에서.

그러면 언제나 대형 병원에서 보냈던 인턴 시절을 떠올리게 된다. 위계질서와 위치 선점을 위한 각고의 노력, 음모와 계략, 젊은 남자들만 편애하던 선배 의사, 결여된 전통과 부족한 전례, 여의사를 향한 간호사들의 모호한 태도. 이 중 하나가 권력을 가질 때 보이는 불확실함과 그 불확실함을 닮은 무언가.

당시 여의사들은 일상적인 존중 대신 특별한 히스테리로 둘러싸여 있었다. 평범함으로는 충분치 않아 무언가 특별해야만 했던 것이다.

말하자면 이런 식이다. 다른 경향이 있으니 너를 높여주는 것이며, 만약 자리에 어울리지 않는다면 그 경향이 너를 같은 높이로 끌어내릴 거야. 여의사들을 향한 시선은 이른바 소수자를 향한 특정 방향으로 고정돼 있었다. 즉, 여의사들은 감상적이고 예민한 경향을 고르도록 장려되었다. 그리고 상응하지 않는다고 밝혀지면 꼭대기에 오를 수 없다는 증거이자 이유로 삼았다. "다들 잘 봐. 끝까지 오르지 못할 테니까."

몇몇 나이 많은 환자들은 내가 진찰한 뒤 꼭 질문을 던졌다. 그 질문은 항상 다음과 같았다. "의사 선생님은 언제 와요?"

나는 그들이 당황하지 않도록 미소 지으며 말했다. "그 의사 선생님이 저예요."

그들의 답은 한결같았다. "네네, 알겠어요. 그런데 남자 선생님은 언제 와요?"

이 병원에서는 내가 그 의사 선생이라는 사실을 다 안다. 여기서 나는 문을 닫거나 잠글 수 있는 고유의 진료실이 있다.

환자들은 지역 주민의 단면을 전형적으로 보여준다. 그들은 시시각각 바뀌는 날씨와 도로처럼 쉬워지기도 어려워지기도 한다. 또 그 수는 많고 다양하지만 권력을 행사하는 이는 아무도 없다.

그뿐 아니다. 가정주치의로 지내면 동료들과의 직접적인 관계를 면할 수 있다. 나는 굳이 점심을 같이 먹을 필요가 없다. 진료실에 머무르며 여기서 홀로 지내도 된다. 최근 나의 주식이 된 딸기셰이크를 마시면서 말이다. 추가로 오렌지 하나와 인공 감미료가 잔뜩 들어간 과일주스를 곁들인다.

"신선하고 가공되지 않은 식품을 드세요." 나는 환자들에게 말한다. 이런 식으로 말하는 것은 도움이 된다. "긴장을 풀고 여유를 가지세요. 그리고 주어진 삶에 만족하세요." 이 같은 표현과 문장은 사람의 마음을 따뜻하게 데운다. 나는 환상 속에서 환자들에게 건넨 조언과 권고를 그대로 따른다. 하지만 현실에서 나는 화학 성분이 가득한 과일주스와 밀크셰이크를 마신다. 인간은 우리가 생각하는 것보다 훨씬 잘 소화시킨다. 내 환자들 중에는 필요 칼로리를 다양한 조합의 지방과 소금, 알코올로만 충족시키는 이들이 있다. 덕분에 허리를 곧게 펴고 걸을 수 없을지 모르나 그럼에도 멈추지 않는다. 진료 명단에 있는 다음 환자처럼.

뚱뚱보라 불리는 남자가 낡고 해진 신발을 신고 뒤뚱뒤뚱 걸으며 들어온다. 그는 나의 단골 환자로 요즘 무릎 통증을 호소하고 있다. 솔직히 내가 해주고 싶은 말은 그가 아직 살아 있다는 사실이 더 놀랍다는 것이다. 왜냐하면 그 뚱뚱보는 나이 예순에 160킬로그램이 나가기 때문이다.

그가 가까스로 들어오자마자, 몸에서 나온 니코틴과 알코올 냄새가 진료실에 진동한다. 도움 없이는 제대로 걷지도 못하는 그가 소음을 내며 간신히 의자에 파묻힌다. 그는 진통제, 혈액검사, MRI, 심전도, 엑스레이, 수술을 원한다. 이미 수백의 통증이 있으며 수천의 약을 먹고 있다. 이로 인해 다시금 수백만 가지 부작용을 얻으며 수십억 가지 약이 필요할 것이다.

그는 도움이 받고 싶다 말하지만 실제로는 전혀 도움을 원하지 않는다. 그저 이 모든 광기를 계속하고 싶을 뿐이다. 이상하리만큼 강렬한 욕망과 복수심으로 더욱 깊숙이 가라앉으려 한다. 보다 많은 사람이 골머리를 앓게 되는 특별한 환자가 되려는 마음으로.

나는 지난 세월 동안 그에게 늘 말했다. 담배와 술을 끊어야 한다고, 너무 많이 먹지 말라고, 운동을 해야 한다고, 기타 등등. 그리고 매번 그는 진지한 표정으로 끄덕였다. 마치 처음 듣는 사람처럼.

그러나 그가 정말 원하는 것은 내가 숨을 헐떡이며 그의 육중한 몸을 움직이려 애쓰는 모습이다. 그러면 그는 함께 움직이는 척 힘을 빼고 나의 노고를 만끽한다. 그게 사랑인 것처럼 말이다. 그의 인생에서 결여된 애정과 관심을 받듯이 한껏 즐기며 기운을 되찾는다.

모든 과정이 진행되는 동안 뚱뚱보는 무척 만족하는 듯 보인다. 점점 더 쇠해가는 몸뚱이 안에 놀랍도록 명랑한 놈이 하나 숨어 있다. 고장 난 무릎, 간 수축, 만성폐쇄성폐질환, 천식, 관절증, 디스크 탈출, 혈전, 심근경색 또는 대장의 거대 악성종양도 그의 기분을 망치지 못한다. 그는 자기가 한 말에 너무 크게 웃는 바람에 천식용 흡입기를 꺼내기에 이른다.

그렇게 우리는 자리에 앉아 프로그램을 무사히 끝마친다. 나는 그가 하는 놀이를 모르는 척하고, 그는 내 말을 잘 듣는 척한다. 그러나 마지막 몇 분 동안 나는 멀리 가 있었다. 지난 한 해 동안 벌어진 비에른과의 일들을 떠올리느라 입이 벌어져 말하는 그를 주의하지 못했다. 분위기가 달라지자 뚱뚱보는 몸을 똑바로 일으키며 나를 멍하니 바라본다.

나는 녹음테이프를 되감듯 공간 속에 퍼져 있는 메아리에 귀를 기울인다. 그가 담배를 끊고 싶다고 반복적으로 내뱉을 때, 같이 놀아주도록 고깃덩어리 몇 점을 내던질 때, 내가 뭐라고 대꾸했는지 기억하기 위해 애를 쓴다. 그리고 그 순간, 무슨 말을 했는지 떠오른다. "네, 그러셔야 해요. 제가 좋은 금연 프로그램을 추천해드릴게요. 어쩌고저쩌고." 나는 평상시 건네는 모범 답안 대신 다른 말을 한다. "인생에서 약간의 즐거움도 있어야

죠. 그 즐거움을 절대 놓치지 마세요."

내 조언이 유익하리라는 신념은 진료실에서 이따금 힘겹게 유지될 뿐이다. 특히나 울적한 날이면 나는 내 안에 사는 어떤 게으른 청소부를 보곤 한다. 다음 날 아침 구석에서 다시 쌓여 있는 쓰레기를 확인하고 마는 청소부를.

우리 뚱뚱보는 이번 해만 대략 스무 건에 이르는 검사와 수술을 받았다. 내가 이 남자를 위해 얼마나 많은 소견서를 작성했는지, 또 끝내 서명하지 않은 것은 무엇인지 이루 말할 수 없을 정도다. 그러면서 남몰래 생각했다. 그는 그냥 이대로 계속해야만 한다고, 어차피 그는 계속 이럴 거라고.

'그럼 죽도록 마셔, 뚱보야. 죽도록 먹어. 죽도록 싸. 변기에 앉아 죽을 때까지 쥐어짜. 엘비스의 떠도는 말처럼 고통스러운 몸을 널리 보여줘. 온 사회에 특별 서비스를 제공하며 장렬히 끝을 내. 그런데 너는 아직 살아 있잖아. 그것만으로도 이미 기적이야. 네가 완전히 제대로 하고 있다는 증거지. 집으로 가. 너만의 즐거움을 누리며 푹 쉬어.'

그렌다의 주방에서 내가 이 말을 얼마나 자주 악셀에게 외쳤는지 모른다. 물론 뚱뚱보 얼굴에다 대고 말한 적은 없었다. 그러나 악셀에게 너무 자주 떠들어댄 까닭에 문장들은 즉시 사용해도 될 만큼 잘 다듬어져 매끄러운 상태가 되었다.

"제가 어디서 읽었는데요. 독한 소주는 알츠하이머 예방에 좋대요. 제가 환자분이라면 소주를 더 많이 마실 것 같아요. 하지만 잊지 마세요. 동시에 맥주도 충분히 마셔줘야 한다는 걸요. 아시다시피 맥주에는 비타민B가 풍부하니까요. 특히 생맥주에 해당되는 말이니 알아두세요."

그 외에 나는 또 뭐라고 말했을까? 공간 속에 흩어져 있는 메아리에 귀를 기울인다.

"집으로 가시는 길에 맥도날드에 들러 트리플-엑스트라-플러스-고-라지-고-바나나 세트 메뉴를 자신에게 선물해주세요. 반드시 하셔야 해요. 그걸 누리실 자격이 충분히 있으니까요."

나는 자리에서 일어나 그에게 손을 뻗는다. 내 안의 무언가가 방향을 틀려는 시도 자체를 못하게 만들고 있다.

"동의하시죠? 자, 그럼 조심히 들어가세요. 다 잘될 거예요. 행운을 빌어요!"

나는 남자를 밀어 진료실에서 내보낸다. 나가는 도중 그는 닭 울음 같은 소리를 낸다. 하지만 이를 제외하면 수다쟁이 남자는 지난 몇 분 동안 단 한마디도 꺼내지 않았다.

히포크라테스선서는 어떻게 된 거야. 문이 닫히고 토레가 묻는다. 그의 목소리는 아주 경쾌하다. 이제 모두 가라앉을 것이다. 여기는 모조리 침몰할 것이다.

예전에는 내가 사람들을 도와줄 수 있을 거라 생각했다. 중증 환자, 만성 환자, 통증 환자를 막론하고 도울 수만 있다면 모든 것을 다 하려 했다. 심지어 그들에게 내 개인 전화번호를 넘겨준 적도 있다. 하지만 밤낮으로 전화를 거는 탓에 결국 전화받기를 그만두어야 했다. 그들 중 상당수는 집 앞에 나타나 문을 두드리기까지 했다. 다들 왜 그러는 걸까.

이미 많은 시간을 쏟은 무렵 나는 악셀에게 물어보았다. 그러자 악셀이 대답했다. "사람을 돕는다는 건 종종 보기보다 더 복잡하고 어려운 일이야. 도움이 절박한 사람들은 보통 받아들이지를 못해. 그들은 아마 다른 뭔가를 찾을 거야. 도움이 아닌 다른 뭔가를." "그게 뭔데?" 내가 물었다. 그러자 악셀이 답했다. 그건 자기도 모른다고. 어쨌든 그들로부터 거리를 두는 것이 최선이라고 말했다.

"그들에게 특별한 도움과 관심을 주면 불을 일으킬 수 있어." 악셀이 덧붙였다. "어쩌면 그동안 받지 못한 모든 관심과 도움을 떠올릴지 몰라. 그렇게 불이 작열하면서 지나온 전 인생사가 활활 타오르게 되지."

내가 거리 둘 대상을 어떻게 미리 알 수 있냐고 물었다. 하지만 그는 대답하지 못했다.

예컨대 나는 그 뚱보처럼 도움을 원하지 않는 환자를 파악하기까지 오랜 시간이 걸렸다. 그들에게 건강해지고 싶거나 고통에서 벗어나고 싶은 마음이 없다는 것을 뒤늦게 깨달았다. 아니, 그들이 원하는 것은 다른 사람들이다. 자신에게 도움을 제공할 수 있는 사람. 그 가운데 나도 포함되어 있다.

이어서 그들은 상황이 반복되어 앞으로도 아프기를 바란다. 그러면 나는 또 검진결과로 골머리를 앓고, 특수검진센터로 보내거나, 새로 상담시간을 잡아 부르게 된다. 이는 온갖 걱정과 희망, 애정과 관심, 미래와 믿음이 담긴 비교적 유쾌한 상황이다. 누군가 자신이 떠나기를 바라는 상황은 아니니까.

이런 유형의 환자는 나를 연료나 공급해주는 따뜻한 별채처럼 이용한다. 그는 상황을 개선하기 위해 아무것도 꾀하지 않는다. 오히려 상담자 입장에서 나와 같은 차선에 있는 듯이 보인다. 그가 짐을 부리고 연료를 채우러 안으로 들어온다. 지금까지와 마찬가지로 새로운 용기와 힘을 충전하기 위해서.

종종 나는 내 심신 상태를 토대로 방금 들어왔던 환자가 어떤 유형인지 말할 수 있다. 그리고 우리 뚱뚱보와 상담을 하고 나면 항상 녹초가 된 느낌을 받는다. 그런데 오늘은 아니다. 오늘만큼은 편안하고 가벼운 느낌이 든다. 아마 저 뚱보가 진이 빠진 느낌을 받을 것이다.

나는 자리에 앉아 스스로에게 묻는다. 접수처에서 전화가 올 때까지 얼마나 걸릴까. 지금 뚱뚱보가 불평을 제기하고 있을 그곳에서 말이다. 나는 그가 그러리라는 걸 안다. 보지 않아도 눈에 선하다. '하지만 사람들은 믿지 않을 거야, 뚱보야. 왜냐하면 너의 말은 나의 말과 상반되니까. 그리고 여태까지 나는 정신을 놓은 적이 한 번도 없으니까.' 나는 접수처에 있는 여자가 곧장 이맛살을 찌푸릴 거라는 것도 안다. 보통 미친 환자와 대화할 때 생기는 주름을 만들면서, 또 참아내려 애쓰면서.

휴대폰이 진동을 한다. 이번에는 그로다.

잘 지내? 어제 악셀이랑 잠깐 이야기했는데 잘 못 지내는 것 같더라.

이외에도 비에른이 보낸 메시지가 하나 더 와 있다.

대체 무슨 일이야? 거기 있는 거 맞지? 읽고 있는 거지? 너랑 꼭 대화를 해야겠어. 오늘 오후 이야기 좀 할 수 있을까? 나 오늘 6시에서 7시 사이에 혼자 있어.

'하지만 뚱뚱보뿐 아니라 비에른 너도 나를 따뜻한 별채로 이용했지. 지난 1년 동안 나눈 전화 통화에서 나를 삶을 견디기 위한 밸브로 이용했어. 그리고 이제 너는 누가 봐도 그곳으로 다시 돌아가고 있어.'

비에른에게도 그로에게도 나는 답을 하지 않는다.

그로와 친구로 지내기 시작한 것은 몇 해 전의 일이다. 어느 날 저녁 그녀가 우리 집 문을 두드리며 처방을 물으러 찾아왔을 때부터.

사람들이 현관 앞에 나타나 의학적 도움을 바라는 일은 전혀 새로운 사건이 아니었다. 전에는 그렌다의 누군가가 현관 초인종을 누르지 않고 가는 날이 단 하루도 없었다. 대부분의 방문은 내가 맡았다. 내가 일반의라서 그랬다기보다 악셀에게 사람들을 물리치는 비상한 재능이 있었기 때문이다. 그에게선 특유의 냄새가 풍겨났다.

급기야 나는 초인종 건전지를 빼놓기에 이르렀다. 그러자 그들은 집 주변을 배회하며 베란다 문을 두드렸다. 그들에게 날이 밝는 대로 주치의에게 전화를 거는 편이 더 낫지 않겠냐고 물었다. 그럴 때마다 그들은 아이들이 병원에 갈 수 없을 만큼 절체절명의 순간이라며 답하곤 했다.

하지만 얼마 뒤 바로 그 아이들이 문 앞에서 초인종을 눌렀다. 그러면서 사회적책임과 연대에 대해 이야기했다. 우리 집의 높은 소득을 넌지시 지적하면서. 그렌다에서는 열 살짜리도 정치인처럼 자기주장을 펼칠 수 있었다.

그러나 그로는 그렌다에 살지 않았다. 그녀는 건너편 저택에 사는 주민 중 하나였다. 그리고 거기서 누군가가 찾아와 문을 두드리는 일은 처음이었다. 그로에 대해 내가 아는 거라곤 그녀의 남편이 변호사라는 사실 정도였다.

언젠가 그녀는 학부모의 밤에서 아이들 숙제가 너무 적다고 말했다. 그렌다의 부모들은 서로를 바라보며 눈을 휘둥그레 떴다. 그런 그녀가 불쑥 우리 집 문 앞에 서 있었다. 기다란 손톱과 백금발을 한 여자는 말할 수 없을 정도로 격렬히 흐느끼고 있었다. 나는 마치 희귀 동물을 가까이서 보는 것만 같았다.

"저희 남편이 몇 달 전부터 다른 사람을 만나는데요. 이제는 아예 저를 떠나버렸어요. 그래서 지금 저는 뭘 어떻게 해야 할지 모오르겠어요. 하아루 조옹일 동네 주변을 맴돌았어요. 마아음의 아안정이 필요해요. 도와주세요. 제발 저 좀 도와주세요."

나는 그녀보다 머리 하나 정도 더 컸고, 무게도 분명 두 배 정도 더 나갔을 것이다. 그녀에게 다가가 조심스럽게 어깨를 붙잡았다. 내가 남자 같은 느낌이 들 뿐 아니라 특히 더 건장한 성인 남성처럼 느껴졌다. 나는 융으로 된 남성용 파자마 바지와 격자무늬 셔츠를 입고 서 있었다. 최근 몇 년 동안 거의 모든 옷을 H&M의 남성복 코너에서 사다 입었다. 안에 입은 쫀쫀한 스포츠브라가 가슴을 납작하게 누르는 바람에 그로의 배와 맞먹을 정도였다. 반대로 내 배는 그녀의 가슴만큼이나 앞으로 나와 있었다.

"현재 상태로는 제가 해드릴 수 있는 처방이 없어요." 내가 말했다. "하지만 제가 드릴 수 있는 건 집에 좀 있어요. 그리고 제 생각인데 오늘 밤 여기서 주무시는 편이 나을 것 같아요."

나는 그녀를 주방으로 안내했다. 내 앞에서 이리저리 흔들리는 조그마한 엉덩이, 딱 붙는 바지에 온갖 서툰 소리를 만들어내는 작은 몸. 얼마나 많은 돈과 시간을 그 안에 쑤셔 넣었을까. 그럼에도 그녀의 남편은 도망가버렸다. 반면 내 남편은 여전히 거기 있었다. 비록 내가 남성용 파자마 차림으로 돌아다닐지라도.

"자리에 앉으세요."라고 말하며 나는 수면제 한 알을 가져왔다. 그다음 잔에 수돗물을 채워 그녀에게 건넸다.

"제가 뭘 어떻게 해야 할지 모르겠어요." 그녀는 같은 말을 반복했다. 잔을 붙들고 있는 그녀의 두 손이 부들부들 떨렸다. "저는 모르겠어요. 뭘 어떻게 해야 하는지."

나는 마주 보며 손을 잡았다. 그 상태로 잠시 동안 가만히 앉아 있었다. 그녀의 향수가 온 주방을 채웠다.

"여기 사셔서 얼마나 다행인지 몰라요." 그녀가 말했다. "저는 이쪽 길가 집에는 들어가 본 적이 없거든요. 약효가 나타날 때까지 얼마나 걸려요?"

"대략 15분에서 20분 정도."

"하지만 종종 이쪽을 바라봤어요. 정원 축제 하실 때요. 여기선 모든 게 자유롭고 여유로워 보여요."

"정원 축제 시절은 지나갔어요."

"왜요?"

"저도 모르죠."

"도무지 이해가 안 가요. 크리스마스에도 정말 좋았거든요. 그런데 그 사람이 갑자기 사랑에 빠졌다고 주장하는 거예요. 열렬한 사랑 덕분에 자기가 너그러워졌대요. 그래서인지 저에게 화를 덜 내기는 했어요."

나는 스스로에게 물었다. 악셀이 별안간 나를 떠나버릴 때 달려가 문을 두드릴 수 있는 누군가가 있는지. 아무도 떠오르지 않았다. 내가 문을 두드릴 수 있고, 또 나를 위해 나서줄 누군가가 말이다. 하지만 나는 결코 그러지 않을 것이다. 누구에게도 도움을 구하지 않을 것이다. 도움을 청하기는커녕 아마 조용히 잠적할 것이다, 동물처럼.

"물 한 잔만 가져올게요."라고 말하며 자리에서 일어났다. 드디어 손을 다시 내 쪽으로 끌어당길 수 있었다.

"남편분은 뭘 가지고 화를 내는데요?" 싱크대 앞에서 캐물었다.

"가능한 모든 걸 가지구요. 제가 돈을 너무 많이 쓴다고, 운동을 너무 많이 한다고, 손님들 앞에서 말을 너무 많이 한다고, 파티에서 시시덕거린다고. 늘 그런 식이에요. 그러다 언젠가 가을 쯤에 그 사람이 돌연 다정해졌어요. 연말 축제에서 제가 평소와 다름없이 크게 웃고 춤을 춰도 전혀 문제가 되지 않았어요. 그는 그저 온화하게 웃기만 했어요. 저는 생각했죠. 둘 사이의 고비를 끝내 이겨냈나 보다. 시간이 해결해주었나 보다. 시간은 우리 편인가 보다. 뭐 그런…… 그런데 오늘 그 사람이 나타나서는…… 제가 알아채지 못했다는 게 도저히 이해가 가지 않아요."

그로는 고개를 가로저었고, 그 와중에 눈물이 마구 흘러내렸다.

"그 여자는 아직 서른도 안 됐어요. 혹시 여기 와인 좀 있어요?"

"별로 좋은 생각은 아닌 것 같은데. 수면제랑 같이 마시는 건 좀 그래요."

순간 냉장고에 기다리고 있는 와인 상자를 생각했다. 그저 약효가 그녀의 몸 안에서 빨리 퍼지기를 바랐다. 그래야 내가 다시 소파에 누울 수 있으니까.

마침내 그로의 눈이 슬슬 감기기 시작했다. 나는 이다가 쓰던 방의 이부자리를 정돈했다. 그녀는 다음 날 아침 내가 나갈 때까지도 자고 있었다. 악셀은 스키 경주를 하러 외국 어딘가에 머물고 있었다. 일을 마치고 집에 도착했을 때 그녀는 이미 가고 없었다.

다음 날 저녁, 와인 세 병과 카드 한 장이 담긴 선물 봉투가 계단 위에 놓여 있었다. 카드에는 이런 말이 적혀 있었다.

도와줘서 고마워요! 사랑을 가득 담아, 그로가.

그렌다에서 보낸 모든 날을 통틀어 누구도 우리의 의료적 도움에 고마워하며 선물을 한 적은 없었다. 악셀은 항상 말했다. 사람들 눈에는 우리가 뛰어난 수공업자 정도로 보인다고. 그러면 나는 매번 그의 말이 틀렸다고 대꾸했다. 왜냐하면 그렌다에서는 누구도 배관공이나 전기공에게 무료봉사를 부탁하지 않았을 테니까.

나는 그녀의 와인에 기꺼이 고마움을 전하고 싶었다. 그뿐 아니라 그녀가 지금 어떤지 듣고 싶었다. 결국 그녀도 어떤 의미에서 보면 나의 환자 중 하나라 할 수 있었다.

같은 날 저녁 나는 그녀에게로 건너갔다. 바깥 계단에 서서 잠시 이야기만 나누고 돌아올 작정이었다. 하지만 나는 가자마자 주방으로 향했다. 이쪽 저택 문턱을 넘어설 기회가 한 손으로 셀 만큼 적었음에도, 아이들 생일잔치 날 발만 들이는 일이 전부였음에도 말이다.

바람난 의사와 미친 이웃들

어느새 나는 일사천리로 5미터짜리 식탁에 앉아 있었다. 그로에게는 한 병 하고도 두 잔의 와인을 더 따라주었다. 그녀와는 이미 친구관계에 이르렀고, 친구를 맺을 때 생겨나는 이런저런 일들이 시작되었다. 이 지점까지 이르게 된 모든 말과 행동은 너무도 논리적이고 당연해 보인다. 그럼에도 나는 종종 지금 처한 상황 속에서 스스로에게 질문을 건넨다. '대체 내가 어쩌다 여기까지 온 거지?'

한번은 기차 안에서 나이 지긋한 여성의 짐을 들어주었다. 덕분에 나는 여덟 시간 동안 그녀의 인생사와 가족사를 들어야 했다. 이에 더해 미적지근한 커피와 한 보따리의 와플이 주어졌다.

"그럼 내가 짐을 들어주지 말았어야 했다는 거야?" 나중에 악셀이 비웃었을 때 물었다. "그 사람은 누가 봐도 약한 노부인이었어. 커다란 여행 가방을 세 개나 들고 다니는 모습을 보고도 내버려두라는 거냐구. 손가락 하나 까딱하지 않고? 당신이라면 어떻게 할 건데?"

"나였어도 당연히 도왔을 거야. 하지만 바로 가방에서 책이랑 헤드폰을 꺼냈겠지. 그 여자가 뭔가를 말한다면 안 들리는 듯이 행동했을 거야. 그리고 커피랑 과자는 당신도 충분히 거절할 수 있었어."

"나는 분명 괜찮다고 말했어. 그런데 그 여자가 차가운 표정으로 망할 놈의 보온병을 자꾸 내미는데 어떡해. 게다가 과자봉지를 내 무릎 위로 던졌단 말이야. 그녀가 얼마나 공격적인 사람인지 알았더라면 처음부터 확실하게 행동했을 거야. 하지만 커피와 과자를 받고 나니 새로운 상황이 펼쳐지는 것 같았어. 그녀의 자녀들과 배우자, 직업, 질병, 집, 자동차, 휴가 그리고 키우는 개까지 무슨 자격이라도 준 것처럼 말이야. 그러는 동안 승객들은 난처한 표정으로 구경만 하더라. 얼굴이 딱 폭력의 목격자와 닮아 있었어. 조용히 앉아 폭력 현장을 지켜보는 누군가를 상상하면 떠오르는 모습처럼. 말하자면 호기심에 찬 동정 어린 모습을 하고 있었지. 나를 향해선 가벼운 경멸의 표정을 짓고 있었어. 내가 상황을 끄집어냈으니까."

"란사로테만 생각해." 악셀은 끝내 웃음을 그치며 말했다. "란사로테를 잊지 마."

란사로테는 내가 이런 식으로 미끄러져 들어가는 모든 상황을 가리키는 키워드였다. 이 이야기를 하려면 조금 더 과거로 거슬러 올라가야 한다. 언젠가 란사로테로 가는 비행기에서 사고가 벌어지자, 기내에선 의사를 찾는 목소리가 확성기를 통해 흘러나왔다. 곧이어 악셀이 말했다. "당신 차례야."

나는 중앙 통로를 가로질러 달려갔고, 기도하듯 쳐다보는 얼굴들을 만끽했다. 심상치 않은 상황에서 의사 선생이 가고 있었다. 하지만 상황은 전혀 심각하지 않았다. 여자 승객 하나가 비행공포증으로 인한 과호흡으로 의식을 잃은 것이었다.

바람난 의사와 미친 이웃들

나의 부탁으로 승무원이 물과 담요를 가져다주었다. 나는 그녀 곁에 앉아 비행기가 착륙할 때까지 있어야 했다. 악셀과 딸들이 있는 곳으로 돌아가려 하자 그녀는 팔을 붙들고 흐느끼기 시작했다. 남편이랑 아이들을 포함해 그녀의 온 가족이 곁에 있었다. 그럼에도 그녀는 반드시 내가 있어야 한다며 완강히 고집을 부렸다.

"가지 마세요." 그녀가 말했다. "가버리시면 다시 불안해질 거 같아요."

착륙 후 그녀는 감사 표시로 식사 초대를 하고 싶다며 억지를 부렸다. 하지만 그녀가 알아놓았다는 어느 뒷골목 레스토랑은 지저분한 싸구려 선술집이었다. 거기서 먹은 음식으로 우리는 식중독에 걸렸다. 온 가족이 이틀 동안 납작 엎드려 있었고, 투어 중에 구토를 하기도 했다.

이제 비행공포증 여자가 우리를 돌볼 차례였다. 그녀는 콜라를 건넸고, 약을 사다 주었다. 이전의 경우 거부하기가 조금 어려운 정도였다면, 이제는 아예 거부가 불가능한 수준이었다.

"그럼 내가 어떻게 했어야 하는데?" 나중에 가서 악셀에게 물었다. "내가 비행기 안에서 살짝만 움직였는데도 애처롭게 흐느끼기 시작했어. 당신이라면 어떻게 할 건데?"

"나였다면 무슨 일이 있어도 식사 초대는 거절했을 거야."

"여자는 단지 고마움을 표현하고 싶었을 뿐이야. 게다가 같은 호텔에 머물렀으니 피하기는 어려웠을 거야. 나는 생각했지. 일단 식사 초대를 처리하고 나면 우리 관계는 끝이다."

"그런 식으로는 안 되지."

"그런데 그게 나 혼자만의 잘못은 아니잖아."

"당신이 아니라는 말을 제대로 못 해서 그래. 당신이 우리까지 묶어서 수락의 뜻을 전했잖아. 그 여자가 밥 먹으며 뭐라고 했더라? '우리 내일 뭐 할래요?'라고 물었지. 우리라니. 마치 오슬로에서부터 같이 날아온 공동체처럼 말이야. 내가 가족끼리 있고 싶다는 뜻을 밝히자 당신은 항의했어. 끝내 나는 나쁜놈이 돼서 당신과 맞서야 했지. 얼마나 어이없던지."

"하지만 그녀가 우리를 도와주었잖아. 아파서 골골거릴 때."

"우리가 탈이 난 건 말이야. 그 여자 잘못이었어. 그나저나 그들은 왜 탈이 나지 않은 거지? 같은 데서 먹었는데?"

휴가 후에 나는 알아내려 노력했다. 사람들이 본능적으로 그와 거리를 두면서 나에게 다가오는 이유는 무엇인지. 그가 무슨 말을 하고 무슨 행동을 하는지. 그러면서 고유의 발자취를 거슬러 올라가 내가 다른 길로 접어들 수 있었던 결정적인 순간들을 찾아내려 애썼다. 악셀에게는 숨 쉬듯이 너무도 간단한 것들을 말이다. 그러자 땀구멍에서 무언가 왈칵 쏟아져 나왔다.

결혼식과 장례식을 비롯한 모든 경조사에서 누군가 늘 내 옆으로 와 앉아 있었다. 자신의 스웨터를 들어 올려 흉터를 보여주고는 두 시간 동안 주치의와 병원, 사회보장 당국과 부주의한 처치에 대해 늘어놓는 누군가. 그러면 나는 인질처럼 앉아 화

바람난 의사와 미친 이웃들

장실을 가기 위해 감히 일어날 시도조차 하지 못했다.

　그런 일이 벌어질 때마다 나는 창자 냄새를 맡는 듯한 느낌이 들었다. 흡사 내장 깊은 곳에서 케케묵은 인사를 건네는 것 같았다. 어쩌다 나는 여기 내려앉게 되었을까. 어쩌다 이런 일이 벌어진 걸까? 답을 찾지는 못했다. 대신 논리적이고 이성적인 이유를 찾으려 했다. 결국 항상 해버리고 마는 그 행동들에 대한 이유를.

　그로와 관련해선 현실적인 구실이 있었다. 길을 건너갈 수 있었으니까. 또 그녀의 집에 언제나 와인과 맥주가 있었으니까. 특히 내가 술을 끊으려고 마음먹거나 저녁 8시가 되어 빈모노폴렛이 문을 닫았을 때 중요했다. 그러나 그로와 알고 지낸 이후부터는 그저 좁다란 자갈길을 가로질러 문을 두드리기만 하면 되었다.

　내가 술과 드라마에 열광하듯 악셀에게는 스키 경주가 있었다. 그리고 그로의 관심사는 그녀의 전남편과 그의 새로운 여자가 하는 모든 일이었다.

　그로와 나 사이에는 곧 암묵적인 합의가 이루어졌다. 내가 그녀의 주방에 앉아 와인을 마실 때는 전남편에 대한 이야기를 얼마든지 해도 되었다. 그녀는 얼른 자신의 휴대폰을 꺼내 소셜 미디어에 올라온 두 사람의 마지막 행적을 보여주었다. "이것 좀 봐. 그사이에 얼마나 늙고 말라버렸는지 몰라." 그로가 말했다. "나는 이 사람이 너무 걱정돼. 아무래도 무슨 일이 있는 것 같아. 정말 안 좋아 보여."

그로가 나의 주방에 앉아 와인을 마실 때는 달랐다. 나는 그녀에게 말했다. 그건 더 이상 당신의 문제가 아니라고, 자기 인생을 살아야 할 때라고. 하지만 내가 그녀의 주방에 머물며 와인을 마실 때는 달랐다. 특히 전남편이 만든 와인장에서 온전한 병을 꺼내 따를 때면 이렇게 말했다. "그러네, 정말 엄청 말랐다. 진짜 안 좋아 보여. 무슨 일이 있는 것 같은데."

스스로 결정을 내릴 수 있었다면 아마 계속 혼자 마셨을 것이다. 사실 혼술을 제일 좋아했으니까. 나는 알코올중독자의 첫 번째 징후를 피하기 위해 서로의 집을 왕래해도 된다고 설득했다. 그녀가 나에게 오면 내가 알코올중독자가 아니라고 증명하는 셈이었다.

하지만 그녀와 맺은 우정이 지속되는 실제 이유는 따로 있었다. 내가 다시 어딘가로 미끄러져 들어갔으며, 이를 어떻게 끝내야 하는지 몰랐기 때문이다.

8

비에른은 매일같이 나를 흥분시킨다

첫 만남 이후 사흘 뒤, 비에른과 나는 시내의 한 카페에서 만나기로 약속했다. 빈의 어느 오래된 카페 하우스를 모방한 가게로 샹들리에와 원목 탁자까지 갖춘 곳이었다.

사흘 동안 우리는 거의 100여 개에 달하는 메시지를 서로에게 보냈다. 나는 생각했다. '도대체 무슨 일이 벌어지고 있는 거지.' 불과 며칠 전만 해도 존재하지 않던 것이 내 인생에서 이만큼 자리를 차지하고 있었다. 휴대폰을 보지도 않으면서 모든 메시지에 답해야 했던 이전의 나는 대체 무엇을 했는지.

약속 당일 나는 환자들을 진료하고 미룰 수 있는 모든 일을 미루었다. 덕분에 정확히 4시 30분에 빈 스타일의 카페 하우스에 나타날 수 있었다. 여닫이문을 통과해 발을 내디딜 무렵, 입 안이 바짝 마르고 심장이 두근거렸다. 지난번처럼 비에른이 거기 와 있었다. 그가 나를 끌어안았다. 이번에는 벗어나려 애쓰지 않았다. "다시 보니 좋다." 그는 귓속에 대고 속삭였다. "너를 다시 보게 돼 정말 기뻐." 나는 뒤통수로 전해지는 따뜻한 손길을 느끼며 아무 말 없이 고개만 끄덕였다.

"이제 네 차례야." 둘 다 자리에 앉자 비에른이 말했다. "지난번에 나만 이야기했잖아. 이제 네 이야기를 듣고 싶어. 악셀이랑 너는 어떻게 지내?"

"우리 사이는 이야기할 게 별로 없는데. 악셀이랑 나는 서로 잘 이해하는 편이거든. 우리는 거의 싸운 적이 없어."

"악셀이 스키 타러 되게 자주 돌아다니지 않아?"

"맞아. 그 사람 좋아하는 일이 그거 하나라."

나는 너무 크게 불평하고 싶지 않았다. 그러면 일종의 상쇄로 나의 과도한 음주벽과 드라마 중독을 언급해야 하기 때문이다.

"집안일 대부분은 내가 해. 다시 말하면 온 집안일을 도맡아 한다는 뜻이지. 나는 요리 담당이기도 해."

"왜 그러는데? 너희 둘 다 풀타임으로 일하잖아."

"나도 몰라. 어쩌다 보니 그렇게 됐어. 가족 전반에 관한 계획은 내가 다 세워. 그는 제안을 내놓지도 않아. 하지만 내가 제안을 하면 항상 기꺼이 따르지. 최근에는 계획을 세울 일이 그리 많지 않았어. 아이들이 오래전에 독립해 나갔으니까."

대화는 분명 지루했다. 상대방이 무얼 말할지 또 뭐라 응답할지 알고 하는 대화처럼 진부하게 흘렀다. 처음부터 끝까지 대화 전체를 미리 내다볼 수 있었다.

나는 계산대 선반에 진열된 병들을 간절한 눈빛으로 바라보았다. 물론 아무것도 마시지 않을 생각이었다, 다시는 절대. 하지만 이를 견뎌내려면 비에른이 프레드릭스타에서 꾸려가는 그들의 삶에 대해 더 이야기해야만 했다.

"너희들은 어때? 거기선 누가 집안일을 해? 보통은 그러잖아. 한 사람이 보스고 다른 하나가 돕는 식으로. 어쩌면 하나가 지휘하는 편이 가장 무난할지도 몰라."

결코 이렇게 말하고 싶지 않았다. 망할 놈의 기관차 같은 삶에서 지휘자이자 가정부, 토스트 장인이 되어 꾸벅꾸벅 조는 마지막 칸 승객을 태우고 가는 일이 얼마나 지긋지긋한데.

만약 이 모두를 그냥 둔다면 무슨 일이 벌어질까. 옷가지와 침구를 세탁하는 일, 청소와 정리정돈, 장보기와 요리, 남은 음식을 얼리거나 언 음식을 다시 녹이는 일 등에서 손을 뗀다면. 내가 주방에서 붙들고 씨름하는 모습을 볼 때마다 악셀이 이런 말로 평을 달던 모든 일을 말이다. "당신은 그칠 줄을 몰라. 브레이크가 없어!"

물론 가만히 내버려둘 수도 있었다. 그러나 나는 침대보 위에 3주나 방치돼 있는 정액 얼룩이나 아침에 갓 빨아 말린 속옷이 없는 상황을 참을 수 없었다. 주방을 지나갈 때 발밑에 바스락거리는 무언가도 견딜 수 없었다. 일을 마치고 돌아왔을 때 나는 음식물 쓰레기나 빨래 곰팡이 냄새도. 나는 이미 어렸을 때부터 이런 상황을 억누르지 못했다.

"내가 어디 불평이나 할 수 있나." 악셀이 말했다. 어차피 그는 아무것도 할 수 없었다. 그나마 가족이 휴가를 떠날 때면 딸들 가방 정도는 챙기도록 허락해주었다. 그때마다 그는 수영 용품, 수건, 팬티처럼 아주 기본적인 물건들을 까먹고 싸지 않았다. 상점들이 있는 곳으로 떠날 때는 전혀 문제되지 않았지만 산장으로 향할 때는 상황이 조금 달라 보였다.

시간이 흐르며 대담한 모험은 접게 되었으며, 딸들은 차차 자기 물건을 직접 싸기 시작했다. 이런 식으로 다른 모든 것도 잇달아 일어났다. 나는 다른 많은 것을 포기할 수밖에 없었다. 그러면서 집안 살림과 장보기 업무 전반을 떠맡았다.

가끔가다 그에게 빵이랑 달걀, 화장실 휴지를 사다 줄 수 있는지 정중하게 메시지를 보냈다. 당신 빵이랑 달걀, 화장실 휴지 좀 사다 줄 수 있어요? 사랑을 담아, 아내가. 그러면 그는 알겠어.라고 적었다. 그럼 나는 또 써서 보냈다. 고마워요.

악셀은 땀이 흥건한 채로 집에 들어와 빨래 바구니에 옷을 처넣고 샤워실로 들어갔다. 나는 그의 뒤를 따라 걸으며 세탁기에 빨래를 채워 돌렸다. '안 그래도 색깔 옷을 빨려고 했어.' 줄곧 생각했다. 자신에게 정당화하려는 듯이.

바람난 의사와 미친 이웃들

악셀이 샤워하고 나면 나는 물 얼룩이 생기지 않도록 대리석 타일을 닦았다. 샤워 후에 타일 바닥을 닦고 나올 수 없는지 얼마나 자주 물었는지 모른다. 하지만 그는 절대 하지 않았다. '당신이 이겼어, 악셀.' 직접 고른 타일을 열심히 문지르며 생각했다. 따지고 보면 내 잘못이다. 다른 타일을 택할 수도 있었으니까.

어디선가 남성들이 여성들만큼이나 많은 집안일을 떠맡고 있다는 조사 결과를 읽은 적이 있다. 그러나 조사는 자기 보고에 기반을 두고 있으므로 나는 큰 의미를 부여하지 않는다.

예컨대 악셀이 드물게나마 식료품을 사러 가는 경우, 그의 두뇌는 자신이 항상 자발적으로 장을 보러 가는 부류 중 하나인 것처럼 믿게 만든다. 그리하여 그는 "당신은 가정 살림을 위해 얼마나 자주 장을 보십니까?"라는 질문에 최소 일주일에 한 번이라고 표시할 것이다. 실제로는 기껏해야 보름에 한 번 정도지만 말이다.

나에게 같은 질문을 건네며 답하라 한다면 나도 똑같은 대답을 내놓을 것이다. 일주일에 한 번이라고. 하지만 실제로는 일주일에 서너 번 정도 장을 보러 갔다. 먹거리 장보기는 일상에 완전히 녹아들어 꿈속에서 처리할 수 있을 정도였다. 실지로 나는 종종 봉투를 들고 조리대 앞에 서서 방금 장보고 온 것을 기억하지 못했다.

이와 달리 스키와 관련된 모든 일에서 악셀은 숨겨진 면모를 드러냈다. 어느 스포츠용품점에서 할인 행사를 하면 일을 마치고 곧장 달려가 한참을 가게에서 머물렀다. 그 외의 경우는 가게에서 무언가 사는 일 자체를 싫어했다. 옷을 살 때도 운동복이 아닌 한 억지로 떠밀어야 했다. 그는 자신의 스키 용품과 광택 장비를 지극정성 돌보았다. 세상에 너무 일찍 나온 아이를 바라보는 어머니처럼.

다른 말로 하면 악셀은 관심사에 한해 신경 쓰고, 돌보고, 기억하고, 사들이는 일이 가능한 사람이었다. 능력은 있었으나 의지가 없을 뿐이었다.

우리 사이에는 조건이 깔려 있었다. 악셀은 자기가 관심 있는 것을 했으며, 나는 그 밖의 다른 모든 것을 했다. 나는 화장실 휴지에 특별한 관심이 없었다. 깨끗한 창유리, 따뜻한 음식, 청소된 바닥 등등에도. 대신 그 반대를 피하는 데 관심이 있었다. 오물, 얼룩, 텅 빈 냉장고, 타버린 전구, 악취 나는 쓰레기통. 그래서 애초부터 이런 일들을 다 떠맡게 된 것이다. 또한 어린 시절부터 틀이 잡혀 있었다. 과거에 혼자 살림살이를 떠맡았듯이 악셀과 함께 살 때도 계속 책임을 짊어졌다.

궁극적으로는 그게 가장 쉽고 간단한 길이었다. 왜냐하면 우리 사이에는 빨래를 비롯한 모든 집안일이 나의 취미이자 관심 분야라고 확정돼 있었기 때문이다. 마치 악셀이 스키에 관심이 있는 것처럼 말이다.

하지만 그날 오후 나는 무엇도 비에른에게 말하지 않았다. 머릿속에 가득한 고유의 생각을 거의 전하지 않은 셈이다. 이런저런 생각으로 알코올에 대한 갈망을 느꼈다. 그날은 취하지 않을 생각이었다. 정말 단단히 마음을 먹었다.

"사실 우리 사이는 이야기할 게 별로 없어. 말했듯이 싸운 적이 거의 없거든. 우리 둘은 각자 자기 인생을 살아. 그 사람은 지하 작업실에서 왁싱을 하고, 또 나는…… 드라마를 즐겨 보곤 하지."

나는 미안해하며 웃었다.

"대신 너희 두 사람 이야기를 해주면 안 될까? 너랑 린다에 관한 얘기?"

"정말 우리에 대해 더 자세히 듣고 싶은 거야?"

"어, 그럼."

"정확히 무슨 얘기가 듣고 싶은데?"

"너희 둘의 마지막 싸움에 대해 들려줘."

"좋아, 알겠어. 자, 그러니까 얼마 전에 주유소에서 바게트를 하나 샀어. 하루 종일 미팅이 있는 데다 점심 먹을 시간이 없었거든. 그날 나는 배가 너무 고픈 상태였지. 집으로 가는 길에 기름을 넣는데 극심한 허기로 순간 배가 아프더라. 그래서 바게트를 급히 사 먹었어. 규칙에 어긋난다는 걸 알면서도 말이야."

"무슨 규칙?"

"집에서 만들 수 있는 음식은 집 밖에서 사 먹지 않기로 린다가 정했거든. 그 사람이 휴대폰에 앱을 하나 설치했는데 거기다 모든 지출 내역을 기입해야 해. 그런데 나는 기록하는 걸 종종 잊어버리곤 하지.

집에 도착했을 땐, 바게트 기입을 까먹었을 뿐 아니라 윗입술에 묻은 마요네즈 흔적을 린다 앞에 들켰어. 또 다른 규칙 중에 탄수화물 섭취 줄이기도 있었으니 나는 이 한 가지 행동으로 세 개의 규칙을 위반한 셈이 된거야. 린다는 불같이 화를 냈고, 분노발작은 다음 날로 이어졌어. 그때 그 사람이 또다시 이혼하자고 하더라. 이번에는 진심이라고."

"에?"

"응, 네가 들은 게 맞아. 잘못 들은 거 아니야."

"그런데 네가 바게트를 샀다는 사실이 왜 이혼의 구실이 되는 거지?"

"그 사람 말에 따르면 바게트가 엄청난 문제를 대표한다는 거야. 내가 자기에게 거짓말을 하거나 비밀로 하는 것이 심상치 않은 문제라는 거지."

"그런 터무니없는 규칙들을 세우면 거짓말을 하고 비밀로 하는 것이 그리 놀랍지도 않은데. 오히려 너무 당연한 거 아니야?"

"내 말이 그 말이야. 아닌 게 아니라 내가 사람들한테 말도 꺼내지 못한 이유가 바로 여기 있어. 지난 세월 동안 다 허용하고 받아들였다는 사실이 부끄러워서. 날마다 생각해. 오늘은 반항을 해야지. 오늘은 함부로 못 하게 해야지. 하지만 이상하게 밀리미터 단위로 진행되다 갑자기 어떤 상황에 처해져버려. 그러면 그녀는 곧바로 아무 일도 없었던 것처럼 행동해."

비에른이 계속 이야기했다. 린다는 그를 뚱뚱하다 여겼다. 과음하는 데다 야심이 없다고. 한 배관공이 집에서 작업을 마친 후 뒷정리를 하지 않고 떠나자, 린다는 전화를 걸어 비에른을 압박했다. 그 배관공이 저질러놓은 산물에 대해 한 소리 하라고. 이 부분은 내가 정확히 듣지 못했지만 아무튼 산물 비슷한 거였다. 나중에 가서 그녀는 그가 제대로 욕도 하지 못한다고 불평했다. "당신은 정말 새가슴이야. 아주 형편없는 약골이라고."

그런 식으로 말해도 되는 걸까? 과연 허용되는 일일까? 보는 눈이 없으면 그렇게 행동하는 걸까? 지난 세월 나도 그런 식으로 행동한 건 아니었을까?

"왜 린다가 직접 전화 걸어 다그치지 않은 거야?"

"좋은 질문이야. 그 사람은 나보다 훨씬 무섭거든. 린다가 깃털을 곤두세우면 사람들은 그녀를 두려워하지. 개들도 그래. 그 사람은 격렬한 히스테리를 쉽게 일으켜. 그러면 내가 바라는 건 오직 하나야. 그녀를 진정시키는 것. 내가 옆에 머물면 그녀는 다시 원래 상태로 돌아와. 하지만 우리의 의견이 하나로 일치될 때만 그래. 린다가 발작을 일으키면 나는 블랙홀에 빠져버리는 것 같아."

"테러 정권 아래 사는구나."

"맞아."

"너 약간 학대받는 남편처럼 들린다."

"학대받는 남편이지."

"어떻게 그렇게 살 수 있어?"

"그럴 수 없지. 하지만 아이들이 오거나 친구들이 방문하면 달라져. 그 사람은 다시 내가 알던, 그러니까 내가 한때 사랑에 빠졌던 매력적인 여자로 돌아와. 그리고 그녀는 지금도 예쁘거든. 한번 보면 잊어버릴 수 없어. 정말 믿을 수 없을 만큼 예뻐. 우리가 밥 먹으러 나가면 남자들이 쳐다보는 게 느껴져. 심지어 한참 어린 젊은 남자들도. 그럴 때마다 나는 자부심으로 가득차. '이 여자는 내 거야.' 생각하면서."

우리의 손은 탁자 위에 나란히 놓여 있었다. 카페 하우스는 거의 비어 있었고, 몇몇 일본 관광객들만 남은 상태였다. 나는 지금이 몇 시인지 혹은 얼마나 오래 앉아 있었는지 알지 못했다.

"이거 봐. 우리 손이 얼마나 닮았는지." 비에른이 말했다.

"손에 매니큐어를 칠할 때면 꼭 여장 남자처럼 보인다니까." 내가 말하자 비에른이 웃었다. 그는 나의 오래된 농담을 마치 처음 듣는 사람처럼 웃었다.

"네 손을 잡아도 될까?"

대답으로 나는 그의 손을 잡았다. 잠시 동안 그대로 앉아 있었다. 아무 말 없이. 비에른의 손은 크고 따뜻했다.

속으로 생각했다. '손을 잡는 건 나쁜 일이 아니야. 지극히 순수한 일이야.' 악셀과 내가 마지막으로 언제 손을 잡았는지 기억나지 않았다. 언제 우리가 그런 걸 하기는 했던가.

"이야, 세상에. 우리가 지금 여기 앉아 있다니." 비에른이 입을 열었다. "우리가 다시 연락하다니 전혀 믿기지 않아. 지난 세월 내내 생각했거든. 엘린이라면 뭐라고 했을까. 엘린이라면 무슨 생각을 했을까. 우리 아이들은 어떤 모습이었을까. 나는 평생 너 같은 사람을 만난 적이 없어. 이전에도 없었고 이후에도 없을 거야.

오스카스 게이트에서 너는 항상 뭐든 잘했지. 그리고 의사가 되길 원했어. 우리 관계가 끝나고 나는 꼬박 1년이 넘도록 네가 돌아올 거라는 기대를 버리지 않았다? 그러다 린다와 만나 부부가 되었어. 시간이 흐를수록 견딜 만하더라. 그래도 새 아이가 태어날 때마다, 새집으로 이사할 때마다, 모든 갈림길에서 스스로에게 물었어. 너랑 함께했다면 어땠을까.

몇 해 전 린다가 병원에서 첫 손주를 품에 안았을 때 나는 네가 거기 앉아 있는 모습을 상상했어. 사전경고 하나 없이 불시에 찾아오더라. 물론 오랫동안 너를 생각하지 않은 적도 있어. 하지만 너는 그럴 때마다 다시 나타났지. 나를 떠난 적이 없던 것처럼 말이야. 그리고 지금 네가 여기 앉아 있어. 내가 지금 무슨 느낌이 드는 줄 알아? 평생 걸어야만 했던 중앙로로 돌아온 듯한 느낌이야. 다른 모든 길은 그저 막다른 골목이었던 것만 같아."

"30년 된 부부관계, 네 명의 아이들, 몇 명인지 모를 손주들을 막다른 골목이라 생각한다고?" 알코올에 대한 갈망이 이미 내 안에서 사라진 상태였다.

"응, 정말 그래. 그렇다고 내가 아이들과 손주들을 사랑하지 않는다는 뜻은 아니야."

세 시간 뒤, 우리는 오슬로 중앙역 입구 앞에 서 있었다. 지난 번과 마찬가지였다. 나는 비에른의 뺨에 입을 맞추려 했으나, 그는 고개를 돌려 입술이 마주치게 했다. 나는 다시 지하철에 앉아 그에게 적어 보냈다. 우리 너무 멀리 와버린 것 같아. 모든 걸 조금 가라앉힐 필요가 있어. 우리 당분간 만나지 말자.

그의 답은 이랬다. 네 말이 맞아. 그래도 네가 있다는 사실만으로도 나에게는 힘이 되니까. 사랑해.

나도 사랑해. 내가 저지하기도 전에 손가락이 써버렸다.

토레가 구석 자리에서 껄껄대며 웃는다. 너는 지금 네가 어디서 잘못 들어섰는지 모르는 것처럼 행동하고 있지. 토레가 말한다. 네 손가락은 두뇌와 분리돼 통제를 잃었다는 듯이 행동하고 있어. 분명 너는 통제할 수 있었어. 언제든 끝낼 수 있었다구.

'나는 순전히 예의를 지켰을 뿐이야. 내 말은 누군가 너에게 사랑한다고 쓰면 너도 사랑한다고 답을 보내야 한다는 거야. 이건 흡사 누군가 "즐거운 크리스마스 보내세요."라고 인사하면 너도 끝으로 "즐거운 크리스마스 보내세요."라고 대답하는 것과 같은 이치지. "좋은 주말 보내세요" 같은 인사처럼 말이야.'

바람난 의사와 미친 이웃들

도대체 그게 무슨 소리야. 토레가 말한다.

'나는 아무 잘못도 하지 않았어.' 매 순간 이런 생각으로 휴대폰을 들여다보았다. '우리는 별로 흔들리지 않았어. 일시적인 집착일 뿐이야.' 스스로에게 말했다.

그러면서 몸무게가 줄었고, 피부에선 광이 났다. 사람들이 한마디씩 건네고, 악셀이 알아차릴 정도로. 또한 환자들을 보다 효율적으로 다루게 되었다. 가벼운 마음으로 차분하고 평온하게 상담 내용을 경청했다. 어쩌면 마음 깊은 곳에서부터 그들을 중요시 여기지 않은 까닭에 가능했는지도 모른다.

나와 달리 비에른은 식욕을 잃지 않았다. 불과 몇 주 뒤, 나는 다락으로 올라가 출산도 전에 입은 옛날 옷들을 가지고 내려와야 했다. 비에른은 무엇도 자신의 식욕을 빼앗아갈 수 없다고 말했다. 이따금 그는 걱정하듯이 내가 밥을 충분히 챙겨 먹는지 물었다. 그가 말하고 행동하는 모든 것이 나의 마음을 흔들었다.

나는 비에른에 관한 모든 것에 관심을 쏟았다. 크건 작건 상관없었다. 아침 메뉴는 무엇인지, 식탁은 어떻게 차려졌는지, 언제 밥을 먹는지, 누가 요리를 하는지.

사진 찍어서 보내줘. 내가 적었다. **지금 너 뭐 해. 왜. 얼마나 오래, 얼마나 자주, 언제, 어디서, 무엇을, 누가.** 그들은 지역신문을 구독해 보았고, 아침마다 한 장 한 장 훑었다. 중요한 소식은 휴대폰으로 읽었음에도 늘 하던 대로였다.

어떤 신문? 내가 물었다. 프레드릭스타 블라드. 그가 답했다. 그
러자 곧바로 새로운 장면들이 망막에 찍혔다. 아침상 앞에 앉아
신문을 나누어 넘기는 모습 그리고 보덤의 프렌치 프레스로 추
출한 커피까지. 전에 한번 비에른을 설득해 집 전체를 휴대폰으
로 찍어달라고 했기에 눈에 그려질 정도로 구조를 잘 알고 있었
다. 그 동영상을 열 번에서 열다섯 번 정도 보고 또 보았기에 가
능한 일이었다.

나는 묻고 또 물으며 집요하게 파고들었다. 비에른이 자신에
대해 이야기한 모든 것을 빨아들이면서.

비에른의 인생, 비에른의 부부 생활, 비에른의 직장생활. 그들
이 금요일마다 어디서 맥주를 마시고 어느 와인 추첨 행사에 가
는지. 주말에 무엇을 하고 오늘 무슨 요리를 하는지. 나는 답변
하나하나에 귀를 기울였다. 그럼에도 갈증이 났다. 그때 우리 집
개와 거의 비슷했다. 사방을 돌아다니며 먹을 것을 찾아 냄새를
맡던 아이처럼 말이다. 또한 당시 내가 물었던 것처럼 스스로에
게도 비슷한 질문을 던졌다. 반대편 길을 향해 돌진할 때 도대
체 무얼 찾는 거냐고. 그리고 그 개와 다를 바 없이 나는 답을 할
수 없었다.

이내 나는 주어진 새로운 자극에 의존하게 되었다. 비에른이
전해준 린다의 욕설과 협박에 관한 이야기, 바로 같은 날 그녀
의 인스타그램을 비교할 때 느껴지는 짜릿함. 완벽하게 상반되
는 두 버전 사이의 모순과 불쾌감은 내가 다른 것에 생각을 쏟

을 틈을 주지 않았다. 화이트와인과 TV 드라마에 그랬듯이 금세 나는 비에른이라는 자극에 매달리게 되었다.

지금은 프레드릭스타의 부부가 잘 극복해 살아남은 모습을 신기한 눈으로 지켜보고 있다. 그에 반면 우리 부부는 벌써 1라운드에서 무릎을 꿇고 말았다.

비에른과의 관계가 4주에서 5주 정도 지난 무렵이었다. 평소처럼 냉장고 앞에 서서 금붕어 잔을 채우려는데, 예전 같은 기대감이 더는 느껴지지 않았다. 설렘의 감정은 불러내려 애썼으나 사라지고 없었다. 차디찬 샤블리에 대한 생각도 마찬가지였다. 마음을 사로잡기는커녕 '이 시디신 와인을 왜 마셔야 하는 거지?'라는 생각이 들었다.

나는 금붕어 잔을 붙든 낡은 두 손을 바라보았다. 그러고는 천천히 잔을 물로 채웠다.

이제 술을 끊어야겠다고 악셀에게 말했다. 그는 여느 때와 같이 답했다. "당신, 그 소리 항상 하잖아. 그리고 많이 마시는 것도 아니라니까."

"나 보건 당국 권장량보다 네 배 넘게 마시는데? 작년 내내 일주일에 한 상자 반을 해치웠어. 한 상자에 여섯 병이니까 거의 하루에 한 병 꼴로 마신 거지."

"그렇게나 많이? 당신 그걸 어떻게 다 숨긴 거야?"

"난 숨기지 않았는데. 빈모노폴렛에 직접 갔어. 그것도 매번 똑같은 곳으로. 여섯 개들이 와인 상자를 냉장고에 넣고 소파에 누워 TV를 보며 마셨지. 나는 아무것도 숨기지 않았어. 하지만 이제 그만 끝내려고. 몸이 더 이상 술을 못 이기는 것 같아."

'이 거짓말쟁이.' 나는 생각했다. '너는 그저 하나의 중독을 다른 하나로 대체한 것에 불과해.'

아직 하지 않은 일을 언젠가 하게 되리라 직감하는 순간이 있다. 왜 지금 당장은 그러지 못하는 걸까. 그때 나는 혼자 생각했다. 카페 하우스에서 만난 지 정확히 열흘이 되던 월요일, 비에른보다 앞서 오스카스 게이트의 계단을 오를 때.

그날 계단을 오른 공식적인 이유는 내가 방금 한 말이 맞는지 비에른이 확인하고 싶어 했기 때문이다. 그러니까 오스카스 게이트에 있는 집 안 모든 것이 30년 전 그대로인지를 말이다.

"그 노란색 코르덴 소파도?"

"응." 내가 말했다.

"그러면 그 갈색 세탁기도? 70년대식 가짜 원목으로 짜 넣은 그거?"

우리는 다시 카페브레네리엣에 앉아 있었다. 처음처럼 다시 월요일이었다.

"응, 그것도. 지난 세월 결함 한 번 없이 잘 돌아갔어. 집 전체가 1975년에 나온 타임캡슐 같다니까."

"믿을 수 없어."

"정말이라니까! 우리가 이사 들어갈 때 어머니가 제일 비싼 가구점에서 하나씩 가구를 샀거든. 세탁기를 포함해 다른 모든 것도 마찬가지야. 어머니는 항상 비싸고 튼튼한 가구를 샀어. 다시는 새로 살 필요가 없도록. 그래서 그 집의 모든 전등, 이불, 의자, 식기가 1975년과 똑같은 거지."

비에른이 웃었다.

"말도 안 돼. 거짓말. 그러면 아직 피아노도 있어?"

"그럼, 물론이지. 여전히 같은 자리에 놓여 있어."

"그때처럼 똑같이 음이 맞지 않은 채로?"

"응, 같이 한번 가볼래? 그러면 확신이 들겠지?" 나는 물었고, 일은 벌어졌다.

계단을 오르는 길에 세기가 바뀔 무렵 깔린 낡은 타일을 쳐다보았다. 프로그네르 지구의 모든 계단실에서 풍기는 축축한 벽 냄새를 맡았다. 뒤에서 비에른이 힘겹게 숨을 몰아쉬는 소리가 들렸다. 나 또한 가쁘게 숨을 쉬었다.

스테인드글라스 창이 있는 층계참에 다다랐을 때 스스로에게 물었다. 뒤뜰 감상을 언제 그만두었는지 그때 나는 몇 살이었는지. 나는 기억 속에 잠겨 아직 방향 전환이 가능하다는 확신을 슬며시 회피했다. 그러면서 이미 수없이 오른 계단을 하나씩 밟아 올라갔다. 힘들지 않았다. 그 순간에는 방향을 돌리는 것과 되돌아가는 것이 더 힘들었을지 모른다. 나는 단 하나만을 원했다. 모든 것이 멈추지 않고 계속되기를. 무언가 깜박이고 반짝이는 것을 내가 발견했으니까. 그것이 모두를 밝게 비추며 금빛으로 물들였으니까.

"오 세상에." 자물쇠를 열고 현관 복도에 들어섰을 때 비에른이 말했다. "정말 그때랑 똑같은 냄새가 나네."

외투를 걸기 위해 몸을 돌리자 그가 나를 두 팔로 감싸 안았다. 나는 아무 말 없이 서서 등 뒤에 있는 그를 느꼈다. 내 귀를 스치는 그의 숨이 가빠졌다.

"너도 그때랑 똑같은 냄새가 나네." 그가 말했다. 그러더니 내 머리카락을 들어 올려 목덜미에 입을 맞췄다.

"네가 이걸 좋아했던 기억이 나." 그가 조용히 내뱉었다.

"맞아."라고 말하며 그가 더 쉽게 다가붙도록 고개를 숙였다. 눈을 감고 침을 삼켰다. 머리를 덮은 온 가죽에서 짜릿함이 느껴졌다. 내가 목덜미에 받는 키스를 미치도록 좋아한다고 왜 악셀에게 한 번도 말하지 않았을까? 그리고 그는 왜 이걸 찾아내지 못했을까? 하지만 이내 나는 악셀에 대해 생각하지 않았다. 그러는 대신 목덜미를 내밀며 고양이처럼 몸을 뒤틀었다.

잠시 뒤 비에른이 내 몸을 돌려세웠다.

"여기서 하길 원해?"

"아니."라고 말하며 손을 그의 셔츠 안에 넣었다. "무슨 일이 있어도 절대. 너는?"

비에른은 숨을 삼켰다.

"아니. 절대 아니지."

바람난 의사와 미친 이웃들

"우리 이제 그만 멈춰야 해."

"그래. 우리 이제 그만 멈춰야지."

"여기서 정말 너 혼자 산다고?" 30년 전 비에른이 처음 우리 집에 들렀을 때 물었다. 당시 어머니는 외무부 산하 기구인 노르웨이 개발협력청NORAD에서 일했다. 그리고 몇 년 전부터 내내 외국에 머물렀다.

주변 친구들은 진작 독립을 했다. 여전히 내가 어머니와 산다는 소리를 하면 그들은 웃었다. 하지만 나는 오히려 어머니가 내 집에 사는 것처럼 느껴졌다. 어머니는 해외체류를 하며 머물다 떠나기를 거듭했고, 나는 집에 살며 모든 일을 다스리고 결정했다. 마치 우리는 오래 산 부부 같았다. 어머니는 남편, 나는 그의 아내. 가장에게 생활비를 받아 살림을 꾸리는 그런 노부부 말이다.

우리의 첫 번째 봄에, 비에른과 나는 몰래 프로그네르 수영장에 들어갔다. 레드와인 한 병에 유리잔 두 개를 챙겨 들고서. 우리는 벤치 하나를 물속에 집어넣고 그 위에 균형을 잡으며 건배했다. "너는 진짜 미쳤어." 비에른이 웃으며 말했다. "너 같은 사람은 평생 만나본 적이 없어."

비에른의 본가인 크라게뢰섬을 방문할 때면 그는 이따금 나의 말투를 흉내 내곤 했다. 비록 오슬로 출신의 여자를 만난다 하더라도 비판 능력이 아직 죽지 않았음을 자기 부모와 형제자매에게 확인시키려는 듯이. 그는 나의 말투를 폄훼하면서도 주변 친구들을 비롯한 모든 모임에 나를 데려갔다.

그 친구들과 함께 있을 때 알았다. 내가 들리지 않을 만큼 멀리 벗어나자마자 나의 모든 말과 행동이 웃음거리가 되었다는 걸. 종종 그들은 내가 벗어날 때까지 그리 오래 기다리지도 못했다.

한번은 우리가 어딘가에서 예열을 하며 세 번째 파티 장소에 가기 위해 가볍게 마시고 있었다. 그때 나는 주방 쪽을 지나고 있었다. 그리고 창틈을 통해 나를 흉내 내는 소리를 들었다. "우리 이제 출발하려고, 이따 파아티에서 보자아." 그들은 양처럼 음매 하며 울었고 모두가 크게 웃었다.

이는 양방향으로 흘러갔다. 비에른을 오슬로의 친구들에게 데려갈 때면 나는 그의 사투리와 유머, 태도를 가지고 흥분하며 달려들었다. 그가 나를 가지고 그랬듯이. 왜냐하면 나는 오슬로 출신 의대생이라는 약간의 자부심을 가지고 있었으니까.

동시에 그도 스스로에 대한 자부심이 강했다. 크라게뢰에서 그가 내게 보인 말과 행동을 통해 쉽게 알 수 있었다. 오슬로에서 고작 몇 시간 떨어져 있는데도 그곳은 하나의 다른 우주 같았다. 화초와 레이스 커튼이 있었고, 일요일은 화덕 구이가 나왔다.

비에른의 크라게뢰 친구들은 대부분 결혼해 확실하게 자리를 잡고 있었다. 상당수는 심지어 아이도 있었다. 그래 봤자 모두

　　　　　　　　　바람난 의사와 미친 이웃들

20대 초반이었지만 말이다. 비에른은 그중 대학에 들어간 유일한 사람이었고, 다른 이들은 직업학교와 견습생을 거친 직장인이었다.

남자들은 직접 집을 지어 사우나와 월풀 그리고 지하실 바를 갖춘 커다란 집을 소유했다. 여자들은 살림하며 집에 머물거나 유치원이나 미용실에서 일을 했다. 파티가 열리면 여자들은 주방에 모였고 남자들은 거실에 앉았다. 마치 아이들이 집에 돌아와 어른놀이를 하는 것만 같았다. 혹은 머나먼 시골에 사는 누군가의 할머니 할아버지 행세를 하는 것 같기도 했다.

비에른을 만나고 나서 한 친구가 말했다. "그 남자 정말 귀엽고 매력적이더라. 그런데 너한테 충분한 것 같아?"

이 말은 내 머릿속에 메아리처럼 울려 퍼졌다. 비에른이 오슬로에 있을 때면 나는 그가 입을 열 때마다 매번 움찔거렸다. 대체 무엇이 부끄러웠을까. 그가 나를 부끄러워하듯 나도 그를 부끄러워했다. 하지만 나는 그가 크라게뢰 출신이라거나 그의 집안에 대졸자가 없다는 이유로 부끄러움을 느끼진 않았다. 다만 이를 감추기 위해 애쓰는 모습이 부끄러웠다. 때때로 그는 상황에 맞지 않는 외래어를 사용하거나 설상가상 잘못된 발음으로 말을 하기도 했다.

"그것 좀 그만해." 오슬로에서의 파티가 끝난 후 나는 어김없이 다툼에서 소리쳤다. 크라게뢰에서는 딱히 그런 일이 없었다. 그곳에서 그는 확실한 안정을 느꼈으니까. "그냥 나랑 있을 때처럼 행동해. 크라게뢰에서처럼 행동하라고. 긴장 풀어. 너무 그렇게 굳어 있지 말고."

지난 세월 동안 나는 스스로를 설득하며 살았다. 악셀이 가진 장점이 넘치도록 많아 다른 모든 단점을 품고 살 수 있을 정도라고.

맨 처음 악셀과 잠자리를 했을 때, 깨어 있는 상태로 누워 홀로 생각했다. '결정을 내려야 해. 어머니가 늘 말했듯이 인생에서 전부를 가질 수는 없어.' 사실 육체적으로나 다른 측면들로나 비에른만큼 강렬하지는 않았다. 하지만 비에른과 1년간의 극적 드라마를 찍고 난 뒤 생각이 바뀌었다.

그 후 만난 악셀은 안정적이고 유머가 넘쳐 마치 집에 돌아온 것만 같았다. 악셀은 어디든 데리고 갈 수 있었다. 악셀의 형제자매들은 내가 말할 때 뚫어져라 쳐다보지 않았다. 누구네 집처럼 히죽거리며 비웃음을 날리지도 않았다.

악셀은 그레프센 지구에서 자라 오슬로의 가톨릭 학교를 다녔다. 따라서 악셀과의 파티 자리에서 오슬로에 대해 부정적 입장을 취할 필요가 없었다. 하지만 프레드릭스타나 크라게뢰의 파티에선 내 입에서 부정적인 말이 나오기를 기대했다. 그곳 주민들은 오슬로가 엉망진창이라는 견해를 기본적으로 지니고 있었기 때문이다. 그래서 다들 오슬로에서 나고 자란 나 또한 이에 함께하기를 기대했다.

가끔 속으로 상상해보았다. 만약 내가 프레드릭스타나 크라게뢰에 대해 함부로 말한다면 어떤 반응을 보일지. 그럼에도 나는 오슬로가 엉망진창이라는 생각, 특히 크라게뢰가 인간이 살 수 있는 유일한 곳이라는 전제를 받아들였다.

9

우리가 해낸 최소한의 기간

오스카스 게이트의 오래된 방에 누워 무슨 생각을 했을까? 우리는 아무것도 생각하지 않았다. 하지만 침대에서 비에른이 끓인 커피를 마시며 나는 생각했다. '이거 봐. 그는 알아서 커피를 끓여. 악셀은 절대 그러지 않아. 그는 내 손을 잡고 있어. 악셀은 절대 그러지 않지.'

우리의 몸은 서로를 알아보며 금방 가까워졌다. 오래전 이후로 시간이 전혀 흐르지 않은 듯이. 비에른 옆에 실오라기 하나 걸치지 않고 누워 있는 느낌은 30년 전과 똑같았다. 바깥에서는 볼 수 없는 솔직한 그의 얼굴, 그의 말과 행동에 담긴 자명함과 진지함. 당시에 아마 나는 그래서 여기 숨어들길 좋아했던 모양이다. 커튼을 다 치고 불을 끈 채 웃을 정도였으니까.

그리고 오늘 나는 다시 이곳 빛나는 방에 누워 있었다. 오스카스 게이트에 있는 내 방, 그것도 예전과 똑같은 침대에 누워. 어떻게 이 모두를 떠나버릴 수 있었는지 이해하지 못했다.

"나는 너에게 그저 꿈일 뿐이야." 내가 말했다. "너는 나를 몰라. 나도 너를 모르고. 우리는 점점 더 늙어가겠지. 그럼 또 흘러간 옛 애인을 찾아 나설 거야. 우리가 젊었을 때 알고 지낸 또 다른 누군가를 찾아서."

"그럴 수도 있지." 비에른이 답했다. 그는 한쪽 팔을 머리 뒤에 받치고, 다른 팔로 가슴 위에 놓인 커피잔을 잡았다. "하지만 너는 전혀 달라지지 않았어. 나는 정말 단 1년도 흐르지 않은 것처럼 느껴져. 너는 여전히 나에게 그때와 똑같은 감정을 불러일으켜. 모든 것이 잘못된 길들이었고, 이제야 본궤도에 들어선 것만 같아."

"그렇지만 너도 알잖아. 이걸로 아무것도 얻을 수 없다는 거, 안 그래? 나는 악셀에게 그럴 수 없어. 그건 안 돼. 내가 여기서 뭘 했는지 말하는 건 상상조차 할 수 없어. 그렌다에 우리 집이 있어. 너도 프레드릭스타에 어마어마한 집이 있잖아. 누구도 그 집을 혼자 감당할 수는 없어. 우리는 지금 2천만 크로네짜리 부동산을 잃을 위험을 무릅쓰고 있는 거야."

"누가 그런 돈에 관심 있는데."

"어쨌든 우리는 계속할 수 없어."

"우리는 이미 계속하고 있어. 여기 누워 있잖아."

"그래, 하지만 이대로 계속 가서는 안 된다구. 네 인생을 통째로 걸고 싶은 거야? 다 늙어가는 마당에? 린다가 무슨 반란을 일으킬지 생각해봐. 너희 아이들, 손주들, 친구들, 맛집 동호회까지. 아마 일주일 뒤 너는 소리 지르며 린다에게 돌아갈걸. 그리고 여길 보며 '위기'라 부르겠지."

나는 옆으로 누워 그의 옆모습을 관찰했다. 그의 높은 코와 턱, 오르락내리락하는 털가슴. 그러자 그가 말했다. "나는 정말 자신해. 내가 그러지 않으리라는걸."

비에른은 커피잔을 침대 협탁에 놓고 내 쪽으로 몸을 돌렸다.

"프레드릭스타에 살 때면 나는 너를 생각해……. 네 이름 하나로 평온함이 생겨나. 엘린, 널 생각하면 모든 것이 안정을 찾아. 네가 있다는 사실 하나로 말이야."

"우리 관계를 악셀에게 거론하는 건 상상조차 할 수 없어." 내가 말했다. "악셀이랑 나는 괜찮아. 우리는 잘 지낸다고."

"그럼 왜 지금 나랑 누워 있는데?"

"너는 린다랑 어떤데?"

"수년 넘게 스스로에게 묻곤 했어. 내가 거기 없으면 무슨 일이 벌어질까. 그 사람은 어떤 반응을 보일까. 집과 돈 같은 현실적인 문제들만 걱정하고 말까."

비에른이 내 엉덩이에 손을 올렸고, 그 온기가 발가락 끄트머

바람난 의사와 미친 이웃들

리까지 퍼졌다.

"그 사람은 너무 지루해. 린다는 내가 전혀 관심 없는 것들에 관심이 있어. 돈, 멋진 옷, 고급 레스토랑, 겉치레. 그녀는 절대 시원하게 웃지 않아. 속에서 우러나오는 호탕한 웃음이 없어, 너처럼. 그 사람이 웃을 때는 뭐 이런 식이지. 하하하. 다른 사람들과 함께하는 통제되고 사회적인 웃음. 둘이 TV 앞에 앉아 있으면 그녀는 거의 웃지 않아. 마치 없는 사람처럼 느껴져. 내가 뭔가를 잘못하지 않는 한 말이야.

예를 들어, 초록색 쓰레기봉투를 걸어야 하는 통에 파란색 쓰레기봉투를 걸면 그녀는 몇 초 안에 몬스터로 변신하지. 나는 종종 눈물이 나기도 해. 그 사람이 무서워서가 아니라 내가 처한 상황이 슬퍼서. 그녀가 알아챌 정도로 울지는 않아. 그러면 더한 난리를 피울 테니까. 보통은 지하 운동실로 내려가 90년대 기구 위에 앉아 울부짖어. 새빨개진 얼굴로 올라오면 그녀는 내가 운동을 했다고 생각해. 그러고 나면 그 사람은 잠시 동안 다정해져. 정원 호스가 제대로 감겨 있지 않거나 벤치 쿠션이 실내로 들여지지 않은 모습을 보기 전까진."

"계속 얘기해봐."

비에른은 침대에서 몸을 일으켜 세웠다.

"흠……. 그러니까 함께 차를 타면 내가 듣는 소리는 둘 중 하나야. 운전을 빠르게 한다거나 느리게 한다고. 또는 깜빡이를 일찍 켠다거나 느리게 켠다고. 아니면 브레이크를 빨리 밟는다거나 자전거 운전자에 대한 배려가 없다거나."

"린다는 왜 직접 운전하지 않아?"

"눈에 문제가 좀 있거든. 야맹증이던가 근시던가. 정확히는
모르겠다, 까먹어서. 아무튼 오래전부터 운전대 앞에 안 앉아.
운전은 항상 내가 하지."

"우리도 늘 악셀이 운전해. 나도 모르겠어, 왜 그러는지. 어쩌
다 보니 그렇게 됐어."

"거참, 어쨌든 차는 우리 남자들이 다룰 일인가 봐."

'우리 남자들…….' 악셀이라면 이런 말을 하지 않았을 것이
다. '나는 엄청 육체적인 남자거든.' 같은 식의 말도. 우리 남자
들, 너희 여자들. 악셀은 절대 이런 식의 표현을 쓰지 않는다. 그
리고 그렌다의 누구도 이런 단어를 쓰지 않을 것이다.

"애정." 린다에게 무엇이 가장 그리운지 묻자, 비에른이 답했
다. "우리가 잠자리를 하지 않는 건 별개의 문제야. 그저 나는 다
정함, 약간의 인정, 가끔가다 건네는 미소가 그리워. 그냥 어깨
를 토닥이는 것만이라도."

비에른은 이야기를 계속했다. 그는 장을 볼 때면 항상 따뜻하
게 웃는 여직원이 있는 계산대로 간다고 했다. 그녀가 미소 지
으며 "안녕하세요." 인사한 뒤, 봉투와 영수증을 가져갈지 물으
면 그는 굉장한 호의와 관심이 담긴 것처럼 느껴진다고 했다.

"우리 남자들이 꽤나 단순하게 짜여졌다는 걸 잊어선 안 돼."

나는 침대에서 몸을 일으켰다.

"그게 맞는 말인지 좀 의심스러운데. 이 세상에 단순하게 짜여진 인간이 있기는 할까? 여자든 남자든 말과 행동에 이면 없는 인간이 있을까? 꾸미지도, 비틀지도, 거짓말하지도, 파고들지도 혹은 재차 생각하지도 않는 사람이 있다고? 그게 무엇이든 상관없이? 나는 그렇게 생각하지 않아."

"그래? 그럼 더 자세히 설명해봐."

"거리를 두고 있으면 거의 모든 인간이 평범해 보여. 단순하고 소박하며 악의도 저의도 없이 순수하게. 하지만 그들에게 조금만 가까이 다가가도 그림이 달라져. 지금까지 나는 정상이라고 칭할 만한 인간을 단 한 명도 만나지 못했어. 보통 사람, 순수한 피조물, 평균적 인간, 일반적 소비자, 뭐 이런 사람들. 더구나 20년 넘게 가정주치의로 일하고 있는데 말이야. 사람들은 모두 자기만의 역사가 있어. 삶을 특별하고 복잡한 모양으로 얽어맬 수 있는 능력을 가지고 있지. 그러니까 단순하게 짜여진 인간은 없는 거야."

비에른은 고개를 갸우뚱하며 미소 지었다. 마치 작고 귀여운 소녀를 바라보듯이. 나는 말을 계속 이었다.

"자기가 단순하다 주장하는 사람들과 복잡하다 고집하는 사람들 사이에 있는 유일한 차이는 스스로의 관념에 있어. 요즘 보면 자기가 특별히 예민하다고 여기는 경향이 널리 퍼져 있더라. 그런데 사실 특별히 예민한 사람은 없어. 우리는 모두 예민해. 그 예민함 덕분에 종일 두려움에 떨지. 차이는 떨쳐버리는 능력이 있느냐 정도? 그게 전부야."

"와, 얼마나 그리워했는지 몰라. 너의 이런 장황한 설명. 너는 가능한 모든 것을 깊이 생각하지. 전에도 그랬어. 정말 하나도 안 변했다."

'아니, 그렇지 않아.' 나는 생각했다. 악셀과 1분 이상 이야기하면 그는 두 손 들어 휴식이 필요하다고 말한다. 그 때문에 방해받지 않고 말이 술술 나오는 상황이 낯설었다. 곁에 앉아 웃으며 고개를 끄덕이는 비에른과 함께. 아니, 틈틈이 커피잔을 들어 올리며 "우리 건배하자!"라고 말하는 그와 함께.

이따금 비에른은 나와 관련 있는 노래들을 꺼내곤 했다.

"너, 이 노래 자주 듣지 않았어?" 그는 이렇게 물은 다음, 피아노 앞에 앉아 몇 개의 코드를 쳤다. "여기 이 부분? 알 재로? 난 들을 때마다 항상 네가 떠올랐는데."

그러나 노래는 내게 완전히 생소했다.

"흠……." 그러면 비에른은 이렇게 말했다. "이상하네."

"아직도 모르겠어? 너는 그저 나에 대한 온갖 환상을 만들어 낸 거야. 나랑 전혀 일치하지 않는 뭔가를. 너의 그리움과 희망을 어떤 이미지 안에 꼭꼭 채워 넣은 거지."

그럼에도 또렷하고 확실하게 자각할 수 있었다. 일상적 버전의 나라는 인간이 내 안에 잠복한 모순적 존재와 어떻게 대체되었는지 말이다.

일찍이 머릿속에는 이런 생각이 떠올랐다. 내가 찾은 에너지

바람난 의사와 미친 이웃들

와 기쁨을 요동하는 내밀한 것을 몰아내는 데 활용하면 어떨까. 내가 갈망하는 대여섯 잔의 화이트와인, 온갖 TV 드라마, 안정을 위해 마시고 삼키는 다른 모든 것을 대신하는 데 사용한다면 어떨까. 내가 이 에너지와 기쁨을 가지고 악셀과의 관계에 새로운 생명을 불어넣을 수 있다면 어떨까.

이런 지능적인 연금술 덕분에 불법도 합법이 된다. 더럽고 해로운 것도 교화적인 무언가로 뒤바뀐다. 목적은 수단을 정당화시킨다. 그러면서 모든 선과 아름다움, 위대한 것과 금지된 것은 계속해 나아간다. 언제까지나 영원히.

때때로 비에른은 나와 떨어져 있었다. 시작은 6월의 어느 기나긴 주말 연휴. 연애가 시작된 지 대략 한 달 정도 지났을 때였다. 그들 부부와 네 자녀가 산장 하나를 빌렸고, 목요일에서 일요일까지 함께 떠나기로 되어 있었다.

이미 수요일 저녁부터 메시지가 드물어지기 시작했다. 목요일에는 내가 보낸 메시지만 있었다. 물론 그는 답을 했으나 간단한 내용만 적었고, 하트 대신 치켜든 엄지와 스마일 이모티콘만 보냈다. 금요일 점심시간에는 채팅을 주고받던 그가 설명도 없이 사라졌다. 금요일 저녁 나는 홀로 생각했다. '끝났구나.'

토요일 오후 나는 평균 3분마다 그를 생각했다. 일요일 저녁이 되자 한 시간 동안 생각하지 않는 일이 가능해졌다. 월요일 아침에도 휴대폰은 묵묵부답이었다. 그의 윤곽처럼 모든 것이

희미해졌음을 알아차렸다. 나는 더 이상 그의 모습을 눈앞에 그릴 수 없었다. 월요일 저녁에는 이런 생각을 했다. '나는 자유다.'

그런데 바로 그날 밤, 메시지 하나가 들어왔다. 그가 맨 처음 보낸 메시지처럼 하나의 단어로만 이루어져 있었다. 첫 자를 대문자로 쓰지도 물음표를 붙이지도 않았다.

자니.

'답하지 말자.' 메시지를 보자마자 처음 든 생각이었다. 이제 모든 것이 고요하고 편해졌으니까. 절로 시들게 내버려두자.

하지만 그러고 나서 이런저런 생각들이 머릿속을 맴돌기 시작했다. '우리는 딱히 싸우거나 사이가 나쁘지도 않았어. 그들에게 무슨 일이 있는지 알고 싶어. 그가 잘 지내는지 알고 싶다구. 그런다고 뭐가 잘못되는 것도 아니잖아. 그저 서로에게 관심이 있을 뿐이야. 우리는 친구니까.'

나는 답을 했다. 그리고 그렇게 다시 시작되었다. 비에른은 침묵의 이유를 설명했다. 온 가족이 모여 있을 때는 작은 행동거지도 유별나 보일 수 있다고. 이상하게도 둘의 관계는 침묵 속에 등장한 예기치 않은 메시지로 단단해졌다. 모든 방해에도 불구하고 약해지기는커녕 오히려 더 강해진 셈이다. '헛소리는 지긋지긋해.', '이제 충분해.', '나도 다 큰 성인이야.' 어쩌고저쩌고. 비록 내가 마지막에 이런 말을 했더라도 말이다.

나는 시간이 흐르면서 관계를 끝내려는 우리의 시도가 생명을 연장하는 데 이바지할 뿐이라는 사실을 깨달았다.

우리가 해낸 가장 긴 기간은 이틀이었다. 끝내는 것도 잠깐이었다. 둘 중 하나가 생존 신호를 보내기까지 불과 몇 시간도 걸리지 않을 때가 보통이었다. 또한 파기된 약속, 결여된 통제, 우리가 말하고 행하는 모든 것은 어떤 식으로든 관계를 달아오르게 했다. 사랑 고백이라든가 낡은 침대에서 벌어진 일들이 그러했다. 두려움을 비롯한 양심의 가책과 비밀스러움. 최소 하루 100번은 생각하는 이러기에 너무 늙었다는 고민까지도 거대한 엔진으로 빨려 들어가 연료로 바뀌었다.

시종일관 무슨 일이 벌어지고 있는지 알고 있었다. 나는 내가 처한 모든 상태에 이름을 붙일 수 있었다. 모든 미동, 모든 기대, 모든 희망 뒤에 감춰진 화학반응. 도파민, 세로토닌, 옥시토신 같은 단어들. 간격을 둘 수 있다고, 한계점을 표시할 수 있다고, 또 기록할 수 있다고 스스로를 위로했다.

손잡이가 설치된 우리에 쥐를 넣는다. 손잡이를 당길 때마다 먹이가 주어진다는 사실을 알게 된 쥐는 배가 고플 때만 손잡이를 당긴다. 반대로 손잡이를 당겨도 먹을 것이 주어지지 않으면 손잡이에 대한 관심을 빠르게 잃어버린다. 그러나 불규칙적인 간격으로 먹이가 주어지면 손잡이를 연신 잡아당긴다. 그것도 죽을 때까지.

나는 메시지를 확인하기 위해 휴대폰을 뒤적일 때마다 생각했다. '두뇌의 보상 체계가 장난을 치고 있구나. 인간은 너무도 나약한 피조물이지. 예측과 오류 속에 떠돌아다니는 무리일 뿐이야. 우리는 이 안에서 꼼짝 못 해. 누구도 벗어날 수 없어. 너는 속수무책의 작은 쥐야. 욕망과 허영을 감추고 있지만 네 발 달린 동물과 다르지 않아. 이브닝드레스에 포크와 나이프를 쥐고 있어도 소용없어. 대학 교육도 마찬가지야. 모든 능력은 동물을 치장하는 데나 사용될 뿐이지.' 온갖 생각이 나를 엄하게 타일렀지만 아무런 도움이 되지 않았다.

나는 인간들을 향해 끊임없이 비웃음을 날린다. 그중에서도 나라는 인간을 가장 많이 비웃는다. 내 자신과 내 생각을 비웃는다. 보고만 있어도 우습다. 여기서 우스꽝스러운 자는 누구일까. 그리고 누가 웃는 걸까?

나는 원하는 만큼 웃을 수 있었다. 그리고 우스운 자는 언제나 최종 결정권을 가지고 있었다.

나는 종종 우리가 미지의 존재에게 관찰되고 있을지 모른다고 생각했다. 특히 극심한 불행에 빠져 있을 때면 그런 생각이 들었다. 말하자면 플랑크톤처럼 발달된 전혀 다른 존재들이 우리를 보고 있을지 모른다고. 그들은 먼지 부스러기나 물방울의 형태를 띠고 있을지 모른다. 우리 주변을 훨훨 날아다니며 비웃고 있을 수도 있다. 완벽하게 균형을 유지하면서 말이다.

나는 수시로 휴대폰을 만지며 비에른이 로그인했는지 확인했다. 그의 이름 옆에 반짝이는 초록색 점을 보기 위해 들락날락거리면서. 하늘색 가운을 입은 인간 유기체의 전문가로서 이미 모든 것을 알고 있었다. 그럼에도 손이 동물처럼 움직였다. 아니, 그냥 동물의 손이었다. 갑자기 손등이 털로 뒤덮이고, 손가락이 노란 갈퀴로 보였으니까. 그 손이 휴대폰을 붙들고 익숙하게 화면을 건드리며 '아니야, 초록색이 아니야!' 혹은 '그래, 초록색이 켜졌어!' 하고 있었다.

아무 연락을 받지 못한 까닭에 오전에는 집중을 할 수 없었다. 책상에 놓인 휴대폰에서 윙윙거리는 소리만 들려도 나는 환자의 말에 귀를 기울이기 어려웠다. 그래도 일단 울리고 나면 휴대폰에 대한 집착을 멈출 수 있었다. 내가 자유로워지는 유일한 순간은 그에게서 온 메시지를 확인할 때였다.

그러나 자유는 오래 지속되지 않았다. 곧바로 다시 초록색 점을 사냥하러 나섰다. 환자와의 상담 한가운데에 있으면서도 말이다.

휴대폰을 서류 틈에 놓아 진료기록을 살피는 듯 보이도록 했다. 그러다 화면에 메시지 알림이 뜨면 맥박과 기분이 동시에 올라갔다. 나는 한층 친절한 진료 행위를 취했고, 그 결과 상담 시간이 더 길어졌다. 스스로에게 화가 났다. 환자들을 얼른 내보내고 싶었다. 늘 그런 식이었다.

가끔 비에른이 오슬로에 머물 일이 생기면 나는 30분을 따로 비워두었다. 다시 말해 비에른이 나를 기다리고 있는 오스카스 게이트의 집으로 향했다. 이어서 솔리 플라스에서 몇 미터 떨어진 곳을 같이 걸어가는 모험을 감행했다. 자체 발광하는 요정들처럼 회색빛 거리를 나란히 걸었다. 둘 사이에 벌어진 놀라운 기적에 대해 모르는 이들로 가득한 그곳을.

그러면서 무슨 생각을 했을까. 분명 무언가를 생각했을 것이다. 알고 있다. 그때 내가 울부짖으며 모조리 끝내고 싶어 했다는 것을. 우리가 당장 그만두어야 한다는 생각을 떠올렸다는 것을.

나는 몇 주 뒤 악셀과 한바탕 벌인 다음에야 부부관계에 높은 단계의 생명이 불어넣어지는 장면을 상상했다. "그 재앙 전후에 말이야."라며 우리가 평소 즐기는 유머처럼 편하게 말하는 순간을. 그때 내가 계산에 넣지 않은 것이 있었다. 즉 의지가 맡은 역할이 얼마나 미미한지 계산하지 않았다. 나는 판단력이 없었고, 정신이 온전하지 못했다. 그 때문에 나의 일부는 제정신이 아닌 또 다른 일부와 겨룰 수 없었다.

그러다 보면 머지않아 답 없는 지점에 이르게 된다. 아무리 골머리를 앓으며 분석해도 마음 깊은 곳에는 언제나 무언가 남아 있다. 파악되지도 않고 설명되지도 않는 그 무언가가.

만남 이후 나는 혼자 있거나 환자와 있을 때면 그의 손을 생각했다. 떠올리기만 해도 떨림이 느껴지는 크고 따뜻한 손. 그의 모든 것을 생각만 해도 환희가 엄습해왔다. 나는 이 감정을 결코 상대할 수 없었다. 사람은 생기를 되찾으면 빛을 발하며 구석구석 채워진다.

바람난 의사와 미친 이웃들

이때 이성을 불러내려는 것은 고양이와 대화를 하려는 것과 같다. 뒤에 있는 모든 존재를 캐내며 내 안을 들여다보는 행위가 그러하다. 그가 눈을 감고 있다 살짝 뜨면 나는 얼른 뒤돌아 무슨 의미인지 이해하려 노력한다.

내 안에서 가능한 모든 해석이 소란을 벌이는 동안, 고양이는 자기 몸을 핥기 시작한다. 그런 다음 옆으로 구르며 눈을 깜빡이고 단 몇 초 만에 잠들어버린다.

10

거리두기 관찰법

12시 점심시간이다. 금요일이면 구내식당에선 따뜻한 음식이 나온다. 거기서 사람들은 무엇을 먹게 될까. 타코, 파스타, 인도 요리, 심지어 초밥을 주문할지도 모른다. 그런 일상의 작은 기쁨은 놓치지 말아야 한다. 그래서 억지로라도 간다.

대신 정말 내가 원하는 것은 하지 않는다. 진료실에서 식사를 거르는 것, 죽을 때까지 굶는 것. 그저 스스로를 다독이며 식당으로 향할 뿐이다. 모든 걸음마다 발을 높이 들어 올리면서. '다 잘될 거야. 다 잘될 거야. 당연히 모두 잘되고말고.'

예전에는 구내식당에서 하고픈 말을 마음껏 할 수 있었다. 마라톤 뛰는 사람들을 대상으로 한 특별세를 건의할 수도 있었다.

대개는 과부하로 발생한 부상이므로 세금을 따로 내야 하며, 다른 스포츠 대회보다 참가비를 열 배는 요구해야 한다는 것이 골자였다. 주름지고 바짝 마른 두 명의 마라톤광을 제외하고는 병원 사람 모두가 찬성을 표했다. 우리는 비만 환자의 경우, 자동차 구입 시 특별 허가를 둬야 한다는 제안도 할 수 있었다. 예방접종 거부자에게 장기 징역형을 내려야 한다고, 모든 종류의 중독은 벌금형에 처해야 한다고도 했다.

하지만 시간이 흐르면서 서로 조심하게 되었다. 우리의 날카로운 발언들이 영상에 찍히거나 기록되어 외부에 퍼질 수 있었다. 멀지 않은 곳에 앉은 접수처 직원이 소셜미디어에 공유할지 모를 일이었다. 거의 모든 직원이 점심시간 내내 휴대폰을 붙들고 있었으니까.

그런 까닭에 구내식당에서 하던 잡담은 더 이상 밸브가 열리지 않는다. 이제 우리는 진료실에서 환자들을 대하듯 스스로를 자제한다. 노르웨이의 여느 일터같이 흔한 주제들만이 논해진다. 휴가 계획, 최신 뉴스, 풍문, 한쪽 귀로 들어와 다른 귀로 빠져나가는 잡담.

그럼에도 나는 여전히 그곳으로 향한다. 구내식당의 점심이 최근 일주일을 통틀어 나에게 가장 따뜻한 식사였기 때문이다. 동시에 금요일의 점심시간은 내가 왜 주중에는 구내식당으로 가지 않는지에 대한 이유를 상기시킨다.

접수처 직원들과 의사들은 서로 다른 곳에 모여 앉는다. 나는 의사 테이블로 향해 혁명가 선생 옆자리를 차지한다. 일흔이 넘은 혁명가는 헝클어진 잿빛 머리에 의사 가운을 풀어헤치고 늘 토론에 열을 올릴 준비가 되어 있다. 그러면서 가부장주의, 반동주의, 인종차별주의, 성차별주의 같은 단어들을 꺼낼 기회를 놓치지 않는다. 그는 매번 이 단어들을 말할 때마다 짜릿한 희열에 몸을 떨었다. 혁명가 양반이 한 세대 어렸다면, 아마 그렌다에 살았거나 거기 사는 누군가와 잘 알고 지냈을 것이다.

조금 어지럽거나 지쳐 있다면 우리 혁명가를 찾아갈 필요가 있다. 그에게 가면 일주일 치 병가 진단서를 받을 수 있기 때문이다. 단순히 날씨 때문에 병이 났다고, 비가 와서 별로라고 털어놓기만 해도 항우울제나 신경안정제를 받을 수 있다. 우리 혁명가는 산타클로스놀이를 즐기기 때문에 양손 가득 국고를 퍼여기저기 나누어준다. 그는 항상 우리가 모든 것을 받아야 한다는 생각을 가지고 있다.

"너희는 그럴 권리가 있어." 이는 혁명가가 가장 사랑하는 문장이다. 사람들이 무언가를 원한다면 즉시 가질 권리가 있으며, 다음번에는 마땅히 손에 들어와 있어야 한다. 물론 이런 생각은 감당 능력이 있는 복지국가를 전제로 한다. 그리고 안에는 그의 반란적 기조가 담겨 있다. 평화와 자유를 비롯한 모든 것이 무료인 세상을 향해서 말이다. '그렇지만 혁명가 선생님, 세상 어딘가에는 당신이 나눠주는 것을 치르는 누군가가 있답니다. 언젠가 의료보험 금고는 텅텅 빌 거예요. 한 번쯤은 당신도 생각 해봤겠죠?' 하지만 그 무렵이면 우리 혁명가는 죽고 없을 것이 다. 문득 이런 생각이 머릿속을 스친다. 그는 이미 일흔을 넘겼 으니까.

다른 쪽에는 재정가 선생이 앉아 있다. 갓 면도한 얼굴에 늘 짧은 머리로 다니는 그는 허용 환자 수를 철저히 채워 받는 인 물이다. 평소 다겐스 내링슬리브*를 펼쳐놓고, 휴대폰으로 주가 를 확인하며, 돈으로 주제가 쏠릴 때만 대화에 참여한다.

바로 맞은편에는 1층에서 온 부인과 전문의가 앉아 있다. 그 는 규칙적으로 태닝을 하러 다니는 듯하며 애프터셰이브 로션 을 아끼지 않는다. 가운 안에는 연분홍 셔츠를 입고 있다. 그의 대기자 명단은 길다. 특별히 좋은 의사라서가 아니다. 자기 환자 들에게 성기와 생식능력에 대한 입 발린 말을 잘하기 때문이다.

내 지인 중 하나가 그를 찾아갔다 전해준 이야기 덕에 알게 되었다. 들은 바에 따르면 그는 상담 시간을 두 다리 사이가 어 떤 모습인지 찬사를 보내는 데 다 썼다고 한다. '신선한 색'과 '높은 치골'을 칭찬했으며, 당시 마흔다섯이던 지인에게 아이를 계속 가질 수 있다고 환기시켰다. 대부분의 사람들, 그중 특히 여성들은 자기 생식기를 부끄러워한다. 다시 말해, 의사로서 점 수를 딸 수 있는 하나의 영역을 발견한 셈이다. 하지만 그는 내

---

* 노르웨이의 경제 전문지

지인이 세포 검사 때문에 찾아왔다는 사실을 까먹고 있었다.

이따금 혁명가는 접수처 직원들 쪽에 앉아 대화를 시도한다. 그럼 직원들은 미소 짓고 환하게 웃으며 대화를 나눈다. 결국 고용주라서다. 그는 직원들이 환자들을 대할 때보다 자신에게 더 공손하다는 것을 모른다.

이는 나와 폴란드 청소부 사이와 비슷하다. 직접 발을 들여 놓지 않으면 눈에 더 쉽게 들어오기 마련이니까. 어린아이처럼 기쁨에 젖은 혁명가는 직원들의 웃음을 한껏 얻는다. 그사이에 틈틈이 우리 쪽을 보며 이렇게 말하는 듯하다. '보이지? 그렇게 힘든 일이 아니라니까.' 사람들은 혁명가를 쉽게 웃음거리로 삼을 수도 있다. 그러나 최소한 그는 육하원칙에 답을 내놓을 수 있는 확고한 이념을 지니고 있다. 혁명가 양반이 뚱뚱보를 보면 무슨 말을 할까. 혁명가는 과연 무엇을 해줄까.

나는 그에게 속으로 묻는다. 의사 가운을 활짝 열고, 다리를 꼬고 앉은 그를 보면서.

오늘의 요리는 샐러드를 곁들인 라자냐다. 그리고 주제는 수 년 넘게 부적절한 관계를 가진 우리 층 의사와 1층 간호사다. 두 사람은 얼마 전 공개적으로 밝히고 비좁은 집으로 들어가 함께 살기 시작했다. 오늘은 둘 다 자리에 없기에 우리는 그들에 대해 이야기할 수 있다.

테이블이 웅성웅성한다. 그는 쉰셋이고 부인 셋에 자녀가 다섯이다. 그리고 그녀는 서른여섯에 아이가 없다. 둘의 관계가 유지될 가능성을 두고 질리도록 씹는다. 대화가 진행되는 동안 몇몇은 조용해진다. 말하자면 슬슬 발을 빼며 물러난다.

나는 라자냐와 샐러드로 채워진 테이블을 응시하며 내용을 전혀 이해하지 못하는 사람처럼 행동한다. 예전이었다면 다른 사람들과 함께 히죽거렸을 것이다. 그런 불륜 관계가 얼마나 어리석고 파렴치해 보이는지, 당사자들이 얼마나 철없고 미련해 보이는지. 물론 그런 상황에 빠지게 되면 선택의 여지가 없어 보인다. 이 선택지는 바깥에서나 보이는 법이다.

금기의 깊은 곳에는 상황의 정당함을 밝히려는 무언가가 자리한다. 이제야 나는 알 수 있다. 하지만 객관적이고 절개 있는 다른 모든 사람에게는 터무니없이 궁색하고 우스꽝스러워 보일 것이다. 그러면 그들은 절레절레 고개를 흔들며 어떻게 자기 인생을 망가트릴 수 있는지 이해하지 못한다.

바르게 처신하는 이들이 가치를 가지기 위해선 거리 두기가 필요하다. 흡사 독재정권에서 공개처형이 수행하는 기능과 맞먹는다.

이를테면 이런 식이다. 테헤란과 리야드에서는 과실을 범하면 무슨 일이 벌어지는지 보이기 위해 주민들을 대형 경기장에 불러들인다. 시민들은 예상되는 처벌에 대한 기억이 필요하다. 기중기가 올라가고 단두대가 떨어지면 그들은 전율한다. 이어서 머리통이 굴러간다. 어쩐지 여기 테이블 위에 등장한 새 커플을 두고 비웃는 장면과 비슷하다. 누구 하나 직접적으로 말하지 않아도 온 대화 속에 들을 수 있다. 나를 둘러싼 모두가 무슨 생각을 하는지. '기다려봐. 곧 낭패로 끝날 테니까.'

바람난 의사와 미친 이웃들

11

흔들리는 진자의 세계

점심시간이 끝나고 들어온 첫 번째 환자는 코미디언이다. 뚱뚱보와 반대로 코미디언은 유전자 복권 당첨자 같은 기사에 모델로 손색없을 정도다.

40대 중반에 훤칠한 키를 자랑하는 그는 아내와 아들딸이 하나씩 있다. 머리카락도 아직 온전히 붙어 있다. 더불어 숭배하는 관객들이 있고, 다수의 상을 수상했으며, 이름을 내건 스탠드 업 코미디 쇼에, TV 드라마 주인공까지 맡고 있다.

그는 담배를 피우거나 술을 마시지 않는다. 고기도 먹지 않는다. 하지만 우울증이 있다. 이미 두 차례 자살을 시도했다. 그는 우울증뿐 아니라 자살 시도를 코미디 쇼의 주제로 삼는다. 인터넷에 들어가면 짧게 편집된 그의 영상들을 찾아볼 수 있다.

"잘 지내셨어요?" 내가 묻는다.

코미디언은 창밖을 바라본다. 그의 아래턱이 부들부들 떨린다. 진료실 안의 공기는 그사이 숨 쉬기 힘들 정도로 나빠졌다. 뚱뚱보의 체취가 공기 중에 남아 있으며, 웃음소리의 잔향 또한 사라지지 않은 상태다. 다시금 우리 뚱뚱보의 상반된 에너지와 활력을 생각하지 않을 수 없다.

어쩌면 누구 말처럼 총합은 항상 일정할지 모른다. 나는 이 말이 들어맞지 않는다는 것을 안다. 그럼에도 사람과 상황을 정렬하는 일은 그리 나쁘지 않기에 잠시 동안 이런 생각을 즐긴다.

나는 체면치레를 위해 이따금 코미디언을 채혈실로 보낸다. 그의 진료기록에는 두통, 불면증, 근육통 같은 다른 평범하고도 일반적인 소견을 적어 넣는다.

그는 심리상담사를 찾아가지 않으며 이곳으로 오기를 좋아한다. 이유는 나도 모른다. 처음에는 내가 잘나서 그런 줄 알고 우쭐했다. 유명인사가 나와 이야기하기를 원하니까. 그러나 이내 깨달았다. 내가 누구와도 대체 가능하다는 사실을 말이다. 내가 하는 말은 중요하지 않다. 그는 다만 유니폼을 입고 비밀엄수의 무에 매여 있는 누군가와 대화하기를 원할 뿐이다.

"어제 저는 마흔다섯이 되었어요."

"진심으로 축하드려요."

"감사합니다. 마흔다섯이 되어 좋은 점은 많은 시간이 남지 않았다는 것이겠죠."

"흠. 통계적으로만 봐도 환자분은 아직 40년 가까이 남아 있어요. 어쩌면 그보다 더 많을 수도 있죠. 최근 발전하는 급성 치료 기술을 바탕으로 판단해도 그렇구요. 흥미롭게 전개되는 암 분야의 연구 상황을 보더라도 전혀 틀린 말은 아니에요."

"그런 말씀은 하지 말아주세요. 제발 부탁이에요."

그는 허리를 앞으로 숙인다. 팔꿈치를 무릎에 괴고는 얼굴을 문지른다.

"40년이나 살덩어리 안에 갇혀 있어야 하다니. 아, 이런 세상에."

그는 숨을 깊이 들이마시고 신음과 함께 내뱉는다.

"차라리 조그만 암이라도 생겼으면 좋겠어요. 제가 죽음의 숨결을 반갑게 맞이할 수 있을 만큼만. 아니, 작은 일들을 행복으로 여길 수 있을 정도만요."

"그렇게는 안 되죠."

"네, 저도 알아요."

이어서 그는 고개를 들어 쳐다본다.

"그래도 지금 해결책을 하나 찾았어요. 취하지 않으면 살 수 없다는 걸 깨달았거든요. 그냥 받아들이는 수밖에 없어요. 아이들이 잠자리에 들면 저는 차고로 가 대마초를 말아 피워요. 대략 몇 주 전부터 시작했는데 타이어 더미 위에 웅크리고 앉아 불을 붙이죠. 그런 다음 거실로 돌아와 아내 옆에서 TV를 봐요.

이런 소소한 루틴이 없으면 저녁마다 아내와 TV를 볼 수 없어요. 이제는 저녁이 기다려져요. 매일 하는 루틴 덕분에 보통 사람이 돼가고 있죠. 어린 시절하고는 아무 상관이 없어요. 저는 애정과 보호를 받으며 아름다운 시절을 보냈으니까요. 형제자매 중 누구도 방황을 하거나 엇나가지 않았죠. 단지 저만 그랬어요.

하지만 취해 있을 땐 달라요. 일단 약에 취하면 모든 게 좋아요. 그럼 지극히 정상적인 인간이 되죠. 저는 모든 쇼가 끝날 때마다 취해야 해요. 주말뿐 아니라 심지어 대낮에도. 그러면 울타리 곁에 서서 이웃들과 수다를 떨 수 있어요. 발밑에 땅이 꺼지는 느낌 하나 없이요. 무슨 말인지 이해하시나요?"

"네, 무슨 말씀인지 너무 이해해요." 그의 물음에 나는 답한다. "지난여름까지 저도 그랬거든요, 알코올에. 그런데 부작용을 견딜 수 없어 결국 끊어야 했어요. 술에 취하기에 저는 너무 늙었나 봐요."

코미디언이 의자에서 허리를 세운다.

"아, 정말요? 그럼 지금은 뭘 하세요?"

"명상을 해요." 나는 거짓말을 한다. "그리고 요가도 해요." 계속해서 거짓말을 늘어놓는다. 나는 지금 정신을 차려야 하니까.

그는 다시 의자에 파묻힌다. "아, 방금 막 죽고 싶은 충동을 강하게 느꼈어요."

'이번에는 제대로 한번 해보세요.'라는 말이 혀끝까지 나왔다.

바람난 의사와 미친 이웃들

하지만 마지막 순간에 아슬아슬 삼키고 만다.

코미디언 다음으로 네 살짜리 소녀가 명단에 올라와 있다. 아이는 귓속 통증 때문에 아버지와 이곳을 찾았다.

내가 이름을 부르려고 나가자, 아버지는 딸이 진료받을 준비가 되지 않았다고 말한다. 그러니 조금만 기다렸다 나중 순서로 들어가면 좋을 것 같다고.

나는 아이에게 시선을 던진다. 팔짱을 끼고 멍하니 앞만 보고 있는 아이의 표정이 익숙하다. 예전에 우리 딸들에게서 보았던 바로 그 얼굴이다.

"아이가 오늘 많이 아파서 컨디션이 별로 좋지 않네요. 억지로라도 앉히고 싶은데 아직 준비가 되지 않은 모양이에요." 아이 아버지가 계속 말을 잇는다. "준비하는 데 약간의 시간이 필요해요. 제가 잘 달래고 설득해볼게요. 겁먹을 필요 없다구요."

그의 딸은 겁먹은 것처럼 보이지 않는다. 아이는 아버지와의 힘겨루기가 익숙해 보인다. 또한 이 겨루기에서 이기는 게 버릇이 된 듯하다.

"그렇게는 안 돼요. 지금 안 들어오시면 대기줄에 환자분 자리는 없어요."

"하지만 아이가 아파하는 게 보이지 않으세요?"

나는 다시 아이를 바라본다. 비죽거리는 웃음을 감추지 못한 아이의 동그란 얼굴에 웃음이 퍼진다.

나는 문을 열어 놓는다.

"그렇다면 지금 들어오시는 게 더 중요하죠."

나는 아이에게 미소를 건넨다. 그녀는 비웃음을 멈추고 무섭게 쏘아본다.

"자, 이제 가자. 우리 참새." 아버지가 말한다. "착하게 굴어야지. 가자, 이제."

"싫어." 아이가 소리 지른다. "시러. 시러. 시러."

아이아버지는 나를 보며 어깨를 으쓱인다. 그의 딸은 별로 아파 보이지 않는다. 얼굴빛은 정상이며 움직임은 민첩하다. 게다가 울부짖는 소리까지 완벽하다.

나는 모니터로 돌아와 다음 환자를 확인한다. 뒤이어 복도로 나가 그의 이름을 막 부르려는 찰나. 내가 입을 열기도 전에 아이아버지가 딸을 겨드랑이에 끼우고 들어온다. 모든 일이 너무 빨리 벌어지는 바람에 아이는 아무런 반응도 하지 못한다.

내가 두 사람 뒤로 문을 닫자, 아이가 울부짖기 시작한다. "스니커즈!" 아버지가 외친다. "조용히 하면 스니커즈 줄게."

그러자 아이는 당장 입을 닫고 조용해진다. 나는 검이경을 꺼내 그녀에게 내민다.

"이제부터 귀를 들여다볼 거야. 네가 건강해지고 아프지 않으려면 내가 뭘 할 수 있는지 알아보려 해. 알겠지?"

아이는 아무 말도 하지 않는다. 나는 아버지 쪽으로 몸을 돌린다.

바람난 의사와 미친 이웃들

"제가 귓속을 들여다볼 때 아이가 움직이지 않도록 좀 잡아주시겠어요?"

아버지는 붙들려 애쓰지만 아이는 몸을 뒤틀며 빠져나온다. 그는 나를 바라본다.

"저기 말이죠, 선생님……. 아무래도 억지로 시킬 수는 없을 것 같아요."

그는 자기 딸에게 말한다. "우리 참새, 지금 의사 선생님이 진찰하실 건데 움직이지 않는 게 엄청 중요해. 무슨 말인지 알겠어? 가만 있지 않으면 아빠가 너를 꽉 잡아야 해. 그런데 너 그런 거 싫어하잖아. 네가 차분히 있는 게 정말 중요하단 말이야. 무슨 말인지 이해하지?"

아이는 눈에 띄지 않을 정도로 고개를 끄덕인다.

내가 검이경을 귀에 집어넣자 아이는 고통스러운 울음을 터트린다.

"지금 뭐 하시는 거예요?" 아버지가 소리친다.

"아버님이 제대로 잡지 않으시면 뒷감당은 아이가 해야 해요."

아버지는 고개를 가로젓는다.

"하지만…… 제가 잡으면 아이가 싫어해요. 항상 그랬어요. 의지가 강한 아이거든요. 아이를 강제하고 싶지는 않아요. 그건 선생님이 이해해주세요. 무슨 일이 있어도 아이를 존중해야 하니까요."

"아버님이 잡지 않으면 저는 진찰할 수 없다구요."

결국 그는 아이를 꽉 붙잡는다. 내가 다시 진찰할 수 있도록.

아이는 입을 벌리고 힘겹게 숨을 쉰다. 그녀는 꽤나 육중하다.

오늘날 대부분의 아이들이 그렇다. 몇 해 전 나는 어린아이들 중 일부가 이미 서너 살에 배가 불룩해지며, 여덟아홉 살에 튼살이 생기기도 한다는 사실에 놀랐다. 튼살은 임산부를 진찰할 때나 보던 것인데 이제 그런 흔적을 어디서나 쉽게 볼 수 있다.

내가 재미 삼아 숫자를 세기 시작할 무렵, 한 달간 찾아온 아이들의 70퍼센트가 과체중이었다. 그리고 전혀 놀라지 않게 되었을 때는 지극히 소수의 아이들만이 정상체중이었다.

나는 영양 섭취에 관한 조언을 건네기 시작했다. 건강한 습관을 들여야 한다고 말하며, 보상으로 음식을 걸지 않는 일이 얼마나 중요한지 전했다. 그럴 때마다 나는 부모들이 아이들의 귀를 막는 모습을 수차례 목격했다. 내 말이 섭식장애로 이어질 수 있다고 오해해서였다. 그래서 더 이상 말하지 않았다. 환자들을 잃고 싶지 않았기 때문이다.

결국 우리는 대출 하나를 갚았다. 얼마나 상환했는지를 그때그때 확인하는 일은 습관이었다. 완전히 빠져 있어서 거의 취미 생활 같았다. 그러나 이제 모두 갚았다. 그뿐 아니라 집도 내주었다. 카드빚은 한 번도 지지 않았다. 최근에는 오로지 딸기셰이크와 오렌지, 과일주스에만 돈을 쓰고 있다.

나는 의자에 등을 기대며 말한다. "염증으로 보이는 증상은 없어요. 그런데 아이가 너무 무겁네요. 식습관이 어떤가요?"

"지금 뭐라고 하셨어요?"

"식습관이 어떠냐구요?"

"아니, 제 말은 그게 아니라 처음에 하신 말씀이요. 다시 한번 말해주시겠어요?"

"아이가 너무 무겁다는 말이요?"

"이런 망할. 그런 말은 하시면 안 되죠." 그가 으르렁거리며 호통을 친다. "우리 아이는 고작 네 살이라구요! 아직 작은 어린 아이요! 아이에게 무슨 식이장애라도 생기기를 바라시는 거예요?"

아이는 조용히 앉아 우리를 바라본다. 고개를 이쪽저쪽 번갈아 돌리면서.

언젠가 한 어머니가 말했다. 아들이 버터와 케첩을 버무린 파스타와 초코우유만 마시려 한다고. 그러면서 "최소한의 영양소는 섭취하니까요. 그게 가장 중요하지 않을까요."라고 덧붙였다. "먹는 거 가지고 요란 떨 필요는 없다고 생각해요. 그럼 괜히 불안한 마음만 생기는 데다 히스테리로 이어질 테니까요. 저는 아이가 원하는 만큼 먹도록 놔둬요. 시간이 지나면 알아서 해결될 일이구요. 저는 아이의 자기 통제력을 믿어요. 자기에게 필요한 것이 무엇인지 누구보다 잘 알 거라 생각해요."

나는 지금 앞에 앉은 아버지에게 말한다. "제가 보기에 아이는 이미 섭식장애가 있어요. 만약 따님이 개라면 아버님의 행동은 동물 학대라 부를 수 있구요. 아이가 먹고 싶은 대로 내버려두면서 신진대사가 일어날 때 바로 교육을 하시잖아요."

"그러니까 지금 우리 아이가 개 같다는 뜻이에요?"

"네, 제가 하고 싶은 말이 딱 그거예요. 아니면 강아지. 아이들이 죽도록 먹게 놔두거나 차에 치이도록 두신다면요."

아버지는 자리에서 일어나 아이를 품에 안는다. "아니요. 더이상 듣고 싶지 않아요. 당신 진짜 미쳤구나."

그는 문 앞에서 말한다. "나 이거 공개적으로 알릴 거예요. 소비자보호원이랑 TV2 '무엇이든 도와드립니다'에 전화할 거야. 페이스북이랑 트위터, 인스타그램에도 다 올릴 거야. 당신에 대해 여기저기 다 쓸 거라고."

나는 고개를 끄덕인다.

"그렇게 하세요."

"나는 개애애가 아니야!" 문이 닫힐 때 그의 딸이 포효한다.

놀랍게도 나는 완전히 평온하다. 그러면서 소망해본다. 이야기가 널리 퍼져 나에게 비난 공세가 쏟아지기를. 그래서 머릿속 생각들이 다른 쪽으로 방향을 돌리기를. 내가 여기 진료실에서만이 아니라 미디어 이곳저곳, 예를 들면 저녁 뉴스에서 죄다 말할 수 있기를.

오늘날 우리 아이들이 얼마나 심하게 부풀었는지, 또 오늘날 우리 어른들이 얼마나 탐욕스러워졌는지. 더불어 지금보다 더 많이 부끄러워해야 하는 이유를 전하고 싶다. 그래도 공세가 쏟아지겠지. 그러면 나는 내내 1인칭 복수를 사용하게 될 것이다. 결국 여기 안에 홀로 틀어박혀 "우리는 모두 정신을 차려야 합니다"라고.

접수처에서 전화가 걸려온다.

"선생님, 괜찮으신 거죠? 지금 여기 아버님 한 분이 오셔서……."

"네, 저는 그냥 딸아이 영양에 신경을 써달라고 말했을 뿐이에요. 요즘 사람들은 좀처럼 참지를 못하네요. 그럼 이만 끊을게요."

무언가 막 솟아오르고 있다. 혹은 막 무너지고 있다. 그것도 철저히. 하지만 작은 걸음 하나하나는 너무도 논리적이며 불가피해 보인다.

아버지와 소녀에게 보인 나의 태도는 앞으로도 계속될 것이다. 그러나 뚱뚱보에게 했던 말은 절대 계속되지 않을 것이다. 내가 정말 그런 말을 하기는 한 걸까? 어쩌면 메아리는 머릿속에 들리는 내 목소리였는지도 모른다. 뚱뚱보는 이미 이곳을 떠났다. 그리고 접수처에서는 전화가 걸려오지 않았다. 그 부녀와는 달리 말이다.

'그래, 그래.'

바깥 복도는 적정 서비스, 양질의 대우, 감정이입을 기대하는 소비자로 가득하다. 주민들은 갈수록 연약하고 예민해지고 있다. 한편으로는 뻔뻔스럽고 까다로워지고 있다. 예전에는 의사를 멀리하는 것이 일반적이었다. 괜히 가까이 다가갔다가 진단을 받을 수도 있기 때문이다. 내가 보기에 이 부분은 적어도 시간이 흐르며 이성적으로 변한 듯하다.

그러나 동시에 의사를 방문하는 일도 점점 늘어나고 있다. 주민들의 과민함 덕분에 의사들은 환자와의 눈 맞춤, 감정이입 등 확실한 진료를 제공해야 한다. 과거 그 어느 때보다 많은 시간을 환자 하나하나에 쓰고 있는 셈이다. 앞으로도 더 많은 분야에서 애정과 공감에 대한 필요를 충족시켜야만 한다. 그렇지 않으면 환자들은 슬쩍 넘기고, 함부로 다루며, 속인다고 느낀다.

나는 국가적·지역적 지원에 대한 기대가 이른바 주치의 부족 현상으로 이어진 건 아닌지 의심된다. 보다 많은 주치의에 대한 요구는 케이크를 다 먹어치운 비만환자에게 더 많은 케이크를 조달해야 하는 것과 같은 이치로 볼 수 있다. 그리고 시간이 갈수록 주민들은 더 많은 시간, 더 많은 이해, 더 많은 애정을 요구하게 될 것이다.

나는 이런 기대들이 더 나은 삶과 진료로 이어지지 않는다고 확신한다. 오히려 반대라고 믿는다. 포장만 제대로 되어 있으면 내용물이 무엇이든 상관없다. 여기 앉아 미소를 짓는 한, 내가 무엇을 하든지 전혀 문제되지 않는다.

대체의학에서는 이미 오래전부터 알고 있었다. 동종요법과 지압요법, 장세척 전문가들은 언제부터인가 파스텔색의 유니폼을 입기 시작했다. 진료실 벽은 독특한 캘리그래피와 인장, 자격증 및 합격증으로 도배되어 있다. 그들은 연출의 기술을 알고 활용할 줄 안다. 또 1회 치료에 2000크로네를 받기 때문에 환자들의 하소연을 참아낼 수 있다.

나는 스스로에게 묻는다. 애정과 관심을 선사하는 것이 과연 주치의의 임무일까? 그건 사생활에 속하는 영역이 아닐까?

주치의의 첫 번째 임무는 신체적 고통을 다루는 것이라 생각한다. 물론 대다수의 고통은 정신에 원인이 있다. 무릎과 고관절 마모는 보통 과체중이나 과부하로 생긴다. 이들은 스트레스성 폭식 또는 훈련 중독이 낳은 결과이다. 나아가서는 모든 가능한 결핍 그리고 충족되지 않은 갈망으로 거슬러 올라간다.

우리는 난해한 수수께끼에 하나의 해답이 있으며, 복잡한 문제에 하나의 해결책이 있다고 생각한다. 달리 보면 무척 매력적인 해석이다. 모든 현상을 납득 가는 맥락으로 묶어 우리가 희망을 붙들 수 있도록 만들기 때문이다. 이 갈망만 충족되고 결핍만 제거되면 고통은 사라질 거라는 희망 말이다.

물론 갖가지 해석과 시도로부터 벗어나 있는 것들이 많다. 그럼에도 여전히 우리가 하는 것은 틀렸으며, 하지 않는 것은 선하다는 견해가 도처에 깔려 있다. 과거의 결핍과 부조리를 현재의 책임으로 돌리며 어딘가 믿는 지점을 향해 부단히 노력한다.

최종적인 해답, 최종적인 결론. 이것 혹은 저것만 하면 된다는 믿음. 결국 인간들은 갈고리에 걸린 밧줄 상태로 코가 꿰인 채 살아가게 된다.

그러나 만약 질서가 존재하지 않는다면 어떨까. 특정 지점을 몇 번이고 들이받아도 해답이 없다면, 아니 전체의 이면에 아무런 의도나 목적도 없다면 어떨까.

몇몇 환자들은 건강에 관한 조언과 권고를 철저히 따른다. 그런데도 나를 찾아올 때면 몸속이 암으로 가득하다. 할 수만 있다면 진료실 문을 열며 이렇게 외치고 싶다. '여기 성불능 아닌 사람, 고독하지 않은 사람, 지치지 않은 사람, 두통 없는 사람있어요? 요통 없는 사람? 불면증 아닌 사람은? 앓는 소리 듣고 제발 꺼져버리세요. 해가 바뀌어도 똑같아. 대부분의 질병과 통증은 저절로 흘러갑니다.'

나는 반복해 말한다. '대부분의 질병과 통증은 저절로 흘러갑니다. 인생이 너무 짧다고, 당연한 것이 너무 적다고 불평하시는 거죠? 살아 있는 것 자체가 얼마나 대단한 확률인지 아세요? 로또에서 잭팟 터지는 것만큼이나 굉장한 일이라구요. 거의 제로에 가까워요. 지금 당신들은 멀쩡히 돌아다니고 있어요. 그게 기적이 아니면 뭐겠어요. 또 당신들 몸처럼 놀라운 시계태엽 장치가 어디 있어요. 날마다 숨 쉬고, 걷고, 먹을 힘을 만들어 내는 그 몸! 당신들은 신과 우주에 무릎 꿇고 감사해야 해요. 왜 자신

바람난 의사와 미친 이웃들

이 가진 것을 소중히 여기지 못하죠?' 내가 이런 생각들을 채 절반도 끝내기 전에 토레가 방해한다. 그래, 어련하시겠어. 아주 사돈 남 말하고 있네.

하지만 그의 말을 듣지 않는다. 지금 나는 한창 시동이 걸렸다.

'집으로 돌아가 편히 쉬세요.' 수염을 덜덜 떨며 앉아 있는 모든 설치동물에게 소리치고 싶다. '치료해도 당신들 몸은 100퍼센트로 작동하지 않을 거예요!'

만약 우리의 기대를 1947년 수준으로 낮춘다면 상황은 달라질 것이다. 뭐, 1927년은 말할 것도 없다. 그러면 오늘날 필요하다고 여겨지는 주치의의 수는 절반도 되지 않을 것이다. 또한 모든 진단에 사람들은 긍정적으로 답할 것이다. 형용할 수 없을 정도로 행복하며 만족스럽다고. 단지 그 집 수도꼭지에서 더운 물과 찬물이 나온다는 사실만으로.

나는 날이 갈수록 의구심이 더해진다. 세상에 조화와 안녕을 향한 선천적인 노력이 존재한다는 것이. 다시 말해, 우리가 행복과 기쁨을 첫째로 추구한다는 사실이 점점 의심스럽다.

결국 우리는 무언가 완전히 다른 것을 얻으려 애쓰는지도 모른다. 이 다른 것은 특별히 유쾌하지 않을 수 있다. 또 이런 노력은 심한 고통으로 이끌 수 있다. 어쩌면 우리는 먹이사슬 아래 있는 동물들을 사냥하고, 그 위에 있는 동물들을 피해 도망가는 삶에 맞춰져 있는 건 아닐까. 충돌, 갈등, 반대, 방해를 향한 충동을 본질적으로 지니고 있는 건 아닐까.

우리는 항상 무언가를 그리워한다. 그리고 그 무언가는 우리가 갈망하는 미지일지 모른다. 턱으로 꽉 붙든 다음 온 힘으로 물어뜯을 수 있는 무언가.

불안과 노이로제는 예외나 질병이 아닌 본래의 상태다. 만약 인간이 순간을 즐기며 살아가는 능력을 타고났다면, 우리 조상들은 훨씬 전에 잡아먹혀 멸절되었을 테니까. 우리가 여기 있는 이유는 끝없는 노이로제 환자들 때문이다. 그들은 수많은 시행착오를 보내고, 두려움과 불면의 밤을 보내며, 야생동물로부터 보호하는 길을 찾아냈다.

우리는 재미나게 즐기려고 여기 있는 것이 아니다. 우리가 여기 있는 이유는 조상들이 죽임을 당하거나 굶어 죽기 직전 번식을 해냈기 때문이다. 그들은 수풀 속에 핀 꽃을 기뻐하기보다 숨은 포식 동물을 발견하는 일에 능숙했다. 우리는 이런 노이로제 환자들의 자손이다. 바로 이들 덕분에 우리가 신세를 지며 살고 있는 것이다.

하지만 나는 일언반구도 하지 않는다. 생각만 할 뿐, 입은 굳게 닫혀 있다. 그저 자리에 앉아 창밖을 바라본다. 내면에 있는 압력솥 뚜껑은 단단히 조여졌다. 내게 주어진 1년 치의 일탈 할당량을 오늘 다 써버렸기 때문이다. 어쩌면 내 모든 직장생활에 허용된 양을 바닥내버렸는지도 모른다.

다음 환자는 정말 전형적인 히포콘드리다. 그는 건강염려증 환자로 매 방문마다 살아갈 날이 몇 주 남지 않았다고 확신한다. 불과 반년 전에 처음 찾아왔으나 그럼에도 나는 그를 잘 알고 있다. 문을 열고 들어오는 그의 표정은 굶주린 채 뷔페 음식을 기웃거리는 손님을 생각나게 한다. 그는 규칙적으로 두 손을 문지른다.

이곳에 좀처럼 오지 않는 환자들은 우리가 그들을 통해 이익을 챙긴다는 생각을 가지고 있다. 그러나 매년 환자 수에 따라 지방정부에서 받는 기본 수당은 다 합해야 병원 공동체를 유지하는 경비를 충당할 정도다.

우리는 지금 이 남자 같은 사람들로 돈을 번다. 인터넷에서 증상과 진단을 검색하고, 채혈과 모반 검사 그 외 다른 소소한 것들을 바라는 건강한 사람들. 그러니까 병원에서 직접 처리할 수 있는 것들을 원하는 사람들 말이다. 우리는 그들을 '2월 전 프리패스'라고 부른다. 왜냐하면 그들이 하도 자주 드나드는 바람에 1월 말이면 그해 남은 분담금 인수 조건이 모두 채워지기 때문이다. 그들이 바로 수익을 올려주는 사람들이다.

남자는 자리에 앉아 적어온 목록을 꺼낸다. 2월 전 프리패스 환자들은 증상을 비롯해 인과성 이론이 적힌 목록을 항상 가지고 다닌다. 우리 히포콘드리가 크게 낭독하는 동안, 나는 그의 얼굴에서 숨김없는 기쁨을 본다. 그래도 혈압 측정기에 바람을 채울 때는 긴장감이 역력하다. 내가 괴롭힘을 즐기듯 열광이 담긴 목소리로 "대단해요! 열여덟 살의 혈압 수치를 가지고 계세요."라고 덧붙이면 그는 다시 축 늘어진다.

시간이 흐르면서 나는 이런 부류를 다루는 전략이 적당선을 주는 것임을 깨달았다. 더 많아도 안 되고 그렇다고 더 적어도 안 된다. 그러면 그들은 의사를 갈아치우며 처음부터 다시 시작하기 때문이다. 그들에게 적당선을 준다는 말은 검사 결과를 기다리느라 한 해 병원을 찾는 횟수가 30퍼센트 줄어들 거라는 뜻이다.

좋은 결과 혹은 정상범위라는 나의 평에 그들은 급히 파란 볼펜을 꺼내 끄적인다. 그다음 만족스럽지 않은 상태로 수치를 기입할 수 있는 인터넷사이트에 들어가 덜 보수적인 해석을 찾아 읽는다.

이런 사이트들은 항상 효과적인 비타민과 초록색 가루를 구비하고 있다. 그리고 자연스럽게 섭취하라는 쪽으로 추천이 이어진다. 환자들은 불안한 마음에 무언가가 들어맞지 않음을 알아차린다. 그러면 그들은 다시 찾아와 객관적이고 편견 없는 의견을 구한다. 하지만 여기 와서 얻는 것은 인터넷만큼 번지르르하지도 매력적이지도 않다. 다시 말해 그들은 다시 검색엔진으로 돌아간다는 뜻이다. 도로 원점으로.

그러는 동안 나는 여기 앉아 생각한다. 끝내 죽음만이 그들을 구제할 수 있다고. 그들도 알고 있다. 분주히 달린 유기체가 마지막 숨을 토하기 전까지는 결코 평안을 찾을 수 없음을.

그들은 자신이 잘 지내고 있다는 것을 알지 못한다. 또한 자

바람난 의사와 미친 이웃들

료 검색을 비롯한 모든 강박관념이 본인의 인생에 방향과 의미를 부여한다는 사실을 모른다.

가끔 기대에 차 있는 모습을 볼 때면 나는 부러워 샘이 나기도 한다. 그러면서 속으로 소망해본다. '내가 의사가 아니었다면 나도 의사를 찾아갔을 텐데. 그럼 여기서 벌어지는 연극 공연을 믿을 수 있을 텐데.'

의사가 주인공이고 환자가 관객인 연극에서 그들은 자기가 낸 돈으로 수준 향상을 보고 싶어 한다. 게다가 사람들이 도움받기를 기대하는 분야는 날이 갈수록 커지고 있다.

끝없는 도움과 지원이 주어질 거라는 확신은 그 자체만으로도 하나의 바이러스다. 비대해진 복지로 의료서비스에 대한 기대 역시 불어났다. 그리고 이 열병을 가라앉히는 일은 주치의의 임무가 되었다. 나는 복지국가의 수호자로서 빗장을 지르며 환자들을 돌려보내는 일을 맡아야 한다. 그럼에도 법정 소송에 대한 공포는 다수의 골칫덩이에게 소견서를 작성해주도록 몰아넣는다.

침착하게 접근하자며 돌려보낸 환자가 이틀 후 뇌경색 또는 뇌졸중에 처한다면? 혹은 뒤늦게 암 말기라고 밝혀진 상황에서 신문 머리기사에 실린다면 어쩌겠는가? 혹은 그가 스스로 목숨을 끊는다면? 만에 하나 꽁지머리가 병원을 나와 지하철에 몸을 던진다면 어떻게 될까? 그럴 가능성은 적지만 충분히 일어날 수 있다. 또 가능성이 적다는 표현은 밤잠을 깨우는 불안감에 전혀 도움이 되지 않는다.

그렇게 자정이 넘은 시각, 나는 어둠 속에 누워 전날 찾아온 환자들을 복기하며 내가 간과했을지 모를 무언가를 찾는다.

몇 해 전 어느 환자가 내 처방약을 가지고 스스로 목숨을 끊었다. 겉보기에 그는 사회와 잘 융화된 가정적인 남자였다. 그 어떤 징후나 사전경고가 없었다. 편지나 설명도 없이 그냥 죽었다.

나는 답을 찾기 위해 그의 진료 기록을 몇 번이고 반복해 읽었다. 그러나 아무것도 발견되지 않았다. 차트에는 피부암 예방 검사를 비롯한 몇몇 기록들과 독감으로 인한 병가 하나가 있었다. 우울증이나 강박은 없었으며 그 흔한 불면증조차 적혀 있지 않았다.

그는 죽기 직전 나를 찾아왔다. 어느 친선 달리기 대회에서 무릎 부상을 당했다며 강한 진통제를 원했다. 그때 나는 아무 의심 없이 바랄긴을 처방했다.

아내와 아이들이 여행을 떠난 다음 날 토요일, 그는 약을 모두 절구통에 빻아 레드와인 한 잔에 섞었다. 그리고 침실로 들어가 문을 잠그고 창문을 열었다. 일요일 저녁 가족이 돌아왔을 때, 그는 이미 죽은 지 24시간이 지나 있었다.

내가 불행의 전조를 알아챘더라면. 이랬더라면 저랬더라면. 사흘 밤 내내 잠들지 못하고 뒤척이던 내게 악셀이 말했다. 그

바람난 의사와 미친 이웃들

사고는 원칙적으로 보면 한 남자가 철물점 직원이 판매한 밧줄로 목을 맨 것과 다르지 않다고. "당신은 알 수 없었어. 누구도 알 수 없었다구. 그런 건 인간이 통제할 수 있는 영역이 아니야."

한편 나는 문자 그대로 목숨 하나를 구한 적도 있다. 전에 누군가의 고환 속에서 종양 하나를 발견했다. 악성에다가 작았는데도 비교적 구별이 잘 되었다. 남자는 수술을 했고 완치 판정을 받았다.

우리는 암에 대해 전혀 모른다. 암이라는 악마는 남몰래 자라날 수 있으며, 어느 날 갑자기 정신없이 일어난다. 조기 발견한 것만으로도 그는 감사할 이유가 충분했다.

하지만 그로부터 나는 아무 소식도 듣지 못했다. 여러 달이 흘러 1년이 족히 지난 어느 날, 그의 이름이 환자 명단에 올라와 있었다.

누군가의 목숨을 구하는 일은 그리 자주 일어나지 않는다. 그런데 그 일을 내가 해냈다. 그것도 흑백으로 된 검사 결과를 2차 분석하면서. 나는 그와의 만남을 기대하며 한껏 기뻐했다. 문을 열고 부를 때는 좋은 일을 기다리는 사람처럼 행동했다. 만약 기대하지 않았다면 적어도 불충분한 감정에서는 자유로웠을 것이다.

나는 미소 지으며 열린 문틈으로 손을 뻗었다. 하지만 남자는 나를 스치며 진료실로 들어왔다. 악수를 건네거나 눈인사도 하지 않았다. 그러고는 외투를 걸친 채 바닥을 보며 앉았다.

"오늘은 제가 뭘 도와드릴까요?"

"도와요? 선생이 더 도우려 하면 아마 나는 묘비 하나를 주문해야 할 거요."

그는 지난해 보낸 삶이 최악이었다고 말했다. 죽음에 대한 두려움 때문에 거의 잠들지 못했다고도 했다. 대화하는 내내 그는 내가 종양 덩어리를 만들어낸 것처럼 이야기했다. 아니, 내가 그 종양을 발견하지 말았어야 했다는 듯이 행동했다.

같은 시기 한 여성이 찾아와 두피 가려움을 호소했다. 진찰 결과 그녀의 두피에서는 표피 탈락과 발진이 확인되었다.

나는 이따금 사용하는 오래된 서류철을 꺼냈다. 요즘에는 모든 처방이 전자문서로 기록돼 있어 손쉽게 접근이 가능하다. 하지만 나이 든 환자에게는 이 과정을 일일이 전달하기가 어렵다. 나는 종이 처방전에 샴푸 이름을 적어 그녀에게 건네주었다. 환자는 엄숙한 표정으로 쪽지를 받아들었다.

다시 한번 우리의 연극 공연이 자못 놀라웠다. 의상과 소품을 제대로 갖추고 역할 하나를 맡은 이상한 연극에. 상담은 합해서 아마 4분 정도 걸렸을 것이다.

몇 주 뒤, 접수처 직원 하나가 진료실 문을 두드렸다. 그러고는 빈모노폴렛의 선물 봉투를 건넸다. 그 안에는 비싼 레드와인 한 병과 카드가 들어 있었다. **도와주셔서 정말 감사합니다! 처방 샴푸를 사용한 지 두 번 만에 문제가 깨끗이 사라졌어요.**

바람난 의사와 미친 이웃들

이기기도 하고 지기도 하는 게 세상이지. 토레가 말한다. 그는
우리 어머니처럼 속담을 참 좋아한다.

12

가장 그럴싸한 장례식

올해 역시 아무 일도 벌어지지 않은 것 같은 봄이 찾아왔다. 저 바깥 솔리 플라스에는 사람들이 떼로 밀려들고 있다. 항상 그랬듯이 자동차로 버스로 상점으로. 나는 그들을 내 자리에서 볼 수 있다. 그들의 움직임은 집중돼 있으며 목표가 뚜렷하다. 그리고 목적지에 다다르면 다음 또 다음을 향해 나아간다.

그러면 이런 생각이 들게 마련이다. 그들에게 나는 회색 배경에 불과하다고. 물론 나의 눈에도 그들이 그렇게 보인다. 나는 지극히 평범하고 두드러지지 않는 중년 여자이다. 전차 안에서 자리 하나를 차지한 여자, 대기 줄 가운데 군중 속으로 사라진 여자, 그들처럼 내면 깊은 곳을 헤매는 여자. 하지만 사람들은

바람난 의사와 미친 이웃들

오직 자신에게만 그런 심연이 있다고 생각할 것이다.

모든 활동은 사람들을 어디로 이끄는 걸까. 많은 활동으로 이끄는 것 외에 뭐가 더 있는 걸까. 그들은 모두 어디로 향하고 있는 걸까. 여기 앉아 어디로도 향할 일이 없으면 문득 이런 질문들을 던지게 된다. 여기서 우리는 죽지도 다치지도 않는 불사신처럼 돌아다닌다.

피부밑에선 끊임없이 피가 흐르고, 재앙의 가능성이 도사리고 있다. 모든 것은 한꺼번에 무너질 수 있으며, 일상이라는 곳에서 누구도 안전하지 않다.

사람들은 일상이 돌로 만들어졌다 생각하지만 실제 우리의 삶은 모래로 쓰여 있다. 그러다 이내 해일이 닥친다. 파도는 멀리 떨어져 있으면 위험해 보이지 않는다. 높이 치솟고 나서야 그 힘이 얼마나 거대한지를 깨닫는다. 하지만 그러고 나면 너무 늦는다.

한때 식탁에 둘러앉아 평화롭게 밥을 먹다가 죽어버린 가족 이야기에 나는 더 이상 놀라지 않는다. "그래도 참 다정하고 호감 가는 사람이었는데." 가족을 죽이고 자살한 남자를 두고 이웃들이 말한다. "늘 상냥한 말을 달고 살았는데. 어떻게 그럴 수 있지? 어떻게 그런 일이 가능하지? 도무지 이해할 수 없어."

그러나 이해할 수 없지 않다. 드레스덴을 도시로 세우는 데만 수백 년이 걸렸지만 폐허로 만들기까지는 단 며칠이 걸렸다. 모든 사람이 일정으로 분주히 돌아다니다가, 그다음 날 폐허 더미

사이를 비틀거리는 것과 같다.

우리는 실족해 넘어질 수도 있고, 버스에 치여 죽을 수도 있다. 이는 언제든 일어날 수 있는 일이다. 나에게 일어나지 않는다면 다른 누군가에게 일어난다. 실제로 우리는 날마다 신문 구석에 실리는 광경을 볼 수 있다. 국민 세금을 매춘부에게 사용한 국회의원의 기사나 세 자녀의 아버지이자 사랑받는 축구 감독이 소아성애자라는 기사를.

어떻게 이럴 수 있을까. 어떻게 이런 일이 가능할까. 세상에는 범죄와 사건이 두루 존재한다. 그것도 모든 논리와 생리에서 벗어나 해마다 벌어진다.

이렇듯 우리 고유의 일면은 세상의 일부로 감춰져 있다. 사람들은 불합리와 불가사의를 이따금 엿보기만 한다. 붙들거나 씨름하지 않는다. 대신 수천 개로 이루어진 두터운 층 아래 묻는다. 이를테면 유머, 음식, 취기, 인터넷, 스포츠, 돈, 리모델링, 부동산, 집안일 같은 기분 전환들이다.

그럼에도 특정 조건하에서 갑자기 터져 나올 수 있다. 이런 경우 기다리는 것 외에 다른 길이 없다. 나 자신도 바로 이 지점에 있었다.

처음에는 좋아 보였다. 술을 끊었고, 몸무게가 줄었다. 꼬꼬댁거리는 환자들도 전처럼 다가오지 않았다. 나는 그들을 향해 고개를 가로저었다. 어린아이를 보고 절레절레하는 것처럼. '하하, 당신들 정말.' 그들 중 몇몇은 여느 때처럼 열받게 했지만, 붙들

바람난 의사와 미친 이웃들

고 씨름하기에 나는 너무 늙어 있었다. 그들이 일으킨 열기가 심신을 지치게 만들었으니까. 하지만 붙들지 않고 내버려두자 알아서 사라졌다. 나는 왜 보다 일찍 발견하지 못했을까? 그저 거리를 두고 가만히 내려놓는 태도를. 이상하게 하나도 아프지 않았다. 모든 것을 그저 계속할 수 있었다.

영감과 잠재력은 금지된 곳에서 솟구쳐 합법적인 일상으로 흘렀다. 우리에게 알코올은 다른 곳으로 도달할 수 있는 문처럼 여겨졌다. 그리고 비에른 또한 내가 가로지를 수 있는 하나의 문이었다.

비에른은 나를 이상적인 아내로 만들었다. 아니, 전혀 다른 곳에 옮겨놓았다. 사소한 일도 무시하고 넘길 수 있게 말이다. 이제 악셀이 늦은 밤 붉어진 얼굴로 비틀대며 들어와도 미소 지을 수 있었다. 헤드램프의 섬광이 유령처럼 어른거려도, 땀에 젖은 옷을 허물처럼 벗어놔도 다 웃고 넘길 수 있었다.

스키 경주에 대한 이야기도 다르지 않았다. 악셀은 이번 희망 여행지가 중국이며 참가비는 3만 크로네라고 말했다. 또 열흘간 자리를 비우기 때문에 출발 전후로 교대근무를 해야 한다고도 전했다. 그럼에도 나는 기분 좋게 고개를 끄덕일 수 있는 상태가 되었다. 비에른이 나를 다른 곳으로 옮겨놓은 덕에.

"마음대로 해." 내가 말했다. 그러자 악셀이 환하게 밝아졌다. 나는 마침내 그토록 되고 싶었던 좋은 아내가 되었다. 남편의 모든 생각에 미소 짓고 밝게 웃어주는 아내. 눈을 치켜뜨지도 말을 덧붙이지도 않는 아내. "그래, 다 좋은데 우선 벽부터 칠하고. 전등도 새로 달아야 하지 않을까."라고 말하지 않는 아내.

"하하. 당신 정말 크로스컨트리에 미쳤구나. 당신에게 중요한 일이라면 어쩔 수 없지. 중국이라고 했나? 조심해서 잘 다녀와." 그러는 와중에 무언가를 발견했다. 전에도 항상 찾아 헤맸지만 결코 유지할 수 없었던 것. 분노로만 돌아가던 일상이 마침내 균형을 되찾은 것이다.

균형은 하루하루 지속되었다. 그러나 밸브가 있는 조건에서만 발을 들였다. 밸브에는 마약, 부정, 매춘, 횡령 등 빛을 피해 숨는 모든 것이 있다. 단 술처럼 모두가 하는 습관은 예외에 속한다. 음식 동호회에서 재미나게 웃으며 이야기 꺼낼 수 있는 것도 해당되지 않는다.

우리는 세상의 눈과 대낮의 빛을 피해야 한다. 그리고 드러날 때 심각한 결과로 이어져야 한다. 나는 그런 밸브를 찾았다. 빛을 꺼리지만 빛이 나는 무언가를 말이다.

젊은 여성 하나가 들어온다. 그녀에게 루프를 삽입해야 한다. 나는 초음파 기계를 가지고 있는 까닭에 하루 최소 두 차례 부인과 검진을 실시한다. 그러다 보니 남자 동료의 환자들이 자주 찾아온다. 아무래도 여의사에게 진찰받기를 원하기 때문이다.

내가 다리 사이에서 분주히 일하고 있는 동안, 그녀는 선인장으로 만든 주스 이야기를 시작한다. 그 주스는 해독 효과가 있다고 한다. 몸에서 독소가 빠진다나. 그녀는 자신이 그 단어를 안다는 사실을 자랑스러워하고 있다. 그래서인지 같은 단어를 대여섯 번씩 사용한다.

"모든 독소가 땀으로 나가는 게 피부로 느껴져요. 변으로도 알아챌 수 있어요. 유독 냄새가 심하게 나거든요. 그건 모든 독소가 밖으로 나와서 그런 거래요."

"담배 피우세요?" 내가 묻는다. 사실 불필요한 질문이다. 흡연자가 방에 발을 들이는 즉시 냄새가 나기 때문이다.

"네." 그녀가 답한다. "그래도 하루에 열 개비 이하로 피워요. 파티 같은 데 가면 조금 더 피우구요. 그런데 왜 물으세요?"

나도 모르겠다. 무슨 대답을 해야 할지. 오늘은 야단을 치거나 욕을 해서는 안 된다. 그래서 루프를 삽입하느라 정신이 팔린 것처럼 행동한다. 물론 사실이기도 하다. 하지만 나는 이 짓을 자면서도 할 수 있다. 심지어 토레도 구석에서 침묵하며 기다리는 자세를 취하고 있다.

그녀가 말한다. "저도 알아요. 담배가 건강에 나쁘다는걸. 그런데 말이죠. 흡연자들이 다른 사람들보다 산소를 훨씬 많이 마신다고 생각해요. 담배 피우면서 숨을 깊이 들이마시니까요. 게다가 흡연자들은 담배로 긴장을 풀잖아요. 직장에서 보면 항상 흡연자들만 나가서 휴식을 취하죠. 그러면서 신선한 공기를 많이 마셔요. 그래서 저는 별 차이가 없다고 생각해요. 말하자면 비긴 셈이죠."

만약 내가 자제하기로 결심하지 않았다면 지금쯤 본격적인 논쟁에 들어갔을 것이다. 하지만 나는 그녀가 그냥 이야기하도록 내버려둔다. 그들이 얼마나 멀리 가는지 지켜보는 일은 때때로 말다툼하는 일보다 더 유익하다. 더 나아가 치유 효과가 있는 것처럼 보이기까지 한다.

너 나 할 것 없이 그들이 얼마나 미쳤는지 그냥 보자고 생각한다. 거품이 일 때까지 광기 속에 들끓도록 그냥 두자고. '그들의 말을 들어 봐, 토레. 무슨 말을 하는지 들어보라니까. 모든 게 산산이 흩어지고 있어. 손을 벗어나 걷잡을 수 없어. 나만 그런 게 아니야.'

나는 그녀에게 생리대 하나를 건넨다. 그녀는 옷을 입으며 칸막이 뒤에서 계속 선인장주스에 대해 이야기한다. 젊음을 되찾아주며 긴장을 풀어준다고. 그러니 반드시 마셔보아야 한다고. 자신은 잠도 푹 자는 데다 피부도 몰라보게 좋아졌다고 말이다. 내가 주스를 살 수 있도록 인터넷주소까지 알려주겠다고 한다. 무엇보다 자신이 할인받을 수 있도록 추천인의 이름을 적는 게 중요하다고도 덧붙인다.

그녀가 다시 의자에 앉을 즈음, 나는 쉴 새 없이 쏟아지는 수다를 중단시킨다. 루프는 피임 도구라서 성병을 막지는 못한다고 전해야 했기 때문이다.

수차례 건넨 문장을 줄줄이 꺼내는 동안 그녀의 얼굴을 주의 깊게 관찰한다. 전체적인 화장과 탈색된 머리, 필러로 부푼 윗입술. 이것들이 그녀를 더 나이 들어 보이게 한다는 생각이 머릿속을 스친다. 젊어 보이기 위해 안간힘 쓴 덕분에 더 늙어 보이는 것이 당신의 현실이라고.

결국 그녀는 선인장주스의 훌륭한 홍보대사가 아니다. 실제 나이보다 훨씬 들어 보이기 때문이다. 그럼에도 나는 그 주스를 살 수 있다는 사이트를 순순히 받아 적는다.

"고마워요." 심지어 이런 말도 한다. '이거 봐, 토레. 지금 내가 얼마나 친절한지.'

그녀가 방을 빠져나간다. 스스로 자제했다는 사실에 만족감이 든다. '계속 이렇게 하자.' 나에게 말한다.

그런데 미친 것들이 오늘 약속이라도 한 모양이다. 선인장주스 다음으로 갓 결혼한 부부가 들어온다. 아내는 내게 진료받은 적이 있는 환자다. 그녀는 마흔하나고, 남편은 쉰셋이다.

아내는 두 사람 사이에 다섯 명의 자녀가 있다고 설명한다. "하지만 우리 공동의 아이는 없어요." 아내가 남편을 힐끗 본다. 이어서 구체적인 보고를 계속한다. 지난 세 달을 시도했으나 임신에 실패했다고, 이제 그들은 인공수정을 원한다고 말이다. 둘은 서로의 손을 꼭 잡고 문장들을 잇는다.

두 사람은 직장에서 만나 1년 전부터 연인 관계로 발전했다. 마른하늘에 날벼락처럼 천재지변과 맞먹는 일이었다. 그 여파로 별수 없이 각자의 배우자를 떠나야만 했다. 수많은 저항과 반대가 몰아치며 히스테리가 터져 나왔다. 본격적인 마녀사냥으로 깨질 뻔도 했으나 그들은 꿋꿋이 위기를 이겨냈다.

그리고 지금 임신이 확인 도장이 되어 모두의 주둥아리를 막을 거라고 자신한다. 입에서는 나오지 않은 마지막 문장이 공기 중에 서성이고 있다.

전혀 계산하지 않은 것처럼 그러고 있네. 토레가 말한다. 임신과 동시에 네가 지닌 딜레마가 단번에 풀리는 망상 말이야.

나는 가만히 앉아 귀를 기울인다. 곧 그들이 듣고 싶어 하는 말을 준비한다. 공감 어린 미소로 고개를 끄덕이며 멀리 보내버린다. 다른 누군가의 무릎 위로 그들이 내던져진다. 아마 누군가는 악의 없는 자잘한 평을 달 것이다. 공동의 아이만 생기면 다 정리될 거라 생각하는 걸까.

어차피 다음 단계에서 멈추게 되어 있다. 첫째 그들은 나이가 너무 많다. 둘째, 최소 1년을 시도하지 않았다면 불임에 해당되지 않는다. 셋째, 적어도 1년 이상 혼인 관계이거나 같은 주소지에 등록돼 있어야 한다.

나는 모두를 말할 수 있었다. 하지만 내 입에서 나가는 다른 말을 듣는다. "이런 세상에, 아이를 더 낳아서 대체 뭘 어쩌려구요?"

'아니야, 아니야. 그냥 생각만 한 거야!'

아니야, 넌 크게 말했어. 토레가 끼어든다. 와, 덕분에 아주 즐거운데?

"뭐라구요?" 중년 부부는 크게 외치며 잡은 손을 푼다.

나는 팔짱을 끼고 앉아 자라나는 반항심을 느낀다. 이는 어린 시절 비롯된 감정으로 나와 평생을 함께 살아왔다. 태어난 까닭에 느끼는 죄책감과 비슷한 선상인 셈이다. 새로운 사실이 있다면 이제 열린 틈으로 나올 수 있다. 오늘만 벌써 세 번째다. 무언가를 직접적으로 말하는 내 목소리를 들은 것이.

"두 분은 나이가 너무 많아요. 그리고 이미 아이들이 있잖아요. 물론 추가 검진을 받으시도록 소견서를 써드릴 수는 있어요. 하지만 무의미한 짓이에요. 어차피 다음 단계에서 끝날 테니까요. 우리는 자기 뜻대로 하면 모든 게 따라올 거라 믿죠. 하지만 이건 균형을 유지하는 인류의 돛이에요. 살면서 항상 모든 걸 가질 수는 없어요. 인생이 원래 그런 거예요. 적어도 나랏돈은 그럴 수 없다구요."

그들은 마지막 단어를 꺼내기도 전에 벌떡 일어난다. 바로 다음 순간에는 진료실을 떠나고 없다. 문이 쾅 하고 닫히는 소리와 함께.

너 정말 못됐다. 토레가 말한다.

'못됐다고? 내가 못됐다고? 그럼 저들은 뭔데?'

가만히 내버려둘 수도 있었어. 둘이 1년 이상 살아야 된다거나 대충 둘러대면서 말이야. 조금 더 친절하게 말할 수 있었잖아. 저들이 뭐 나쁜 뜻이 있는 건 아니니까.

'나쁜 뜻이 없다고? 관계를 아이로 도장 찍으려는데? 그것도 공공 비용으로? 집이 저당 잡힐 수도 있어. 결국 자기들이 갚게 되겠지. 나는 저 두 사람이 파산하길 바랄 뿐이야.'

아, 그래. 그러니까 너는 이혼과 부정 같은 도덕적 타락에 반대한다는 거네? 일반적으로?

토레는 코앞에서 하나씩 미끼를 흔든다. 나는 그걸 차례차례 삼킨다.

'아니, 그런 건 아니야. 하지만 저들 가정사는 반대야. 아직 자기 가정에서 빠져나오지도 않았는데 새로운 가정을 꾸리는 데 전념하고 있잖아. 자기들이 막 버리고 나온 것과 비슷한 것을 다시 세우겠다고 말이야. 사람들은 모든 가능성을 열어놓은 채 끊임없이 충동을 따르려고 해.

하지만 새로운 관계를 맺는다고 다가 아니야. 아직 충분하지 않아, 절대로. 새로 맺은 관계는 은으로 된 식기, 이름 첫 자를 딴 모노그램, 웨딩드레스, 임신, 결혼반지, 세례복 등이 주어져야 해. 물론 혼자 감당할 수 없으면 나라에서 도와줘야지. 나는 이런 터무니없는 놀이에 함께할 마음은 없어. 지금 저들이 서로를 발견했대. 그래, 그것까지는 좋아. 그런데 왜 둘은 만족하지 않는 거지? 왜 힘을 이상한 데다 쓰려는 거야. 거기 말고 다른……'

토레가 끅끅거린다. 나는 덫에 걸렸음을 곧장 알아챈다. 그 소리가 광분하게 만들지만 드러내서는 안 된다. 안 그러면 한층 요란한 소리로 변질될 테니까. 그저 구석에서 달그락거리는 토레를 가만히 바라본다.

'너의 웃음은 모든 걸 누그러뜨려. 그럼 매끄러운 표면이 하나 생겨나. 그 위에서 모든 게 미끄러지며 사라지지.'

내가 더 광분하지 않자, 토레는 잠시 앙갚음을 한다. 본래의 플라스틱 조각이 되어 조금도 입을 닫고 움직이지 않는다. 나는 방 안을 둘러본다. 가구들이 우뚝 서서 굳은 채로 나를 응시한다.

지금 무언가가 벌어지고 있다. 이제 여기도 잃게 될까? 갓 결혼한 부부는 요란을 떨며 접수처에 서 있다. 그들의 목소리가 여기까지 들린다. 한 차례 발작이 지나가고, 다시 한번 후회가 밀려든다.

토레가 집요하게 파고든다. 너도 그런 꿈을 꿨잖아. 50이 넘은 나이에 임신할지도 모른다는 공상 말이야. 이런저런 헛생각을 머릿속에 잔뜩 떠올렸잖아. 아니면 누군가가 죽는 상상. 두 남자 중 하나, 또는 너 자신이 죽는 그런 스토리들. 이야기가 너무 생생해서 네 안에 어린아이가 느껴질 정도지. 너는 그 속에서 계단 위에 서 있는 경찰과 목사를 보았어. 악셀이 크로스컨트리 코스에서 죽었다는 소식을 들었거든. 린다의 인스타그램이 별안간 애도로 넘치는 모습도 상상했지. 비에른이 심장마비로 죽어버렸으니까. 무엇보다 너는 자기 자신의 죽음을 떠올리곤 해. 너를 모든 결정으로부터 해방시킬 수 있는 죽음.

토레의 말이 맞다. 린다의 죽음은 내가 머릿속으로 그리지 않는 유일한 것이었다. 그녀의 죽음은 여러 문제로부터 나를 자유롭게 하지 못하기 때문이다. 그러면 비에른은 혼자 프레드릭스타에 머물며 마음대로 자유를 누릴 테니까.

나는 내 죽음을 결정하는 순간이 오는 게 싫었다. 현실의 나와 다를 바 없이 혼자가 되고, 홀로 남은 비에른이 결정을 기다리는 상황이 정말 싫었다.

종종 나는 비에른이 죽는 생각을 했다. 특히 비에른으로부터 전화나 문자메시지가 오지 않는 날에 그러했다. 어느 날은 박살난 자동차에 끼어 있는 그를 눈앞에 그렸다. 혹은 어느 날 아침 죽어 있는 그를 린다가 발견하는 장면을 상상했다. 그러면서 생각이 꼬리에 꼬리를 물고 이어졌다.

'나는 어떤 감정을 느낄까. 장례식에 가야 하나. 그녀가 나를 용납할까. 그래, 어쩌면 그의 죽음이 그녀 마음속에 후회를 불러일으킬지 몰라. 그럼 그녀는 몸을 일으켜 손을 뻗을 수도 있어. 교회나 병원 예배당에 자리 하나를 안내할지도. 어쩌면 가족과 친지들 바로 옆자리를 내줄지도 몰라.'

이런 공상 속에는 어떤 안도감이 자리하고 있었다. 악셀의 죽음이 주는 안도와 다르지 않은 감정이었다. 악셀의 사망, 장례식, 딸들. 얼마나 시간이 지나야 비에른을 주변에 소개할 수 있을까 등으로 이어지는 상상. 분명 무시무시한 창의력이었다. 그럼에도 두 사람이 죽는 생각을 번갈아 하면서 스스로의 마음

바람난 의사와 미친 이웃들

을 달랬다. 둘 중 누가 죽든 상관없이 문제가 풀릴 것이기 때문이다. 나는 혼돈의 한가운데서 누구의 죽음을 더 슬퍼할 것인지 답을 할 수 없었다.

접수처에서 전화가 걸려온다.

"네, 알겠어요. 정신 차릴게요." 전화선 끝의 직원이 더 꺼내기도 전에 내가 말한다. "오늘은 일진이 좀 나쁘네요. 지금 저 완전히 지쳤어요."

"이해해요. 남은 환자들은 다른 분에게 맡기고, 댁에서 쉬는게 어떠세요?"

"아니요. 정신 차릴게요. 약속해요."

"알겠어요. 혹시 도움 필요하시면 말씀하세요."

"네, 그럴게요."

나는 책상 모서리를 붙들고 생각한다. '다 잘될 거야. 다 잘될 거야.' 상상 속에서도 묻는다. '다 잘될까?' 그럼 악셀이 답한다. '그럼, 다 잘될 거야. 다 잘되고말고.'

13

파워 긍정 능력

6월경 나와 비에른의 관계는 벌써 한 달 반으로 접어들었다. 그동안 우리는 세 번이나 관계를 끝내려 시도했다. 또 휴가철 직전 7월 한 달은 내내 침묵을 지키자고 약속했다. 어느 쪽에서든 아무런 연락도 메시지도 하지 않기로.

여느 때처럼 악셀과 나는 발레르섬으로 휴가를 떠났다. 딸들은 그렌다에 머물며 아르바이트를 하겠다고 했다. 그러면서 주말에 한두 차례 찾아오기로 약속했다.

처음에는 더 이상 휴대폰을 들여다보지 않아도 된다는 사실에 안도감이 들었다. 하지만 불과 며칠 만에 선명한 불안감이 감돌았다. 게다가 나는 비에른과 공간적으로 꽤나 가까이에 있

　바람난 의사와 미친 이웃들

었다. 온 여름휴가를 프레드릭스타에서 보내겠다고 했으니까. 그의 집은 발레르에서 그리 멀지 않은 곳에 있었다.

악셀은 주로 카약을 타며 시간을 보냈다. 발레르에서의 휴가 기간을 이겨내는 그만의 방법이었다. 롤러스키는 도로가 너무 좁아서 교통량이 적은 이른 아침이나 늦은 저녁에만 탈 수 있었다.

그래서 그는 하루 대부분을 오두막에서 홀로 지냈다. 나는 빠르게 다시 예전의 습관으로 돌아갔다. 매분마다 휴대폰을 쳐다보았고, 심지어 1분 동안 수차례 힐끗거렸다.

그 무렵 금주는 어렵지 않았다. 술을 마시고 싶은 마음이 저절로 사라진 상태였다. 그러나 비에른과 약속을 한 순간에 익숙한 갈증이 돌아왔다. 사라진 적이 없었던 것처럼 자연스럽게.

나는 하루에 거의 100번 가까이 스스로에게 설명해야 했다. 내가 왜 프레드릭스타의 빈모노폴렛으로 달려가 와인 한 상자를 사면 안 되는지. 또 왜 샤르할든으로 가서 어느 주점에 앉아 맥주 다섯 병을 시키면 안 되는지 말이다.

매번 나는 굴하지 않고 전념할 다른 일거리를 찾았다. 요리를 하거나, 덤불을 자르거나, 보트의 물을 퍼내거나 하면서. 매 순간 나 자신에게 말했다. '안 돼. 무슨 일이 있어도 프레드릭스타는 가지 마. 우연히 길거리에서 비에른과 만나길 기대하지 말라구. 너는 여기 머물러야 해. 누군가 시내로 나가야 한다면 악셀을 보내자.'

그러나 해결책을 찾아내는 두뇌 기능은 참으로 놀라웠다. 그것도 절로 알아서.

어느 날 나는 정원 가구에 기름을 바르기 시작했다. 낡은 선베드에서 일어나려는데 손가락에 가시가 박히면서 일이 시작되었다. 나는 덮개를 들어 올려 바싹 말라 있는 선베드를 보았다. 나무가 잿빛으로 변한 데다 쩍쩍 갈라져 있었다.

창고에는 목재용 기름통이 하나 있었는데 아직 기름이 굳지 않은 상태였다. 묵은 기름때를 사포로 벗겨내자 이곳저곳 마른 얼룩이 사라졌다. 그런 다음 붓을 기름에 적셔 한 겹을 칠했다. 나무는 기름을 탐욕스럽게 빨아들였고 그 소리가 내 귀에 들릴 정도였다.

기름칠을 계속하는 동안 나는 일종의 행복감을 느꼈다. 혹여 행복이 아니더라도 유익하고 생산적인 무언가가 일어나는 듯한 감정이었다. 정원 가구에 기름칠을 하는 것은 내가 프레드릭스타로 달려가지 않도록, 또 휴대폰을 확인하지 않도록 막아주는 장치였다.

사흘 동안 아침부터 저녁까지 기름을 발랐다. 마침내 기름통이 바닥을 보이자 스스로에게 말했다. '이제 너는 시내로 나가도 될 만큼 평온한 상태가 되었어.' 가구들은 적어도 한 번의 덧칠이 필요했다. 그러려면 기름을 더 구해 와야 했다. 악셀은 카약을 타러 바깥에 나갔고, 그의 휴대폰은 산장 안에 있었다. 기

바람난 의사와 미친 이웃들

름을 파는 유일한 가게는 곧 문을 닫기 직전이었다. 모든 상황이 내가 시내로 나가야 한다고 말하고 있었다.

긴장한 얼굴로 대형 철물점 앞에 차를 세웠다. 나는 비에른과 린다가 모퉁이에서 튀어나올지 모른다는 계산을 품고 돌아다녔다. 당연히 그런 일은 벌어지지 않았다.

나는 기름을 찾았고, 원하는 도료를 얻었다. 이어서 시내로 달려가 빠른 걸음으로 보행자전용도로를 이리저리 걸었다. 노천 주점에 앉은 사람들과 항구 쪽에 늘어선 레스토랑들을 지나쳤다.

나는 메뉴판을 살펴보고 싶다는 구실로 식당에 자리를 잡기 시작했다. 그러나 저기 있는 중년 커플들 중 린다와 비에른이 있을지 모른다고 생각하자 잔털이 쭈뼛쭈뼛 일어섰다. 린다의 인스타그램 사진들 가운데 몇몇은 바로 이 거리에 있는 노천 레스토랑에서 찍은 것이었다. **내가 가장 사랑하는 사람과 함께 레스토랑 방문. 모두 아름다운 여름 보내시길 바랄게요.** 소셜미디어는 90년대 사람들이 보내던 구식 크리스마스 편지 같다. 이제는 린다가 그 편지를 1년 내내 날리고 있다.

하지만 그들은 거기 없었다. 휴대폰 또한 아무 소리를 내지 않았다. 나는 차에 올라타 산장으로 향했다. "다 잘될 거야." 차 안에서 크게 외쳤다. "다 잘될 거야."

그날 나는 나머지 시간 동안 내리 기름을 칠했다. 다음 날은 한 겹을 더 발랐다. 그러자 모든 가구가 반짝거렸다. 창고에서 찾아낸 몇몇 가구들도 마찬가지였다. 나는 이들 모두를 테라스에 옮겨놓았다.

"굉장한데!"라고 말하며 악셀이 부모님에게 사진을 보냈다. 이것 좀 보세요, 엘린이 뭘 했는지!

그의 아버지가 답장을 했다. 엘린이 혹시 창고에 있는 갈색 기름을 쓴 거니? 우리 원래 투명한 기름 쓰기로 하지 않았던가? 가구색을 덮지 않는 걸로 말야. 엄마에게 이 사진을 보여줘도 될지 모르겠다……. 분명 네 엄마가 안타까워할 거야.

"그래, 뭐." 악셀이 말했다. "당분간은 그거 붙들고 씨름하시겠지. 한 일주일은 티격태격하실 거야. 최소 일주일은."

악셀네 집안에서 벌어지는 불화와 반목은 내가 어린 시절 그리워했지만 어디에도 존재하지 않는 보통 가족을 떠올리게 했다. 이를테면 나와 관련된 모든 가족. 친구, 환자, 동료의 가족은 대부분 오랜 싸움의 보고라 할 수 있다. 그리고 아주 자세히 들여다봐야만 한다.

발레르의 산장은 낡고 새로운 갈등에 대한 기억으로 가득했다. 식탁 옆에는 수년 동안 오로지 두 손주의 사진만 걸려 있었다. 이는 꺼지지 않는 갈등 원인으로 늘 이런 식으로 끝이 났다.

어느 크리스마스이브에 악셀의 아버지가 흥분해 벌떡 일어났다. 악셀의 여동생이 발레르의 주방 벽에 자기 아이들 사진만 없다고 불만을 드러냈기 때문이다. 아버지는 사진을 걸면 될 일 아니냐며 뭐가 문제냐고 외쳤다. 하지만 그건 해답이 아니었다. 할아버지 할머니가 자발적으로 모든 손주 사진을 내걸지 않았다는 사실이 여전히 남아 있기 때문이다.

악셀의 부모님은 다음과 같은 식으로 생각하고 행동했다. 만약 우리가 산장 냉장고에 있는 식자재를 써버리고 보충해놓지 않으면 우리는 배려 없는 인간들이 되었다. 그러면서 우리를 그저 돈만 많이 버는 무정한 의사 부부 정도로 생각했다.

다음번에는 상처를 교훈 삼아 음식을 건드리지 않은 것처럼 가득 채워놓았다. 악셀의 부모님은 당신들을 그깟 먹을거리조차 베풀지 못하는 사람들로 생각하는 이유를 궁금해했다. 우유한 통과 달걀 몇 개를 내주지 못할 만큼 사정이 넉넉하지 않다고 생각하는 것인지, 그저 우리가 훨씬 부유하기 때문에 그리여기는 것인지를.

악셀과 형제자매들이 아이를 가지기 전 두 사람은 손주가 없다고 한탄했다. 그리고 4년 안에 여섯 명의 손주를 품에 안게 되자 이번에는 줄줄이 너무 많다고 불평했다. 또 아이들이 어렸을 때 돌봐달라고 전화를 걸면, 당신들이 딱히 할 일이 없어 보이냐는 답이 돌아왔다.

매번 그들은 새로운 통로를 찾아냈다. 나는 그 통로의 목적지에 무엇이 있는지를 깨달았다. 두 사람은 우리가 옳은 일을 하는 대신 오히려 잘못해서 분노할 수 있기를 바랐다. 상처받기, 독선적 분노, 모욕 탐지가 삶의 원동력인 것처럼.

그들은 이런 성향을 자식들에게 그대로 물려주었다. 유일하게 악셀만이 상반된 입장을 취했다. 그들은 예민한 코로 킁킁거리며 사방에서 모욕의 냄새를 맡았다. 아니, 어디서 찾을 수 있는지를 정확히 알고 있었다. 그야말로 그들 특유의 비상한 재능이었다.

언젠가 겪은 지하실의 수해부터 어버이날 걸려오지 않은 전화까지. 이 모두를 그들은 평생 짊어지고 살았다. "그래도 제가 문자 보냈잖아요."라고 악셀은 말했다.

하지만 문자메시지는 의미가 없었다. 전화를 해야만 했다. "좋아요. 그럼 내년에는 전화를 드릴게요." 악셀이 끙끙거리며 말해도 결코 충분하지 않았다. 왜냐하면 말하기 전에 알아서 하는 것이 중요했기 때문이다. 누군가에게 무언가를 부탁하면 청하는 쪽의 가치는 떨어지니까.

그다음 해에 악셀의 어머니는 수화기에 대고 한숨을 쉬었다. "오늘 전화하기로 어디 적어놨나 보네. 스케줄에 가위표 하나는 칠 수 있겠구나. 할 일을 처리하는 건 언제나 기쁜 일이지!"

정당한 이유를 들어 표출하는 불쾌감은 자발적인 안부 전화를 받을 때 느끼는 기쁨과는 다른 종류의 강렬함이었다. 악셀의 부모님은 끊임없이 씹을 무언가가 필요한 사람들처럼 보였다. 뼈다귀든 나뭇가지든 개처럼 물고 늘어질 수 있는 무언가가.

"상처받고 분노하는 건 당신 부모님 성감대인가 봐." 내가 말했다.

악셀은 고개를 가로저었다.

"부모님에 대해 그런 식으로 말하지 마."

"하지만 누군가의 잘못을 전할 때 보면 두 분의 뺨은 흥분으로 빛이 나. 대다수의 사람은 비통해하는 경향을 보이는데, 당신 부모님은 내면에 무슨 쾌락 중추가 있는 것 같아. 말하자면 일종의 성감대지. 아직 알려지지 않은 생식기거나."

그날 저녁 나는 비에른에게 손바닥을 흔들었다. 그동안 나는 그런 기호를 건드린 적이 거의 없었다. 비에른이 바로 손을 흔들어 답하면서 잠시 동안의 휴지기는 지나갔다.

다음 날부터 나는 휴대폰에 매달리기 시작했다. 어디를 가든 가지고 다녔다. 매일 아침이면 나는 악셀과 해수욕을 했다. 우리 두 사람의 오랜 전통으로 발레르에 머물 때도 건너뛰지 않았다. 그럴 때면 휴대폰을 산장에 두고 나왔는데 흡사 오장육부가 거기 남겨진 것 같았다. 휴대폰이 근처에 없다는 사실은 그만큼이나 고통스러웠다.

돌아오자마자 나는 곧바로 휴대폰을 확인했다. 그리고 한 번 더 살펴보아야 했다. 우리가 해수욕을 하고 돌아오는 30분 사이에 비에른이 단 한 통의 안부도 보내지 않았다는 사실이 믿기지 않았다.

이 광기는 며칠간 지속되었다. 이후 나는 린다에 대해 깊이 생각하기 시작했다. 그러면서 인스타그램에 중독된 나쁜 아내가 아니라, 비에른이 찾아낸 한 사람의 동반자로서 생각해보았다.

더불어 궁금했다. 만약 비에른이 떠나면 그녀는 어떨까. 반대로 나라면 어떨까. 악셀이라면, 또 비에른이라면 어떨까. 잘 알지도 못하는 미지의 인간에 대해 물음표를 던지기 시작한 것이다. 광기 어린 무아지경 속에 고통을 느끼거나 결과를 예상하는 것은 불가능했다. 마치 마취된 상태처럼 느껴졌다. 그러나 그 순간에도 스스로를 멀쩡하다고 여겼다.

나는 그로를 생각했다. 우리가 알게 되고 친구가 되던 당시를. 남편이 떠난 뒤에 그녀가 일어서기까지 얼마나 오랜 시간이 걸렸는지도 생각해보았다.

그리고 비에른의 가족을 눈앞에 그렸다. 며느리와 사위, 손자와 손녀로 이어지는 그의 거대한 가족을. 처음으로 우리가 벌이는 소동의 결말을 산정할 수 있었다. 당장 그만두지 않으면 무슨 일이 벌어질지 머릿속에 그려졌다. 지금 그만두는 편이 훨씬 쉬웠다. 그나마 그리 진지하지 않은 지금이 나중보다 더 나을 것 같았다. 한 시간 한 시간 계속 나아갈수록, 전체를 끝내기는 더욱 어려워질 테니까.

언젠가 비에른은 아이패드를 로그아웃하지 않은 채 거실 탁자에 올려놓고 장을 보러 나갔다. 마트를 이리저리 돌아다니며 그가 나에게 메시지 하나를 보냈다. **안녕, 지금 뭐 해?**

그 순간, 그의 머릿속에 거실 탁자에 놓인 무방비 상태의 아이패드가 스쳐 지나갔다. 이어서 바로 다음 메시지가 날아왔다.

바람난 의사와 미친 이웃들

답하지 마!!!

아무래도 우리 이쯤에서 그만해야 할 것 같아. 30분 뒤에 내가 적어 보냈다. 30분은 비에른이 집으로 달려갈 때까지 필요한 시간이었다. 린다는 정원에 있었고, 아이패드는 그대로 있었다.

그게 무슨 뜻이야, 비에른이 물었다.

어쩌면 그게 우리가 끝내야 한다는 신호일지도 몰라. 첫 공포가 가라앉고 내가 답했다. 너 정말 그러길 원하는 거야? 비에른이 대꾸하자 내가 바로 대답했다. 아니, 당연히 그러고 싶지 않지. 하지만 지금 그게 중요한 게 아니잖아. 그가 다시 받아쳤다. 우리 만날 수 없을까, 이번 한 번만. 그래도 문자로 끝낼 수는 없잖아.

우리는 산업지구 중 하나인 외라에서 만나기로 약속을 잡았다. 비에른은 그곳이 절대적으로 안전하다고 했다. 아는 사람을 마주칠 일이 전혀 없다면서. 그곳으로 향하는 길에 스스로에게 물었다. 도대체 내가 왜 만나지 않기로 방금 결심한 인간을 향해 달려가고 있는지 말이다.

그러나 도착하자마자 나는 차 안에서 그를 유심히 지켜보았다. 기다란 몸을 빼고는 앞 유리창 너머로 나를 찾으려는 모습을. 그가 지닌 특유의 걸음걸이가 눈에 들어왔다. 그 걸음걸이는 낙타나 기린 같은 다른 대형동물을 생각나게 했다. 거기서 입이 귀에 걸리도록 웃었다. 아니, 우리가 휴대폰을 붙들고 이야기를 주고받을 때처럼 웃었다. 너무 웃어서 얼굴이 반으로 갈라지는 듯한 느낌이 들었다. 나는 기어 위를 타고 넘어가 조수석에 앉은 그의 무릎 위에 웅크렸다.

"나 시간이 별로 없어." 잠시 뒤 비에른이 말했다. "공식적으로는 마르쿠스에게 가는 길이거든. 냉장고 옮기는 걸 도와주러 말이야. 린다는 집에 없어. 하지만 가족 채팅방이 있어서 마르쿠스가 내가 어디 있는지 물으면 린다는 즉시 알아챌 거야."

그가 말하는 동안 다시 모든 게 흐릿해졌다. 대체 어떤 근거로 내가 여기까지 달려와 이 남자를 만나기로 결심한 건지. 그것도 냉장고 소리나 지껄이고 있는 남자를 말이다.

우리의 왼쪽에는 격납고가 있었다. 그리고 오른쪽에는 컨테이너가 늘어서 있었다. 한가운데에는 먹이 비슷한 무언가가 존재했다. 왜냐하면 갈매기 몇 마리가 날개를 퍼덕이며 돌아다니고 있었기 때문이다.

나는 다시 운전석으로 돌아와 앉았다.

"뭐가 문제인데." 비에른이 물었다.

나는 갈매기를 내다보며 고개를 끄덕였다.

"우리는 지금 대체 어디 있는 거지?"

"우리는 지금 외라에 있지."

외에라. 비에른의 사투리는 매력적이었으나 그 순간만큼은 내 신경을 건드렸다. '입 닥쳐.' 문득 속으로 생각했다. 아무 이유 없이 갑자기. '당장 그 입 닥쳐.'

"우리 둘은 가정이 있는 기혼자고, 지금 쓰레기 더미에서 만

　　　　　　　　　　바람난 의사와 미친 이웃들

나고 있어. 그리고 너는 이제 아들 냉장고를 옮겨주러 가야 해. 이게 다 뭐야? 우리가 왜 여기 있는 거지?"

"그야 서로 사랑하니까."

"우리는 50이 넘었어. 머지않아 곧 죽을 거야. 계속 이럴 수는 없어. 우리는 가진 것들을 붙들고 버텨야 해. 느슨한 부분을 단단히 조여야 한다구. 우리가 속해 있는 가족에게로 돌아가야 해. 이건 내 진심이야."

비에른은 한숨을 쉬었다. "아, 우리 또 그 주제까지 이른 거야."라는 말을 꺼내려는 듯이. "우리 부모님은 여든이 넘으셨어. 그런데 지금도 요툰하이멘의 산장을 옮겨 다니며 등산을 하셔. 배낭을 가득 채우고 말이야. 우리는 금방 죽지 않아. 앞으로 좋은 날들이 아직 30년은 더 남아 있어. 어쩌면 더 길 수도 있고."

휴가를 마치고 업무에 복귀한 첫날, 우리는 다시 오스카스 게이트에 있었다. 8월에 들어서는 재차 관계를 끝내려는 소심한 시도를 몇 차례 감행했다. 그러나 대부분은 겉으로만 그러는 척할 뿐이었다.

9월 초 나는 그에게 열쇠 하나를 만들어주었다. 비가 오는 날 내가 늦어버리는 바람에 그가 피신처를 찾아 세븐일레븐에 들어갔던 이후 말이다. 그걸로 상황은 아주 명료해졌다. 나는 내연의 남자가 있었고, 만날 장소가 있었으며, 개인용 열쇠가 있었다.

우리의 은밀한 삶은 차차 자리를 잡았다. 시간이 흐르며 비에른도 자기 고유의 영역을 얻었다. 함께 밥 먹을 시간이 생기면 요리는 비에른이 도맡았다. 그는 정리정돈을 했고, 시트와 이불보를 갈았다. 나는 설거지를 떠맡았다. 항상 내가 마지막에 집을 나왔기 때문이다.

그는 늘 무언가를 지니고 다녔다. 집에 올 때면 어김없이 꽃이나 초콜릿 또는 와인 한 병을 사 들고 왔다.

"인간은 꼭 자기가 가지지 못한 것만 바라더라." 어느 가을날 오후에 내가 말했다. 우리는 나란히 누워 있었다. 그는 내 손 위에 자기 손 하나를 포개고 있었다. 나는 언제든 머리를 그의 가슴 위에 기댈 수 있었다. 이런 확신은 나에게 풍요로움이라는 넉넉한 감정을 선사했다.

나는 침대에 누워 그가 거기 없는 것처럼 행동했다. 그러고는 '그는 거기 누워 있지!'라는 식으로 나만의 놀이에 빠지곤 했다.

나는 그와의 만남 직전에 언제나 꼭대기에 다다른 느낌을 받았다. 말하자면 정말 부자가 된 것 같은 느낌? 그동안 누린 모든 것을 포기할 정도로 차고 넘치는 느낌이었다.

집 밖 계단에서 그의 발걸음 소리가 들리면 생각했다. '우리는 멈춰야 해.' 그가 열쇠를 꽂아 돌리면 다시 생각했다. '이건 잘못된 일이야.' 하지만 그러면서도 배가 불러 누울 때면 우월한 감정을 느꼈다. 그런 다음 어딘가 냉소적이고 철학적인 기분을 정처 없이 헤맸다. 흡사 내 자신이 높은 곳에서 모든 것을 내

바람난 의사와 미친 이웃들

려다볼 수 있는 사람처럼 보였다.

"뭐가 그리 우울해." 비에른이 말했다.

"하지만 욕망이라는 게 그렇잖아. 욕망은 갈망과 동경 속에서만 살아. 만약 손 닿을 거리에 있으면 바라기를 멈추지. 이건 중력 같은 물리법칙이랑 다르지 않아. 아주 간단명료하다구. 손에 넣은 뭔가를 다시 바라는 건 불가능해. 그러니까 내 말은 우리가 공식 커플이 돼서 계속 같이 산다면 우리 사이도 필연적으로 식어버린다는 거야. 이곳 또한 일상이 되겠지. 우유 사 오는 거 잊지 마. 오늘 뭐 먹을까. 쓰레기 좀 내다 놔 줄래."

"너는 내내 욕망 얘기더라. 네 말도 맞지만 이건 사랑이기도 해. 적어도 내 쪽에서는 그래. 나는 널 사랑해. 이번 여름에 확실히 깨달았어. 항상 널 사랑해왔어."

나는 답하지 않았다. 비에른이 '사랑', '사랑한다' 같은 단어들을 사용할 때마다 몸이 굳어버렸기 때문이다. 차라리 욕망에 대해 말하는 것이 좋았다. 우리를 위태롭게 하고, 곤경에 빠트리는 그 모든 것에 대해서.

비에른은 오스카스 게이트의 집에 거실 소파를 새로 사야 한다고 말했다. 70년대 들여온 그 누런 코르덴 소파를 내버려야 한다고. "하지만 아직 멀쩡하잖아." 내가 말했다. "조만간 이런 소파가 다시 유행할 거야. 내가 보기엔 벌써 돌아온 것 같기도 해. 게다가 여기서 계속 같이 살 것도 아니잖아. 어차피 곧 끝낼 사이니까."

우리 관계의 형세는 그랬다. 비에른이 사랑을 고백하고 공동의 미래를 계획했다. 그때마다 나는 한발 움츠리고 물러섰다. 그러다 그가 물러서면 내 쪽에서 내달렸다. 그가 뒤로 물러설 때마다 '이번에는 달려가지 말아야지.' 하고 생각했다. 그러나 생각과는 달리 다시금 통제를 잃어버리곤 했다.

더 정확히 말하면 나는 통제할 마음이 없었다. 통제의 상실은 그런 식으로 작동했다. 즉 통제를 온전히 자유의지에 맡겼다. 아니, 통제를 물속에 던져놓고 포기 사실을 자각하고 있었다.

내가 린다 이야기에 싫증 내지 않았던 반면, 비에른은 나의 어린 시절 이야기에 물리지 않았다. "조금 더 자세히 들려줘. 네가 처음에 어떻게 청소를 시작했는지 말이야." 그가 나에게 청했다. "어떻게 혼자 유치원을 다녔는지 더 말해줘."

"이미 다 들어서 알잖아."

나는 어린 시절에 대해 잘 말하지 않는다. 얼마나 사실적으로 묘사하든 타인에게서 드러나는 공감과 내 안에서 기억되는 느낌 사이에 연결 고리를 형성하지 못하기 때문이다.

"내가 아버지가 되고 나니까 네 어린 시절이 더 많이 생각나더라. 모든 게 순조롭게 흘러갔다니 기적이 아니고 뭐겠어. 너는 정말 아무도 없이 혼자서 다 해냈잖아."

"사실 나는 잘 모르겠어. 다른 사람들 어린 시절을 모르니까. 평범한 가정에서 자란다는 게 어떤 건지 상상이 안 돼. 그래서 그리워한 적도 없어."

우리는 낡은 목욕 가운을 걸치고 페르시안 카펫 위에 앉아 있었다. 바로 전에는 비에른이 무언가 먹을 것을 시키자고 제안했다. 그리고 내가 샤워하는 동안 그는 인도 식당에 가서 음식을 포장해 왔다.

오스카스 게이트에서 두 번째 만나던 날, 비에른은 세탁기가 어떻게 돌아가는지 알아냈다. 그러면서 벗긴 침구를 넣고 쾌속 모드를 작동시켰다. 이어서 젖은 빨래를 널며 깨끗한 침구를 준비해놓았다.

그는 루틴을 계속 유지했고, 나는 매번 동일하게 놀랐다. 감동을 주거나 부탁을 받아서가 아니라 그저 깨끗한 침구를 원하기 때문에 지속한다는 사실이 믿기지 않았다.

다시금 나는 린다를 생각했다. 이런 인간을 긴 세월 야단치며 살아온 그녀를. '보이는 것만으로 그를 함부로 추론할 수 없어.' 나는 스스로에게 말했다. 그래도 도무지 이해가 가지 않았다. 정확히 비에른의 무엇이 린다를 화나게 만드는지 말이다. '어쩌면 시간이 흐르며 발견하게 될지도 모르지.' 나는 혼자 생각했다. '조만간 뭔가가 나를 성가시게 만들 수도 있어. 지금은 전혀 상상할 수 없는 뭔가. 그러면 끝을 내는 것도 그리 힘들지 않을 거야. 두고 볼 필요가 있다는 소리지. 결국 기다림의 문제니까.'

"맨 처음부터 시작해봐. 너희 어머니가 출산 직전까지 임신 사실을 모르셨다고 하지 않았나?"

"정확히 말하자면 5개월 무렵 깨달았지. 그때는 이미 낙태하기에 너무 늦은 시기였어."

"그게 어떻게 가능하지? 심지어 부인과 의사 아니셨나?"

"절대적으로 가능한 일이야. 어머니는 본인이 폐경기에 접어들었다고 생각했으니까."

"그럼 너희 아버지는? 결혼하지 않으셨어?"

"아버지는 이미 다른 여자랑 결혼해서 애들 셋이랑 드람멘에 살고 있었지. 할 수만 있었다면 어머니는 낙태를 했을 거야. 그해 여름 아버지가 울레볼 병원 산부인과 과장 자리에 올랐으니까."

비에른이 내 뺨을 토닥였다. 얼굴을 돌리지 못하게 막는 그만의 행동이었다.

"네가 사고로 태어났다는 사실을 알고 성장하는 건 어땠어?"

"오히려 나는 난관을 뚫고 가까스로 세상에 발을 들인 인간처럼 느껴졌어. 모든 어려움과 걸림돌에 맞서 저항한 인물로. 사실 대부분의 출생은 계획된 게 아니니까. 그럼에도 세상의 운이 맞아떨어져 내 탄생을 막았더라면 어땠을까 생각했어. 동시에 평생 동안 이런 생각을 하며 살았지. 수정란 제거가 불가능할 때까지 숨어 지냈다는 게 얼마나 큰 행운인지 말이야. 시기만 늦지 않았더라면 어머니는 직접 수술을 집도했을 거야. 다른 사람 도움 없이."

비에른이 식사를 끝마쳤다. 그는 옆에 누워 한 손은 머리를 떠받치고, 다른 한 손은 내 허벅지 안쪽에 놓았다.

"맞아. 행운이지. 네가 태어나던 순간처럼."

"그때 어머니는 한밤중에 근무 중이었어. 첫 진통을 느낀 직후에도 계속해서 일을 했지. 자궁수축을 느끼고 나서야 빈 병실로 들어가 누웠어. 내가 나온 다음에는 스스로 탯줄을 자르고 태반까지 정리했대. 그제야 비상벨 소리를 듣고 달려온 간호사에게 나를 부탁했어. 이어서 어머니는 일을 계속했지."

"말도 안 돼."

"정말이야. 밤중에도 응급 제왕절개수술이 꽤 있거든. 거기서 내 케이스는 평범한 축에 들어갔으니까."

"아무리 들어도 절대 믿을 수 없는 이야기야."

"그게 다가 아니야. 다음 날 밤샘 근무를 마친 어머니는 자기가 출산했다는 사실을 잊어버렸어. 아무튼 어머니는 평생 그 말을 입에 달고 살았고, 나는 그걸 사실로 받아들이고 있어. 내 생각에도 어머니는 분명 잊었을 거야. 그러다 간호사가 나를 안고 들어올 때 생각났겠지."

"그래도 아버지에게 전화는 하셨을 거 아니야?"

"응, 했지. 아버지는 아무것도 몰랐어. 이혼하고 다시 오려 했지만 어머니가 원하지 않았거든. 어머니는 처음부터 여대생 하나를 고용해 나를 돌보았어. 대학생은 계속 바뀌었지. 혼자 유치원을 오간 지 몇 달쯤 되었을 때, 사실을 알고는 더 이상 아무도 고용하지 않았어. 그때부터 오롯이 혼자 해나갔어.

아마 다섯 살 때였을 거야. 마지막 대학생이 관두고 나서 집 안일은 뭐 하나 제대로 돌아가지 않았어. 내가 일고여덟 살이 되었을 때 비로소 알게 되었지. 우리 집을 제외한 다른 모든 집 이 얼마나 깨끗한지를. 내가 오스카스 게이트를 벗어나지 않았 다면 아마 눈치채지 못했을 거야. 하지만 친구 집이나 아버지 집에 머물다 돌아올 때면 나는 금세 알아차릴 수 있었어. 현관 복도에 있는 오물과 먼지 그리고 코를 찌르는 쓰레기 냄새를 말 이야. 냉장고 속 음식들은 종종 초록색 곰팡이로 덮이곤 했어. 창틀에는 늘 먼지가 쌓여 있어서 원래부터 회색인 줄 알았지. 그런데 닦아보니 하얀색이더라."

비에른은 거기 누워 나를 바라보았다. 내가 말하는 사이사이 머리를 흔들며 믿을 수 없다는 소리를 내뱉었다.

"상당수의 사람은 내 말을 믿지 않아. 내가 과장한다거나 상 상으로 꾸며낸다고 생각해. 그런데 제3세계 관련 르포르타주를 보면 조그마한 아이들이 어린 동생을 등에 업고 있는 사진이 자 주 등장하잖아. 그럴 때면 나는 그들 얼굴에서 어린 날의 내 모 습을 다시 발견해. 진지함과 엄숙함이 깃든 얼굴. 왜냐하면 그 들은 가정의 중심이라는 핵심 업무를 떠맡고 있으니까. 어린 우 울증 환자들이 찾아오면 나는 이런 생각을 해. 부모로부터 넘치 는 사랑을 받는 아이들은 내가 어릴 때 가졌던 근본적인 감정을 모른다고. 말하자면 이런 느낌이지. '내가 없으면 세상은 제대로 굴러가지 않을 거야.'"

바람난 의사와 미친 이웃들

비에른이 고개를 끄덕였다.

"계속해." 그는 린다 이야기를 할 때 항상 내가 그랬듯이 말했다.

"나는 작은 일부터 시작했어. 맨 먼저 바닥을 매일같이 빗자루로 쓸었어. 다음에는 설거지를 하고, 주방을 정리하게 되었지. 그러다 서랍에서 요리책 하나를 발견했어. 책의 도움을 받아 요리하는 법을 익힌 셈이야. 미트볼과 피쉬볼, 어육만두, 생선가스, 라이스푸딩, 토마토스파게티."

"그런데 가스레인지는 화재 위험이 있잖아. 어머니가 불안해하지 않으셨어?"

"전혀 불안해하지 않았어. 그냥 내가 하도록 내버려두었지. 어머니는 일을 마치고 먹는 따뜻한 저녁식사를 무척 좋아했어. 매주 일요일에는 나에게 생활비까지 주었으니까. 마트에서 할인을 하면 나는 거하게 장을 보곤 했어. 나를 위해선 겨우 필통 하나만 샀지. 늘 그랬던 것처럼 이거 하나면 된다고 생각했거든. 그러고는 매주 월요일마다 리더볼드 플라스의 서점에 들러 연필과 스티커를 사 담았어. 이상하게 나는 필통은 아무리 사도 질리지 않더라."

"요즘에 여덟아홉 살짜리가 집안일에 식사 준비까지 한다면 아동방임 피해자로 바라볼 거야."

"맞아. 나도 우리 딸들은 절대 그렇게 키우고 싶지 않았어. 그런데 또 그 시절의 감정이 생생히 떠오른단 말이지. 내가 없으

면 우리가 제대로 살아가지 못할 거라는 느낌. 특히나 가을에
더 그랬어. 여름방학이 끝나고 학교와 숙제라는 일상의 루틴으
로 돌아갈 무렵에. 그래서인지 나는 방학을 좋아한 적이 없어."

"평범한 가정을 그리워한 적은 없어?"

"평범한 가정이 뭔데. 왠지 모르겠지만 나는 그런 게 존재한
다고 믿지 않아. 나는 실망, 불만, 오해 같은 정서들만 보이거
든. 환자들의 가정, 악셀의 가정. 멀리 갈 것도 없이 너희 집을
봐, 린다와 너. 거기서 두 사람이 무슨 일을 벌이는지. 가족 하
면 어쩐지 인질극이 떠올라. 혹은 강자의 법칙이 적용되는 정
글 같은 곳."

"그런가. 하지만…… 모두가 그런 건 아니야. 적어도 항상 그
러지는 않지."

비에른이 밥을 다 먹고 치우기 시작했다. 나는 그가 남은 음
식물을 모아 버리고 비워진 통들을 차곡차곡 쌓는 모습을 보았
다. 탄탄한 팔과 느린 움직임이 느껴졌다.

젖은 시트를 널 때도 흥미롭게 지켜보았다. 커다란 빨래를 낡
은 건조대 위에 펼치며 가급적 빨리 마르도록 움직이는 모습.
그를 구경하는 일은 절대 물리지 않았다. 마찬가지로 그가 마른
시트를 까는 광경도 싫증 나지 않았다. 매트리스 밑에 시트를
단단히 고정시켜 천이 팽팽하게 펴진 모습까지.

"군대에서 하던 습관이 남아서 그래." 비에른이 말했다. 그러

바람난 의사와 미친 이웃들

자 그렌다에서 보낸 어느 정원 축제가 떠올랐다. 남자들이 모여 군복무를 교묘하게 피한 이야기를 더 많이 하려고 애쓰던 저녁. 몇몇은 정신병이나 허리 통증, 근시 등으로 군대를 면제받았다. 그러면서 자신들이 병역을 무사히 기피했다는 사실을 자랑스러워했다.

비에른은 이리저리 돌아다니며 집안일을 하나둘 처리하고 있었다. 어머니가 입던 낡아빠진 노란 마리메코 목욕 가운을 입고서. 어머니의 가운은 그의 팔꿈치와 허벅지까지 올라왔다. 하지만 전체적인 품은 비에른의 몸통에 딱 들어맞았다.

나는 이야기를 이어갔다. "가끔가다 그런 소망이 있었던 것 같아. 우리 어머니가 다른 부모들 같았다면 어땠을까 하고 말이야. 요즘 학교에서 어떻게 지내는지 물어보는 부모였다면 좋겠다는 생각. 동시에 다른 어머니들이 느낄 피로감을 깨달았어. 그들의 틀에 박힌 질문들과 아이들이 건네는 자동적인 대답들에 대해서도.

이상하게도 보통의 아버지들은 그런 말을 잘 안 하더라. 그저 가만히 앉아 말없이 밥을 먹어. 관여하거나 거들지도 않아. 그러다 남의 집에 놀러가 식탁에 앉으면 훈계 듣는 친구들의 목격자가 되곤 했어. 흘리지 마라. 싹싹 긁어 먹어라. 나는 밥을 다 먹으면 식탁에서 일어나도 되는지 허락을 구했어. 숲속을 배회하던 야생동물 하나가 외양간에서 길러지는 같은 종족을 보는 느낌이랄까. 음식과 질서는 제공되지만 정해진 시간에 먹고 자야 했지. 내가 가본 다른 집들은 꼭 외국 어딘가에 있는 장소 같았어. 사람들이 여행을 떠나 잠시 둘러보고 경험할 수 있는 곳. 하지만 그러고 나면 다시 집으로 가고 싶어지지."

"너희 아버지는 이런 일에 어떻게 대응하셨어?"

"한 달에 한 번 나는 주말이면 기차를 타고 드람멘에 갔어. 나중에 가서는 드람멘으로 향하던 모든 나날을 많이도 곱씹었지. 그 집에 머무는 게 너무 무서웠어. 온갖 규칙을 따라야 해서 항상 지쳐 있었거든. 우리 어머니는 처음부터 나를 어른으로 대하며 이야기를 주고받았단 말이야. 그런데 드람멘에서는 어른과 아이 사이에 뚜렷한 차이가 존재했어. 집으로 돌아올 때까지 거의 숨도 쉬지 못했지. 사실 나는 모든 걸 피할 수도 있었어. 더이상 그곳으로 가지 않으면 됐으니까. 그러니까 내가 결정한 거야. 그때 그래야 하는 줄 알았어. 우리가 해야 한다고 믿었던 것들이 실은 무의미한 헛수고였던 셈이지."

"내가 기억하기로 우리가 드람멘에 한 번 갔던 적이 있어. 봄이었는데. 그때 너랑 같이 누군가의 결혼식에 참석했었지. 기억나?"

"응, 아주 어렴풋이. 아마 내 이복형제 중 하나가 결혼하던 날이었을 거야."

이복형제, 왜 그냥 형제가 아니고 이복형제인지. 한번은 내가 세 명의 이복형제가 있다고 언급하자 그렌다의 이웃들이 물었다. 과거에는 얼버무리며 내놓기 조심스러워하던 것들을.

오늘날 우리는 그것들을 똑같이 얼버무리며 내놓기 조심스러워한다. 단지 우리는 현실을 다른 방식으로 미화할 뿐이다. 이제는 의붓자식을 보너스로 얻은 아이라고 말한다. 앞에 다 떼고 그냥 형제라 부른다. 또한 형편에 맞게 18세 미만 범죄자라 부른다. 설령 그가 1미터 90센티에 수염이 덥수룩한 열일곱 살이라도 말이다.

더불어 요즘은 성별에 아무런 차이가 없는 듯 말하고 행동한다. 모두가 다 좋은 뜻으로 하는 말이다. 그러나 과거에도 좋은 뜻으로 하는 말이었다. 우리의 말에는 늘 선의가 담겨 있다. 또한 선의가 담긴 모든 말로 현실을 가리며 아름답게 꾸민다. 현재의 실상이 이상적 수준과 일치하도록 그럴 듯한 말로 위장한다.

"아버지의 새 부인은 어땠어? 어떤 반응을 보였어? 두 사람의 관계는 어떻게 살아남았대?"

"오세는 심리학자로 당시 교도소에서 최악의 중범죄자들을 다루었어. 놀랍게도 나보고 드람멘에 자주 오라고 한 사람은 오세였어. 그리고 자신들과 함께 휴가를 가자고 제안하기도 했지. 내가 생각하기에 오세는 견딜 수 없는 일을 견뎌낼 능력이 있었기 때문에 그리 표현할 수 있었던 것 같아. 말하자면 이런 거지. 어린아이를 무참히 죽인 남자들과 화기애애하게 대화하는 일이나, 남편이 저지른 간통의 결과물과 주말을 보내는 일이나. 거기서 거기 아니었을까."

"정확히 우리 같네."

"그런 생각은 아직 해본 적 없는데."

"가서 커피 가져올게. 너도 한 잔 마실래?"

"그래, 좋아."

비에른은 주방으로 가더니 모카 포트를 들고 분주히 움직였다.

오세는 나를 늘 칭찬했다. 내가 스스로 글을 깨우치거나 혼자 감자를 깎았다고. 또 이복형제들보다 좋은 성적을 받아 온다고. 그럼에도 오세의 곁을 떠나야 하는 날이 왔다. 모든 일이 그러하듯이 어느 날 갑자기 일어났다.

그날 우리는 드람멘의 커다란 식탁에 둘러앉아 있었다. 오세는 신문에 난 사진 하나를 나에게 보여주었다. 학대받은 폭행 피해자의 사진을 가리키며 그녀가 말했다. "타인에게 위해를 가한 인간은 얼마나 고통스러운 대가를 치러야 하는지 설명해볼래?" 이어서 나는 개인의 책임에 대한 강연을 하나 시작했다. 당연히 우리 어머니에게 영감을 받은 것이었다. 너의 의무를 다해라. 너의 권리를 요구해라. 언제나 이런 모토를 따르던 어머니의 말씀대로.

오세는 나를 지긋이 바라보았다. 그러고는 더 이상 내가 할 말이 없을 때까지 이야기하도록 내버려두었다. "당신 딸 성격이 좀 있네." 오세가 아버지에게 말했다. 아마 그가 내 근처에 있을 때였을 것이다. 원래 아버지는 기차역으로 데리러 가거나 되돌려 보낼 때만 나와 가까이 있었으니까.

바람난 의사와 미친 이웃들

비에른이 커피를 들고 다가왔다.

"정말 고마워."

"악셀이 커피 내려준 적 없어?"

"있지. 내가 해달라고 하면 내려주지. 악셀은 괜찮은 사람이야. 그 사람은 내가 부탁하면 뭐든 들어줘. 하지만 무언가를 결코 자발적으로 하지는 않아. 스키와 관련된 일이 아니면, 절대 나서지 않지. 평상시 악셀이 해낼 수 없다고 여기는 일들을 용케 해나가는 모습은 흥미로워. 예를 들면 인터넷으로 여행 예약을 하는 일처럼 말이야. 만약 이번 여행지가 눈이 오는 데다 스키 코스가 마련된 곳이다! 그럼 놀랍게도 어떻게든 해낸다니까."

비에른은 미소 지으며 고개를 끄덕였다. 내가 무슨 말을 하는지 다 아는 사람처럼.

"이복형제들이랑은 어땠어? 너를 어떻게 대했어?"

"그들은 언제나 예의 바르게 행동했어. 적어도 내 기억에 다른 건 없어. 그런데 살다 보니 내가 사람을 밀어내는 재능을 가지고 태어났다는 생각이 들더라. 혹은 내게 벌어진 일들을 뭔가 좋게 해석하는 재능을 타고났다고 말이야. 사람들이 충격받는 내 어린 시절과 관련된 일들이 나에게서는 그냥 튕겨져 나갔으니까.

예를 들어 우리 아버지는 나를 마중 나갈 때보다 배웅하러 갈 때 더 수다스러웠어. 그 상황을 나는 이렇게 해석했어. 아버지가 나를 보낼 때 기분 좋은 이유는 내가 이미 거기서 이틀을 보내며 모두에게 활기를 주었기 때문이라고. 반대로 기차역에서 나를 데리러 올 때면 아버지는 늘 같은 질문만 물어보았어. 내가 어머니 집에서 사귄 친구들이 어떤지에 대해서. 그러면 나는 어색함을 감추려는 듯이 미사여구를 붙여 꾸미고 과장했지. 부녀지간에 적극적인 대화를 나누고 있다는 인상을 주어야 했으니까. 당연히 관객은 없었어. 차 안에는 우리 둘만 있었거든.

언젠가 한번은 오슬로에서 드람멘까지 자전거로 내리 달려간 적이 있어. 나의 깜짝방문을 아버지가 반길 거라 가정한 자체만으로 내가 얼마나 강박에 사로잡혔는지 알 수 있지.

내가 도착했을 때 아버지는 정원에서 땅을 파느라 정신이 없었어. "안녕, 아버지." 아직 가쁜 숨을 몰아쉬며 내가 말했지. 나는 혼자 이 머나먼 길을 자전거 하나로 달려왔다는 이야기를 할 생각에 들떠 있었어. 드람멘의 이복형제들은 절대 하지 못할 일이라고 말이야.

그때 아버지가 목소리를 듣고 내 쪽으로 몸을 돌렸어. 입은 이가 훤히 보이도록 벌어졌고, 두 눈은 가느다란 실눈이 되었지. 나는 아버지가 정원 일을 하느라 지쳐 그런 거라고 혼자 해석했어. 여기서 다시 그 번역기가 돌아간 거야. 그러다 1년 후에 비로소 알게 되었지. 나의 방문이 아버지에게 무척 힘들고 괴로운 일이었다는걸. 적어도 오세와 나만큼.

드람멘을 방문하는 주가 되면 나는 가기 직전까지 두려움에 떨었어. 그럼에도 방문을 취소하겠다는 생각은 차마 못 했어.

그들이 나를 기다리고 있어서. 내가 찾아가지 않으면 슬퍼할 거라고 생각했으니까. 당시 내가 왜 그런 생각을 가졌는지 지금은 이해하지 못해. 하지만 그런 생각이 나를 보호해줬던 것 같아. 그러면서 동시에 커다란 책임을 지우기도 했지. 나는 누군가가 그리워하는 사람이고, 누군가를 구해주는 천사라고. 단지 우리 어머니만이 아니라 모두가 의지하고 매달리는 사람이라는 책임감.

물론 현실은 달랐어. 오세와 마찬가지로 아버지도 나의 방문을 두려운 마음으로 기다렸어. 내가 다시 떠나면 모두들 짐에서 벗어나 가벼워졌지. 그 사실을 열여덟인가 열아홉 무렵에 깨달았는데 나에겐 어마어마한 해방이었어. 그때부터 1년에 대략 두어 번 정도만 드람멘에 들렀어. 무슨 일이 있으면 그들은 늘 나를 초대해. 그걸 막을 수는 없지. 종종 온 가족이 나를 얼마나 예의 바르게 대했는지, 특히 오세가 어떻게 그럴 수 있었는지 곰곰이 생각해. 그러면 나 자신에게 물어봐. 한 달에 한 번, 내가 찾은 주말마다 오세의 마음이 어땠을지. 자신의 남편이 다른 여자와 사랑해 낳은 증거물이 이리저리 돌아다니는 모습을 보는 심정은 오죽했을까.

오후 2시 27분, 1980년생 여성이 들어온다. 그녀는 자리에 앉기도 전에 자신이 임신을 했다고 전한다.

"정말 잘됐네요. 진심으로 축하해요."라고 나는 말한다. 그녀가 오랫동안 아이를 원했다는 사실을 알고 있기에.

"감사해요." 그녀가 답한다. "그런데 하필이면 최악의 시기에 이런 일이 생겼지 뭐예요."

"아, 그래요?"

"네. 음, 그러니까 저희 부부는 완전 끝내주는 세계여행을 떠날 예정이에요. 전에 제가 선생님한테 얘기했는지 모르겠지만 아무튼 가기로 돼 있어요. 전부터 시베리아 횡단 열차를 타고 싶어 했거든요. 벌써 기차표와 호텔방은 돈을 다 냈어요. 게다가 지금 취소하면 돈을 한 푼도 돌려받지 못해요. 합하면 대략 4만 크로네예요. 집도 이미 세를 줬구요. 한마디로 저희는 할 수 없어요. 안 돼요. 내년으로 미뤄야 해요."

"여행을 미룬다는 뜻이죠?"

"아니요, 아니요. 여기 이걸 미룬다구요." 그녀는 자기 배를 가리킨다. "그래서 제가 오늘 여기 온 거예요. 여기 있는 걸 내년으로 미뤄야 하거든요. 이해하지, 우리 아기? 조금 기다릴 수 있지? 잠깐만 기다리면 나올 수 있어. 엄마 아빠는 그 전에 여행 좀 다녀올까 해. 금방 돌아올게."

그녀는 마지막 문장을 아기 목소리로 말한다.

"임신중절을 원하시는 건가요?"

"네, 내년에 다시 임신하려구요. 그렇게 계획을 짰어요. 우선 이번 여행은 떠나기로요. 임신한 상태로는 안 되잖아요."

"1년 뒤에는 두 분 다 마흔이에요."

그녀가 나를 쳐다보며 입술을 깨문다. 그런 다음 시선을 돌리고 숨을 깊이 들이쉰다. 이해가 상당히 더딘 사람에게 무언가를 설명하려는 사람처럼.

"글쎄요. 지금도 이렇게 빨리 임신이 됐잖아요. 사실 저희는 이렇게 바로 될지 예상 못 했거든요. 그리고 지금은 정말 적절한 시기가 아니에요. 저희 둘은 이미 끝없이 이야기했어요. 저는 울기도 했구요……."

이 대목에서 그녀는 울기 시작한다. 입술은 잔물결을 일으키고, 두 눈은 눈물로 채워진다. 그러면서 머리를 가볍게 흔든다. 나는 의아해하며 속으로 묻는다. 그녀는 서러운 상황에서 원래 이렇게 우는 걸까. 세월이 흐르면서 나를 포함한 모든 눈물에 면역이 생겼다. 나는 너무도 많은 사람이 우는 모습을 보았다.

대기실에 가만히 앉아 있으면 처음에는 모든 것이 순조롭다. 하지만 그들은 진료실로 들어오면 무슨 명령이라도 받은 것처럼 흐느끼기 시작한다. 다 그렇다고 할 수는 없지만 마음이 약해져 원하는 것을 내주도록 말이다. 이를 테면 특정 약품이나 항생제, 병가나 소견서, 또는 지금 같은 낙태 요구들이 그것이다.

사람들이 내 앞에서 우는 이유는 유니폼을 입은 인간이 그들의 눈을 바라보며 괜찮은지 묻기 때문이다. 지난 세월 동안, 나는 경험으로 이런 결론에 이르게 되었다. 진료실에 발을 들이면 사람들은 고해실에 들어온 것처럼 자백을 쏟아낸다. 나의 하늘색 가운과 하얀 바지는 억눌린 눈물을 촉진하는 작용을 한다.

게다가 의사의 비밀엄수의무는 안전한 느낌마저 준다.

여기서 환자들은 어디서도 말할 수 없는 것을 이야기할 수 있다. 혹은 다른 상황에서 꿈도 꾸지 못하는 것을 할 수 있다. 그들은 의사가 모두 알고 있고 견딜 수 있다고 믿기 때문이다. 의사는 이런 신념에 어울리는 모습을 보여주기 위해 답을 하기로 결심한다. 자기가 알지 못하거나 견디지 못하는 것이라도.

나는 세면대에서 종이타월을 가져와 몇 장 건넨다. 그녀가 코를 풀고 번진 화장을 닦는 동안 초음파 기계를 없애버려야 하나 고민한다.

"선생님은 모르실 거예요. 저희가 이 여행을 계획하는 데 얼마나 피땀을 쏟아부었는지. 매일 밤 러시아 사이트를 뒤적이며 구글로 번역하고 티켓을 샀단 말이에요. 이번 결정은 정말이지 우리에게 너무 힘든 일이었어요. 저희 둘은 며칠 밤 잠도 못 자고 뜬눈으로 이야기하고 또 이야기했어요. 그런데 지금 선생님은 저를 더 힘들게 하시네요."

나는 가만히 앉아 초음파 기계를 팔면 얼마나 받을 수 있을지 계산해본다. 그러면서 벼룩시장 같은 중고 거래 사이트에 팔 수 있는지, 아니면 기계만 취급하는 중고시장이 따로 있는지 속으로 묻는다.

"1년 후에 두 분은 마흔이 넘어요. 마흔이 되면 수정 확률 그래프가 급격히 떨어지구요. 반대로 기형 위험 그래프는 거의 똑같은 수준으로 올라가요……."

바람난 의사와 미친 이웃들

"그러니까 제가 뭘 모른다고 생각하시는 거예요? 매일 밤 잠도 못 자고 누워서 골머리를 앓았다니까요. 제 말을 믿지 못하시는 거예요, 뭐예요! 여기 있는 이건 말이죠. 정말이지 미칠 만큼 힘들고 어려운 결정이었어요. 제 결정을 가볍게 생각하셨다면 지금 크게 실수하시는 거예요!"

나는 지치고 피곤한 느낌이 든다. 지금 여기서 느끼는 피로는 평소의 익숙한 피로가 아니다. 저 깊은 곳에 자리하고 있는 실존적 피로, 존재 자체가 지긋지긋 신물이 나는 피로. 어쩌면 저승에 있는 자살자가 바로 고개 끄덕일지 모를 종류의 피로감이다.

"……그리고 저는요. 마흔 살이 넘어 아이를 낳고도 잘 지내는 여자들을 알아요. 그런데 그거 아세요? 사실 저는 여기 앉아 선생님과 싸울 필요가 없어요. 이미 여성들이 낙태를 위해 수백 년 동안 싸웠으니까요. 물론 선생님은 제 요구를 거절할 수도 있겠죠. 그냥 간단하게 그거 하나면 돼요. 제가 가진 권리를 보장해주세요. 더 이상은 선생님한테 바라는 거 없어요."

나는 초음파 검진을 하며 그녀가 임신 8주 차에 들어섰음을 확인한다. 눈앞에 신문 머리기사를 그려본다. **낙태 거부. 부제 주치의가 저보고 너무 늙었대요.**

그녀가 떠난 뒤 나는 진료실을 정리하고 다시 책상 앞에 앉는다. '제가 가진 권리.' 전체 대화 가운데 무엇보다 나를 자극한 것은 이 대목이라는 생각이 머릿속을 스친다.

설마 정말 그러려는 건 아니겠지. 토레에게서 말소리가 들려온다. 너는 꼭 너희 어머니 같아. 가만히 앉아 신문에 흥분하고, 독자 편지를 줄줄이 써 내려가는 너희 어머니 말이야.

'우리 모두 정신을 차려야 합니다. 당신의 의무를 다하고, 당신의 권리를 요구하세요. 살면서 항상 모든 것을 가질 수는 없어요.'

하지만 그들은 그럴 수 있다. 그리고 원하는 것을 다 얻는다.

14

매일 폭탄을 안고 사는 여자

나는 유령이나 천사를 믿지 않는다. 동종요법이나 망자와의 대화도 믿지 않는다. 하지만 직감과 예감은 믿는다. 잠재의식은 내면 깊은 곳에서 우리가 미처 알아보지 못하는 무언가를 끄집어낼 수 있다. 의미 없는 정보의 조각들이 자잘한 두뇌 주름에 자리를 잡고 차차 발효되어 끓어오를 수 있다.

어느 영화에서 나오는 대사, 카페 옆 테이블에서 들려오는 소리, 병원 환자가 진료실을 떠나며 던진 말. 하나하나의 문장이 차곡차곡 쌓이기 시작한다. 이들의 공통점은 내가 더 이상 머릿속에서 지울 수 없다는 것이다.

'욕정에 길을 내주면 늙은 몸이 신음을 한다.' 비에른을 만나기 불과 몇 달 전인 지난해 초 늦겨울이었다. 잠 못 이루고 뒤척이던 밤, 갑자기 문장이 날아들더니 나를 꽉 물고 놓지 않았다. 당시 나는 중년의 배신과 불륜을 다룬 연속 드라마와 영화 시리즈를 보고 있었다. 아마 거기 어딘가에서 비슷한 말을 들은 것 같다. 그리고 이 문장은 내 뇌리에서 종종 떠올랐다 사라졌다.

기억하기로 그때 나는 이런 생각을 했다. '나이도 많은 것들이 어떻게 저럴 수 있지. 부끄러운 줄 알아야지. 욕망이 젊은이의 몸뚱이를 뒤흔들면 견딜 만하겠지만, 중년의 육신을 요동치게 만들면 다들 피하려고 할 거야.' 그럼에도 저녁마다 소파에 누워 화이트와인을 마실 때면 매번 이런 주제를 다루는 영화와 드라마에 닿아 있었다.

비에른이 등장하기 전 환자 하나가 찾아왔다. 나는 진료를 마치고 나서도 꽤나 오랫동안 그녀를 생각했다.

마지막 방문 이후 그녀는 무척이나 달라져 있었다. 지난번 진료 때만 해도 그녀는 지친 데다 기력이 다해 보였다. 그런데 그날은 기분이 아주 좋아 보였다. 어쩐지 더 젊어 보이고, 환하게 빛이 나며, 생기가 흐르는 듯했다.

그녀는 자궁을 점검하는 일반적인 세포 검사를 받으러 왔다. 그러면서 에스트로겐이 부족하지 않은지 알고 싶어 했다.

세포 검사를 마치고 나서 나는 그녀의 몸을 진찰했다.

"에스트로겐이 필요해 보이지는 않아요. 나이가 어떻게 되시더라. 쉰셋이요? 전혀 그렇게 보이지 않는데. 여기 아래만 보면 마흔 밑이라도 믿었을 거예요."

"그런가요." 그녀가 웃으며 말했다.

그녀가 옷을 챙겨 입고 의자에 앉자 나는 불쑥 질문을 던졌다. "정말 좋아 보여요. 무슨 일 있어요? 새로 운동 시작하신 거예요? 아니면 뭐 다른 거라도…… 말씀해주세요."

그녀는 숨을 깊이 들이마셨다.

"애인을 하나 마련했어요. 어쩌다 그렇게 됐어요."

"아하, 그렇군요?"

"네. 완전 환상적이에요. 말로 표현할 수 없을 정도로 어마어마해요."

그녀는 키득키득 웃으며 손으로 입을 막았다.

"아무 미래도 없는 관계예요. 그는 얼마 전 막 이혼을 했고, 지금은 그 이혼녀와 살고 있어요. 게다가 여자는 임신 중이죠. 그런데도 부족한지 저희 세 사람은 거의 같이 일을 해요. 그나마 다행인 건 여자가 병가로 쉬고 있어요. 말 그대로 카오스죠."

그녀는 다시 키득거리며 머리를 흔들었다. 나는 고개를 끄덕이며 표정관리를 하려고 애썼다. 혹여 그녀를 비난하는 것처럼 보이지 않을까 싶어서. 그럼에도 내 안에선 이런 소리가 울려 퍼졌다. '나이도 많은 것들이 어떻게 저럴 수 있지.'

"업무와 관련된 미팅은 정기적으로 저희 집에서 만나요. 남편이 출장을 많이 다니거든요. 만남을 기다리며 장을 보는 일이 저는 너무 즐거워요. 그러고 나서 함께한 순간들을 하나하나 머릿속에 떠올려봐요. 우리의 만남을 복기하며 푹 빠져 지내다 보면 며칠이 흘러요. 그럼 다시 그가 와 있어요. 한편으로는 그 사람이 겁을 먹고 물러설까 두려워요. 그래서 우리 관계는 남편과 합의된 상황이라는 식으로 말하고 있어요. 물론 저희 부부는 그런 합의를 한 적이 없죠. 저도 모르겠어요. 제가 뭘 하려는 건지, 언제쯤 그만두게 될지, 뭐가 어떻게 될지."

"뭐, 글쎄요. 그럼 관계가 지속될 때까지는 충분히 즐기세요." 내가 말했다. 그리고 다시금 이런 생각이 머릿속을 스쳤다. '나이도 많은 것들이 어떻게 저럴 수 있지?'

이어지는 며칠 동안 나는 분노에 사로잡혔다. 등골을 타고 오르던 분노는 내가 하는 모든 일을 멈추게 했다. 그러더니 환하게 빛나는 그녀의 얼굴이 눈앞에 떠올랐다. 입을 가린 손 틈으로 비집고 나오던 그 키득거림. 초로의 늙은이. 뭔가 대단히 착각하고 있던 그 여자.

나는 악셀에게 그녀에 대한 이야기를 전했다. 그러자 그가 답했다. "비행기가 불시착할 때까지 기다릴 필요도 없을 것 같은데. 당신은 소견서랑 처방전을 미리 준비해놔야겠어. 항우울제, 신경안정제, 수면제, 심리치료사, 병가. 그것도 풀코스 프로그램으로."

우리는 껄껄 웃었다. 하지만 그녀의 웃음은 머릿속에 둥지를 틀고 떠나지 않았다. 이따금 나는 한밤중에 일어나 그녀의 또렷

바람난 의사와 미친 이웃들

하고 낭랑한 키득거림을 들었다. 바로 침대 옆에 앉아 있는 것처럼 느껴질 정도였다.

대략 비슷한 시기에 대학 강사로 일하는 환자가 찾아왔다.

"저는 항상 목숨을 끊고 싶다는 생각을 해요." 서론도 없이 그녀가 말했다.

많은 사람이 비슷한 생각을 한다고 말하는 것은 충분하지 않다. 그래서 아무 말도 하지 않았다. 강사는 계속해서 말을 이어나갔다. "제가 정말 그렇게 할 거라고는 믿지 않아요. 하지만 그생각이 저를 녹초로 만들어요. 혹시라도 충동적으로 일을 저지를까 너무 두려워요."

그녀는 의자 끄트머리에 앉아 눈도 깜박이지 않고 나를 바라보았다. 옷은 단정하고 세련되어 보였다. 눈 밑에 다크서클도 지지 않았다. 실핏줄이나 떨림도 전혀 보이지 않았다.

그녀가 덧붙였다. "몇 달 전 남편이 사전경고 하나 없이 저를 떠났거든요. 어느 날 갑자기 식탁에 앉더니 할 말이 있다고 하더라구요. 보통은 그렇잖아요. 뭔가 이상하다는 걸 알면서도 그게 정확히 뭔지는 모르죠. 그때 알아차렸어요. 남편이 입을 여는 순간 수많은 퍼즐조각이 제자리를 찾았죠. 초과근무와 야근, 휴대폰을 달고 다니던 그의 습관. 저는 그저 주의를 기울이지 않았어요. 아무도 그런 일이 자신에게 생길 거라고는 생각하지 않으니까.

상대 여자는 30대 중반에 아이도 없대요. 나이 많은 유부남이 어떻게 30대 여자를 사로잡았는지 모르겠지만 함부로 무시할 수도 없는 일이죠. 어쩌면 마음대로 가질 수 없어 더 구미가 당기는지도 몰라요. 결혼한 남자들은 푹 익은 열매처럼 매달려 있거든요. 하지만 조금만 지켜보면 바로 밑으로 떨어지는 법이죠."

나는 고개를 끄덕이며 애처롭게 미소 지었다. 그녀가 무슨 말을 하고 있는지 아는 사람처럼.

그녀는 이야기를 계속했다. "저는 그냥 휴식이 필요한 것 같아요. 최근 들어 모든 게 조금 과했어요."

"네, 충분히 이해해요. 하지만 병가는 그리 좋은 해결책이 아니에요. 모든 연구에서 보여주듯이 일하러 가는 게 최선이죠. 아무 의욕이 없다 하더라도 말이에요. 어쩌면 그래서 일을 계속해야 하는지도 몰라요."

이 멘트는 나의 후렴구 중 하나였다.

"머릿속에 호루라기가 있는지 자꾸 경고음이 울려요. 아침에 일어나면 그냥 죽고 싶어요." 그녀는 계속 이야기했다. 내가 아무 말도 하지 않은 것처럼. "누르면 사라지는 버튼이 있다면 아마 저는 당장 눌렀을 거예요. 매일 아침 저는 그런 버튼이 있기를 간절히 바라고 또 바라죠. 그냥 좀 쉬면서 기운을 되찾아야 할 것 같아요."

결국 나는 그녀에게 몇 주 병가를 낼 수 있는 진단서를 써주

바람난 의사와 미친 이웃들

었다. 필요 이상으로 아주 길고도 길게. 왜 그랬을까? 나도 모른다. 하지만 그사이에 왜 그랬는지 분명해졌다. 나의 두뇌 어느 구석에서 무슨 일이 벌어질지 알고 있었다는 것을. 그래서 내가 후에 진 빚을 앞서 갚으려 했다는 것을 말이다.

서른아홉 살 임신부가 나가고, 온갖 탈진 징후를 가진 변호사가 들어온다. 수면장애, 소화불량, 성욕 상실, 의욕 감퇴, 의기소침, 편두통, 피로, 어지러움, 속쓰림, 허리 및 고관절통증.

그는 어느 다국적기업에 일하고 있다. 그의 아내 또한 외국계 기업에 변호사로 몸담고 있다. 두 사람은 네 명의 아이가 있으며 커다란 저택에 산다. 요트 한 대와 산장 두 채를 소유하고, 입주도우미를 둘 정도 쓴다. 하지만 그러면서도 한 지붕 아래 가족이 다 모이지 못한다고 한다. 시간 부족이라는 개념이 그의 입에서 나온다.

그런 다음 그는 알레르기로 주제를 옮겨간다. 집에 개 한 마리가 있는데 혹시 자신에게 동물 알레르기가 생긴 건 아닌가 하고. 또 음식 과민증이 생길 가능성이 있는지 검사를 받아보고 싶어 한다.

나는 혈액검사 용지를 붙들고 빈칸에 가위표를 치기 시작한다. 그러는 동안 그는 조만간 가족이 크루즈여행을 떠날 거라고 이야기한다. 산장은 항상 수리를 해야 하며, 도우미들도 좋아하지 않는 데다, 아이들이 요트를 즐기지 않는다고. 결국 이번 크루즈여행으로 모처럼 온 가족이 제대로 휴식을 취할 수 있을 것 같다고 말한다.

'시간 부족.' 나는 대충 가위표를 그리며 생각한다. '여기는 지금 탐욕이 문제구나. 너희는 이것저것 너무 꾸역꾸역 처넣고 있어. 그러면서 절대 만족하지 않지. 집, 산장, 요트, 입주도우미……'

요즘 들어 지나치게 많은 종류의 탐욕이 눈에 들어온다. 이것들은 끊임없이 몸을 불린다. 음식, 환각제, 알코올, 기분 전환, 오락거리, 여행 그리고 쇼핑을 향한 탐욕. 우리는 가능한 모든 것을 퍼 넣으면서도 결코 만족하지 못한다. 인간이 지극히 원시적인 동시에 고도로 발달되어 있기 때문이다. 이런 경향은 도처에서 나타난다.

'너희는 툭하면 비싼 검사에 병가 진단서를 바라더라. 부끄러운 줄 알아야지. 산장과 요트 판 돈으로 가난한 이웃들 좀 돕지 그래. 그리고 좀 적게 일하고 적게 벌어. 육중한 탐욕을 통제해야지 뭐 하는 거야. 대체 여기 와서 뭘 더 바라고 있어.'

지금 너 누구 얘기하는 거야. 토레가 입을 연다. 대체 누구 말하는 건데?

나는 환자에게 혈액검사 용지를 건넨다.

"채혈실 앞 복도에 잠시 앉아계시면 성함을 부를 거예요."

그가 자리에서 일어난다.

"감사합니다."

"별말씀을요." 나는 대답하며 그대로 머문다.

'그리고 다 하세요. 크루즈 유람선도 타고, 배기가스도 마시고, 고칼로리식도 다 드세요. 어디든 마음대로 밀어붙이세요. 그렇게 지옥으로 가세요.'

너는 정말 못됐어. 토레가 말한다.

'말하지는 않았잖아. 그냥 생각만 했지.'

조만간 다 말하게 될 거야. 네가 생각한 거 모두. 두고 봐. 곧 수문이 열릴 테니까.

'아니야, 아니야. 다른 곳이 다 무너져도 여기는 아무 일도 없을 거야.'

이미 벌어졌잖아. 그 뚱보 잊었어? 그 중년부부는?

'그건 잠깐 미끄러진 거지. 실수였다구. 다시는 일어나지 않을 거야.'

15

남편은 외계인

우리는 연말에 1월 중순까지 연락하지 않기로 합의했다. 4주 동안 금욕 기간을 가지기로 한 셈이다. 우리의 주의와 관심을 각자의 크리스마스와 가족에게 기울이기로 경건하게 약속했다.

같은 날 저녁 나는 다락에서 소품 상자들을 가지고 내려왔다. 딸들이 유치원에서 화장지 심으로 만든 산타클로스, 악셀과 내가 마데이라에서 샀던 자기 구유 장식, 반짝이는 장식용 술과 노르웨이 국기. 나는 오렌지에 정향을 잔뜩 박아 창가의 빨간 리본 장식에 매달았다.

모든 것이 여느 때와 같아야 했다. 우리 딸들에게는 중요한 일이었다.

나는 매일 오후마다 크리스마스 준비에 전념했다. 다가올 연휴를 기다리는 환자들과의 스트레스는 덤이었다. 체감상 연휴는 모두의 히스테리를 대략 40퍼센트 정도 올리는 것 같다. 나는 평일 내내 근무시간을 꽉 채워 일한 다음, 쇼핑몰로 달려가 구석구석 장을 보았다. 그리고 생강쿠키를 굽고 대림절 촛대를 세웠다.

딸들이 오기 전날 밤 나는 네 개의 초 가운데 세 개를 태워버렸다. 우리가 12월 들어 매주 일요일마다 촛불을 하나씩 밝힌 것처럼 보이기 위해.

예전에 나는 악셀에게 집안일을 함께 부담할 마음이 없는지 주기적으로 물었다. 그러면 그는 매번 자리에서 일어나 청소기를 가져왔다. 나는 그를 뒤따라가 플러그를 뽑으며 말했다. "그렇다고 지금 청소기를 돌릴 필요는 없어. 그런 뜻이 아니야. 나는 그저 당신이 언제 청소기를 돌려야 하는지, 언제 욕실 청소를 해야 하는지 정도는 알았으면 좋겠어. 당신이 나한테 부탁할 수도 있어. 욕실을 청소하라거나 청소기를 돌리라거나. 요점은 뭘 언제 해야 하는지 당신이 좀 관심을 가졌으면 한다는 거야."

악셀은 청소기를 들고 고개를 끄덕였다. "그렇게 할게." 나는 그럴 때마다 그가 내 말뜻을 이해했다고 믿었다. 우리 둘은 동일한 언어로 말을 했고, 그가 바로 알았다고 했으니까.

하지만 그는 계속해서 아무것도 하지 않았다. 내가 다시 책임을 분담하지 않을 생각인지 물을 때까지 그대로였다. 그리고 질문하면 못 이겨 청소기를 돌리거나 식기세척기를 정리하는 식이었다. 시간이 흐르면서 나는 절대 달라지지 않을 거라는 사실을 깨달았다. 내가 악셀과 계속 살고 싶다면 받아들여야 하는 전제조건이었다. 그는 앞으로도 달라지지 않을 테니까.

그래서 주어진 조건 안에 평화를 찾으려 애썼다. 나는 악셀을 제대로 된 의사소통을 할 수 없는 외계 생명체로 바라보려 노력했다. 이런 시각을 유지하던 때는 차라리 삶이 가벼웠다. 그러다 딸들이 이사 가고 나서 시름에 빠졌다. 오로지 내가 지나간 자리만 정리하고 살면 어떨까 생각하면서.

'하지만 노년에는 어떨까? 고령이 되면 고독할 텐데. 그래도 혼자보다는 둘이 나을 거야. 그래, 맞아.' 나는 생각했다. '여든이 돼도 여전히 둘이 사는 편이 나을 거야. 휴가를 계획하고, 티켓을 사고, 질문에 답하면서. 우리 거기 언제 도착하지, 음식은 뭐가 있어, 애들은 언제 와, 애들은 언제 다시 떠나, 축제가 언제 시작되지, 우리 언제 그 사람들 만나, 비행기는 언제 출발해, 얼마나 더 걸려, 우리 집에 언제 돌아오지.'

나는 지금 이렇게 앉아 있고, 소망은 이미 넘치도록 채워졌다. 이제 나는 정말 내가 지나간 자리만 정리하면 된다. 그렌다에서 보낸 지난날을 회상하다 보면 나는 제일 먼저 나무 숟가락이 떠오른다.

과거 나는 란사로테의 시장에서 한 쌍의 나무 숟가락을 구입

　　　　　　　　　　　바람난 의사와 미친 이웃들

했다. 반짝거리는 짙은 목재를 사용해 만든 숟가락이었다. 손에 잘 들어와 휘젓기는 좋았지만 식기세척기를 쓸 수는 없었다. 나는 악셀에게 숟가락을 보여주며 반드시 설거지를 하라고 말했다. 가끔가다 악셀이 자발적으로 식기세척기를 돌렸기 때문이다. 그러자 머리를 끄덕이며 기억해두겠다고 했다.

하지만 얼마 후 그는 나무 숟가락을 식기세척기에 넣었다. 나는 여러 번 숟가락을 끄집어내며 식기세척기에 넣으면 안 된다고 말했다.

마침내 스물한 번째에서 포기했다. 그때 깨달았다. 내가 얼마나 자주 부탁하든 그는 몇 번이고 반복하리라는 것을. 또 안 그러겠다고 얼마나 자주 대답하든 계속 그리하리라는 것을. 이후에도 그는 나무 숟가락을 꾸준히 식기세척기에 넣었고, 결국 숟가락은 윤기가 사라지다 못해 산산조각이 났다.

그로테스크한 디테일은 현미경에나 보일 정도로 미미하다. 그럼에도 그가 이의를 제기했더라면 어땠을까. 최소한 이런 말이라도 했다면 말이다. "아니, 당신도 알다시피 말이지. 이런 숟가락은 식기세척기에 넣어야 된다고 생각해. 모조리 다! 고무 뚜껑이 달린 플라스틱 대접도 마찬가지야. 원래 식기세척기의 목적이 설거지할 필요가 없도록 해주는 거 아니야? 우리가 아낀 모든 시간과 에너지가 산산조각 난 숟가락과 쩍쩍 갈라진 고무 뚜껑 정도의 가치는 있다고 생각하지 않아?"

그러면 나는 이렇게 답했을 것이다. "아무렴, 당신 말이 백번

천 번 옳지!"

하지만 그는 고개를 주억이며 말했다. "미안해, 잘못했어. 다시는 그러지 않을게." 그래놓고 그는 다음에도 나무 숟가락을 식기세척기에 넣었다.

나는 아직도 이해가 가지 않는다. 여기 앉아 과거를 회상하다 보니 모든 초점이 나무 숟가락에 맞춰지는 것만 같다. 너무나 작디작은 디테일 하나에. 나는 나무 숟가락을 비에른과의 관계를 위한 구실로 사용하고 있었다.

오늘 아침 왔던 치질환자에게 나는 뒤처리도 못 하면서 무얼 할 수 있겠냐며 속삭였다. 마찬가지로 악셀에게는 숟가락이 그러했다. 예쁜 나무 숟가락이 어떻게 되든 상관없다면 그는 다른 소중한 무엇도 어떻게 되든 상관없지 않을까?

예를 들면 크리스마스트리처럼 말이다. 우리는 해마다 똑같았다. 크리스마스 일주일 전이면 나는 악셀에게 트리 구하기에 적합한 시기를 물었다. 왜냐하면 트리는 자기가 신경 쓰겠다고 늘 말했기 때문이다. 그리고 내가 물어보면 그는 잘 모르겠지만 기억해두겠다고 했다.

그리고 며칠 뒤, 적절한 때가 언제인지 다시 물으면 그는 나에게 되물었다. 정말 크리스마스트리가 필요한지, 딸들도 다 컸는데 굳이 장식을 해야 하는지. 우리는 이 논쟁을 매년 크리스마스마다 반복했다.

바람난 의사와 미친 이웃들

한편 그는 환경을 가지고 반론을 펼치기도 했다. 나무 한 그루를 거실까지 운반하고 내다 버리는 과정이 친환경과 거리가 멀다고.

아무튼 그가 되물으면 나는 여느 때와 같이 답했다. 그렇기는 하지만 그래도 나무가 필요하다고. 작년에 우리가 영화 '신데렐라와 개암 열매 세 개' 관람을 까먹어서 막내가 울었다고, 크리스마스는 딸들에게 기념일 이상의 특별한 의미가 있다고 말이다. 크리스마스 연휴는 언제나 우리를 극한으로 내모는 것만 같다고도 했다. 작년처럼 올해도, 또 그전에도 그랬듯이.

악셀과 나는 표준 답안을 가지고 소소한 연극을 했다. 더불어 악셀의 부모님에게 크리스마스는 본격적인 성수기였다. 그들은 잘못된 선물, 부족한 선물, 너무 많거나 너무 적은 선물, 또는 비싼 선물에 안절부절못했다. 혹은 우리 세대의 잘못된 양육 방식과 고가의 선물에 흥분하기도 했다. 너무 일찍 시작된 크리스마스 연휴와 물질만능주의, 돈에 대한 집착이 만들어낸 신음과 한탄. 모든 것은 크리스마스이브에 이르러 절정에 달했다. 아니, 그들은 벌써 10월부터 이날을 목표로 내달렸다.

악셀은 크리스마스를 대하는 자기 부모의 태도를 물려받았다. 그들처럼 불평불만을 늘어놓지는 않았지만 대신 모든 것에 반항했다. 크리스마스트리를 시작으로 환경 논쟁을 벌였고, 선물에 대해서는 소비 테러라며 맞섰다. 또한 갈비 1킬로그램을 30크로네나 주고 먹는 것은 말이 안 된다며 기후를 생각하라고 했다. 그의 반항은 크리스마스 대청소까지 이어졌다. 질문이 끊이지 않았다. 왜 하필이면 크리스마스를 맞이해 집을 깨끗이 청소해야 하는지, 할 일이 산더미 같은데 1월까지 기다리면 안 되는 이유가 무엇인지.

연말이면 악셀의 부모는 돌아가며 자식들 집에 머물렀다. 이번 해의 첫날은 우리 집이었다. 그들은 현관에 들어서자마자 분노로 욕을 내뱉기 시작했다. 길을 잘못 들어선 어느 택시기사를 지적했고, 지하철에서 무례하게 행동한 누군가를 욕했으며, 길을 막은 한 무리의 청년들을 타박했다.

외투를 채 벗기도 전에 쏟아지는 고함과 싸움 소리는 견디기 쉽지 않은 일이었다. 그들을 샤블리 반병 없이 상대해야 하는 것만으로도 익사하는 느낌이 들었다. 나는 주방에서 오븐을 지켜야 한다며 양해를 구했다. 그런 다음 냉장고에 있는 아쿠아비트를 홀짝이면 어떨지 고민했다.

크리스마스 둘째 날 아침 6시, 나는 비에른에게 메시지를 하나 보냈다. 이번에는 이런 문구를 적었다.

자니.

첫 글자를 대문자로 쓰지도, 물음표를 붙이지도 않은 채로. 이어서 2초 만에 답을 받았다.

아아니이이.

그리고 다음 날 나는 차를 끌고 프레드릭스타에 있는 호텔로 달려갔다. 요양원에 있는 어머니를 방문하러 간다는 핑계를 대면서. 가는 데 한 시간, 호텔에서 한 시간, 돌아오는 데 한 시간. 나는 총 세 시간 동안 집을 비웠다.

다시 집에 왔을 때는 세 명 다 거실에 널브러져 있었다. 악셀과 이다, 실예가 과자와 초콜릿을 펼쳐놓은 채 TV를 보면서 말이다. 내가 출발할 때와 똑같은 모습이었다.

"할머니는 어떠세요?" 이다가 물었다.

"늘 그렇지 뭐." 내가 답했다.

"우리 내일 다 같이 할머니네 가면 안 돼요?" 실예가 제안했다.

"안 될 거 없지. 그렇게 하자." 내가 대답했다.

새해가 되어서도 여느 때와 다름이 없었다. 언제 크리스마스 트리를 폐기해야 하는지가 화두로 떠올랐다. 또한 여느 때와 다름없이 내가 먼저 문제를 거론했다. 이에 대한 악셀의 답은 복사한 듯 정해져 있었다. "크리스마스 분위기 낸다고 모조리 집 안에 들이더니, 이제는 다시 집 밖으로 내버리려 하네." 그러면 나의 표준 대답은 이랬다. "뭐, 나무를 내년까지 세워둘 수도 있지. 그럼 새로 살 필요도 없겠다."

어머니와 살던 시절, 한번은 트리를 부활절까지 세워놓은 적이 있었다. 그리하여 악셀의 다음 답은 늘 이랬다. "부활절까지 세워두는 걸로 충분해."

마지막에는 항상 내가 나무를 끌고 밖으로 나갔다. 떨어진 잎을 쓸어 모으는 것도 바로 나였다. 나무를 가지고 싶어 했던 장

본인이었으니 어쩔 도리가 없었다. 또 내가 안간힘을 쓰면서도 안정을 찾지 못하는 하나가 사교 활동이었다.

지금 여기 앉아서 스스로에게 묻는다. 왜 나는 드람멘을 오가던 시절 그 상태 그대로인 걸까.

그럼에도 노르웨이 핵가족에 대한 수많은 상상이 가득했다. 또한 시류에 부응하려고 부단히도 애를 썼다. 기념일과 저녁식사를 챙기고, 심지어 여행을 직접 계획하며 준비했다.

그러다 몇 해 전 결국 패배를 인정하고 말았다. 노력을 멈추게 된 계기로는 두 가지 사건이 있었다.

첫 번째는 그렌다의 한 부부와 파리로 떠난 주말여행이었다. 하나는 편집장에 다른 하나는 작가인 부부였다. 개인적으로 나는 여행은 되도록 상세하게, 가급적 미리 계획하는 일을 선호했다. 그러나 그 부부는 되는 대로 떠돌아다니는 사람들이었다.

나는 여느 때와 같이 유연하고 즉흥적인 인간으로 보이고 싶었다. 레스토랑이나 박물관이 문을 닫거나 앞에 500명의 대기줄이 있더라도 말이다. 개장 시간을 미리 알아보고 사전 예매를 포기했다. 그들이 내 A4 종이를 보며 비웃을까 두려워서였다. 가족 여행을 떠날 때면 늘 가지고 다니는 A4 더미를 들키고 싶지 않았다.

"긴장 풀어." 악셀이 말했다. "어떻게든 되겠지. 괜찮을 거야."

비행기는 아침 8시 출발 예정이었다. 그들 부부는 사전에 공항에 있는 생선 전문 레스토랑에서 아침을 먹자고 제안했다. 물론 나였다면 그 레스토랑을 고르지 않았을 것이다. 적어도 아침 식사로는.

하지만 그들은 거기 없었다. 그럼에도 악셀과 나는 용감하게 새우가 들어간 빵을 주문했다. 그리고 우리가 다 먹어치울 무렵 전광판 위로 탑승구로 가라는 안내문이 떴다. 그때 그들이 다가왔다. 각자의 손에 스타벅스 컵을 하나씩 들고서.

"저희는 그냥 스타벅스에서 먹었어요." 작가인 남편이 말했다. "생각해보니 생선 먹기에는 너무 이른 시간 같아서요."

둘 중 누구도 생선 전문 레스토랑에서 만나자는 제안이 자신들에게서 나왔다는 말을 꺼내지 않았다.

"그렇게 별로야?" 비행기에 올라 악셀이 말했다. "우리는 아침을 먹었고, 비행기를 놓치지 않았어. 모두 건강해. 그리고 지금 무사히 파리로 가고 있잖아."

"나는 그냥 이해가 안 가." 내가 답했다. "미안하다는 말 한마디 하지 않잖아. 그 망할 레스토랑에서 아침 먹기로 분명히 약속했는데."

나는 차라리 다른 데 화를 풀려고도 해보았다. 예를 들면 승무원의 안전수칙을 따르는 대신 휴대폰을 만지작거리는 사람들을 보면서.

비행기가 이륙할 무렵, 나는 아이패드에 푹 빠져 있는 10대 남자아이를 보았다. 그는 거대한 헤드폰으로 귀를 덮고, 양손에

레모네이드와 과자봉지를 들고 있었다. 엔진의 포효 속에서도 그는 아랑곳하지 않았다. 뼛속까지 지루함을 느끼는 사람처럼 냉담하고 무심해 보였다.

'세상이 뭐 이래. 무슨 인생이 이래.' 승무원이 카트를 끌고 지나갈 때 나는 맥주를 사 연거푸 두 잔 마셨다. 맥주는 도움이 되지 않았다. 그들에 대한 생각이 머릿속을 떠나지 않고 맴돌았다. '분명 아침을 같이 먹기로 약속했잖아.'

비행기가 착륙하고 열차를 기다리며 승강장에 서 있을 때였다. 나는 물어보고 싶은 마음을 더 이상 억누를 수 없었다. "우리 오슬로 공항에서 같이 아침 먹자고 하지 않았나요? 그러기로 얘기하지 않았던가요?" 마치 지금 막 생각난 것처럼 행동하며 물었다.

"맞아요, 맞아요." 편집장인 아내가 말했다. "저희도 거기로 가고 있었어요. 거의 다 도착했는데 이유가 뭐였더라?"

작가가 말을 이었다. "이유는 그거였지. 스타벅스를 지나다 당신이 갑자기 커피가 당긴대서. 당신은 항상 그 커피를……."

편집장이 말했다. "맞아! 그랬어! 공항에 스타벅스가 있는지 몰랐거든요!"

작가가 편집장을 가리키며 외쳤다. "그러니까 이 사람 잘못이에요! 제가 아니라!"

편집장이 주먹으로 그의 팔뚝을 툭 치자 모두가 웃었다. 그러나 거기 서서 웃는 동안 나는 혼자 생각했다. 내가 다른 사람과 여행을 떠나는 일은 이번이 마지막일 거라고.

그리고 정말 그랬다. 후에 그 부부는 다른 곳으로 떠나자며 다시 여행을 제안해왔다. 이번에는 베를린이었다. 같이 가자고 물었을 때 나는 대답했다. "저희도 갈게요"! 그러면서 아무것도 하지 않았다.

그들은 함께 떠나고 싶어 하는 두 부부가 더 있다고 메시지를 보내왔다. 나는 답장을 보냈다. "너무 좋아요! 많을수록 더더욱 좋죠!"

출발 몇 주 전, 여유 만만한 인간들이 슬슬 질문하기 시작했다. 호텔과 비행기를 예약할 때가 되지 않았는지 말이다. 나는 답하지 않았다. 그러자 이메일이 잇달았다. 그래도 답하지 않았다.

떠나기로 한 주말여행 출발 이틀 전 나는 그들에게 이메일을 하나 썼다. 컨디션이 좋지 않아 아쉽지만 집에 머물러야 할 것 같다고. 여러분은 부디 즐거운 여행을 하시길 바란다는 내용이었다. 마지막 문장과 함께. **베를린을 마음껏 즐기세요.**

악셀은 여행과 관련해서는 조금도 참여하지 않았다. 그도 이메일을 받았으나 아무런 반응이 없었다. 그래서 복수를 준비하기란 내게 아주 쉬운 일이었다. 덧붙이자면 이 복수를 이상하리만큼 즐겼다. 처음부터 아니라고 확실히 말했다면 쾌감은 덜했을 것이다.

"당신은 용서를 참 못해." 악셀이 말했다. "그래도 파리에서 재밌었잖아. 레스토랑에서 저녁 먹을 때 말이야. 내가 기억하기로 당신도 똑같이 웃었던 것 같은데."

"그때 나는 취해 있었어. 점심식사 때부터 계속 마시고 있었다구. 우리가 거기서 보낸 사흘 내내. 기억 안 나? 나 처음부터 끝까지 취해 있었잖아. 달리 견딜 방법이 없었으니까. 우리가 식당을 찾으려고 애쓸 때면 그들은 늘 꽁무니만 졸졸 따라다녔어. 그러면서 모든 식당에서 투덜투덜 불만을 쏟아냈지. 거기다 망할, 아침마다 늦잠을 잤어. 어딘가 모자란 10대 아이 둘을 데리고 다니는 것 같았다구."

그 무렵 나는 모종의 경계선에 다다랐는지 모른다. 왜냐하면 그때부터 하나둘 차례로 무너지고 있었기 때문이다.

파리 여행을 다녀온 불과 몇 주 뒤, 나는 알고 지낸 두 쌍의 부부를 그해 마지막 식사에 초대했다. 초대하고 싶어서 부른 것은 아니었다. 그런 의욕이 나에게 생기기란 기대하기 어려운 일이었으니까. 그저 얼른 해치우고 싶을 뿐이었다.

한 부부는 그렌다의 이웃이었고, 다른 하나는 악셀의 동료였다. 후자 부부는 함께 발레르섬으로 여러 차례 떠나기도 했다. 이들 부부는 원래 자기네 식사에 초대하기로 되어 있던 다른 네 사람을 우리 모임에 데려와도 괜찮은지 물었다. 나는 괜찮다고 말하며 식재료와 알코올을 더 샀다. 평소 쓰던 식탁에 다른 탁자를 붙여 상을 늘렸고, 다락에서 의자를 가져오는 등 이런저런 일이 더해졌다.

이윽고 저녁이 되자 식탁이 차려졌다. 10인분의 애피타이저는 주방 냉장고에 들어가 있었고, 다른 음식들도 지하 냉장고에 대기하고 있었다. 오븐에는 맨 처음 사다 놓은 양고기 한 덩어리와 따로 마련한 두 번째 고기 덩어리가 구워지고 있었다. 저녁식사 인원이 열 명으로 늘어났기 때문이었다.

그러나 다른 네 사람은 끝내 오지 않았다. 우리가 처음 초대한 네 사람만이 왔다. 다른 넷을 데려오겠다던 부부는 그저 고개만 흔들었다. 그들이 참석 여부를 알려주지 않은 것이 이상하다는 듯이.

거대한 식탁 앞에서 텅 빈 네 자리는 비웃음을 받았다. 나는 그 식탁을 더 이상 치울 수 없을 것만 같았다.

이번에는 화가 나지 않았다. 다만 사람들을 초대하는 일을 그만두었다. 사람들로부터 초대받는 일도 거절했다. 시간이 흘러서는 답장조차 하지 않았다. 그렇게 모든 초대는 자취를 감추었다.

"왜 요즘 찾아오는 손님이 없지?" 언젠가 악셀이 물었다. "왜 다른 사람들이랑 어울리지 않는 거야? 왜 아무 데서도 우리를 초대하지 않는 거지?"

"나도 모르지." 내가 답했다. "어쩌면 다들 늙어가서 그럴 거야."

"다시 누군가를 초대할 수는 없는 건가?"

"할 수 있지." 내가 대답했다. "그러자."

몇 달 뒤 우리는 똑같은 대화를 했다. 역시나 똑같은 상황이 벌어졌다. 그러니까 아무 일도 일어나지 않은 것이다.

정확히 이 시점에 내가 비에른을 친구로 추가한 그날 저녁이 들어 있다. 당시 나의 사교 활동은 그로를 제외하면 불모지나 다름없었다. 그러면서도 결코 무언가를 그리워하지 않았다. 후에 약간의 불안을 느꼈으나 그럼에도 무언가를 바꿀 만큼 충분하지는 않았다.

바람난 의사와 미친 이웃들

16

사랑도 후진이 되나요?

크리스마스가 지나고 제법 균형 잡힌 리듬이 지속되었다. 우리는 관계를 끝내려는 시도에 차차 적응했다. 곧이어 미래에 대한 이야기를 멈추었다. 무엇을 해야 하는지 혹은 무엇을 하지 말아야 하는지 언급하지 않았다.

둘 사이에 일종의 일상이 형성되었다. 평균 일주일에 한 번은 오스카스 게이트에서 만났다. 그렇게 겨울과 봄이 지나갔다. 나는 환자들과 서류 더미 그리고 집안일에 몰두하며 생각했다. 이것은 나의 새로운 삶이며 앞으로도 지속 가능할지 모른다고. 어쩌면 이 관계가 다른 모든 것을 제자리로 돌려놓을지 모른다고 말이다.

나의 삶은 둘로 나뉘었으나 서로 매여 있었다. 그렌다에서의 삶과 비에른과의 관계 사이에는 상호의존성이라는 것이 존재했다. 두 개의 반절은 정반대가 아니었다. 오히려 전체를 이루는 부분이자 서로 먹고 먹히는 관계였다.

내밀한 관계는 그렌다에서의 공식적인 삶이 이어지도록 연료를 공급했다. 물론 그 반대의 경우도 마찬가지였다. 하나는 다른 하나가 없이는 존재할 수 없었다. 스스로가 책임을 짊어진 여성으로 보였다. 내 관점에서 나는 선장이었다. 모두의 안녕을 위해 항로를 정한 다음 적절한 방향으로 배를 모는 선장.

그렇게 다시 5월이 되었다. 그리고 지금으로부터 4주 전 어느 토요일, 우리가 1주년을 맞기 한 달 전에 일이 벌어졌다. 나는 비에른과의 밀회를 위해 지하철을 타러 걸어가고 있었다. 여느 때처럼 어머니를 방문하러 간다는 핑계를 대고.

길을 따라 걷는 동안 나는 비에른에게 다음과 같은 메시지를 보냈다. **내 안에서 너를 느낄 생각에 벌써부터 설렌다.**

하지만 나는 이 메시지를 악셀에게 보내고 말았다. 나에게 마지막으로 메시지를 보낸 사람이 악셀이었기 때문이다.

내가 적당히 '보고 싶어.' 정도만 써서 보냈더라면 아무 이유나 둘러대며 수습했을 것이다. 그러나 내 안에서 너를 느낄 생각에 벌써부터 설렌다니. 서로가 설레던 시절에도 악셀과 나는 그런 식으로 의사소통을 하지 않았다.

안경을 꺼내며 승강장에 오르고 나서야 무슨 일이 벌어졌는지 실감했다. 그사이 악셀은 벌써 답을 했다. 나는 그 메시지를 아직도 가지고 있다.

?????????????

나는 얼음 상태로 휴대폰을 보았다. 자포자기 심정으로 그에게 해님 이모티콘 세 개를 줄지어 보냈다. 해들이 웃었다. 그것도 눈물이 흘러나오는 얼굴로. 하하하. 그러고 나자 온몸이 떨리기 시작했다. "일단은 진정하자." 스스로에게 말했다. "해결될 거야. 어떻게든 해결되겠지."

그때 그로부터 전화가 걸려왔다. 나는 원래 타야 했던 지하철이 쏜살같이 지나가는 모습을 바라보았다. 악셀이 말했다. "이게 다 뭐야? 이런 미친! 누구한테 보내려던 건데? 당신 대체 뭐하고 있는 거야?!"

"금방 집으로 갈게."

집으로 돌아가는 몇 분 동안 생각했다. '그 일이 지금 벌어지고 있어. 나의 이중생활도 이제 끝이구나. 지금 여기만 통과하면 다 끝이야. 힘들겠지만 할 수 있을 거야.'

악셀이 휴대폰을 들고 현관 앞에 서 있었다.

"당신 지금까지 뭐 한 거야? 이게 다 뭐야?"

"비에른이야." 내가 말했다. "그 메시지 비에른에게 보내려던 거야. 만나러 가는 길이었거든."

"비에른?"

"응."

"당신 카린 보러 간다고 하지 않았어?"

"우리 안으로 들어가면 안 될까? 들어가서 다 이야기할게."

악셀은 계단 위에 서서 휴대폰을 흔들었다.

"누구 좋으라고. 그냥 바깥에서 해. 그러니까 어머님 찾아간 다고 할 때마다 비에른이랑 뒹굴었던 거야? 그 사이코랑?"

"나 들어갈래. 계속 여기 서 있을 수는 없잖아."

나는 주방으로 걸어갔고, 그 뒤를 악셀이 따랐다.

"둘이 어디서 만났는데? 오스카스 게이트?"

나는 말하려 했으나 입이 너무 건조했다.

악셀이 곁으로 바짝 다가왔다. 그의 눈은 한껏 튀어나와 있었 다. 극심한 피로가 느껴졌다. '아무래도 못 할 것 같아.' 나는 생 각했다. '나를 조금만 쉬게 해줘.'

"나랑 얘기해! 거기 가만 서 있지 말고!"

나는 자리에 앉았다. 그리고 끝내 울기 시작했다. 일말의 안도 감이 느껴졌고, 악셀도 조금은 진정한 듯 보였다.

그와 나는 어색하게 식탁에서 마주 보았다. 그는 두 손으로 자기 얼굴을 떠받쳤다. 잠시 동안 우리는 거기 그렇게 앉아 있 었다. 나는 눈물을 흘리며, 고개를 끄덕이고, 가로젓기를 반복했 다. 무슨 말을 어디서부터 어떻게 해야 할지 몰랐기 때문이다. 그러자 악셀이 자기 휴대폰을 집어 들었다. 그리고 큰 소리로 읽었다.

"내 안에서 너를 느낄 생각에 벌써부터 설렌다."

이후로 이어진 모든 나날 동안, 우리는 항상 그 메시지에 내려앉았다. 우리가 침대에 누워 있든, 소파에 앉아 있든 상관없이. 또 우리가 무엇을 이야기하고, 어떻게 주고받는지 상관없이. 언제나 우리는 그 메시지에 착지했다. 악셀이 아닌 누군가를 안을 생각에 설렌다고, 그것도 벌건 대낮에 맨정신으로 보낸 메시지 위에 말이다.

그동안 나는 기회만 닿으면 폭로든 고백이든 악셀에게 솔직하게 전하려 했다. 무엇보다 악셀의 마음이 가벼워질 거라 믿었기 때문이다. 나로부터 자유롭게 벗어나 하루 종일 스키를 타면 그도 가벼워지리라.

그런데 생각해 보니 그는 이미 다 하고 있었다. 일하거나 잠자는 때를 제외하면 온종일 스키를 타러 나갔으니까.

"어떻게 그런 생각을 할 수 있지. 내가 가벼워질 거라고?"

"나도 모르겠어. 하지만 겉으로 보기에는 그래. 당신 머릿속엔 오로지 하나만 있는 것처럼……"

"선 넘지 마. 함부로 책임 떠넘기지 말라고."

그렇게 우리는 말을 주고받을 수 있게 되었다. 다시 말해 본격적으로 대화할 수 있는 상태에 이르렀다.

비에른과의 관계에서 내가 어떻게 이성을 잃었는지 말할 때면 악셀은 통제를 잃었다.

여기서 말하는 통제는 기만에 대한 분노가 아니다. 기만에 대한 분노는 일시적인 급성 반응으로 끝나기 때문이다. 유기체의 수용능력은 한계가 있으므로 분노는 순전히 육체적으로 작동한다. 따라서 내가 말하는 통제는 이후 취할 행동에 대한 통제, 구체적으로 주어진 행동 범위 안에서 취할 수 있는 통제를 뜻한다.

악셀은 나와 같은 것을 원했다. 위기를 극복한 성장으로 우리의 집과 뜰을 계속 간직하길 소망했다. 그러나 감정적 부분이 나와 같지 않은 한 아무 소용이 없었다.

이는 신체 저변에서 그를 조종하는 일을 맡았다. 내가 침대 옆에 누우면 그는 절대 잠들지 못했다. 아니, 나를 똑바로 쳐다보지도 않았다. 내가 보이면 그는 편두통과 현기증, 더불어 경련증을 느꼈다. 모든 증상은 내가 눈에서 멀어지는 즉시 사라졌고, 시야에 들어오는 즉시 다시 나타났다.

눈물을 흘리지 않을 때면 악셀은 소리를 지르거나 주먹으로 벽을 쳤다. 가만히 앉아 허공을 바라보기도 했다. "도대체 무슨 짓을 저지른 거야?" 그러면서 이따금 조용하게 물었다. "당신이 무슨 짓을 저질렀는지 알아? 당신이 뭘 잃어버렸는지 알기나 해? 아마 죽었다 깨어나도 당신은 모르겠지."

그의 말은 자신도 이해하지 못하는 질문처럼 들렸다. 하지만 나도 그게 무엇인지 알지 못했다.

"원하는 게 뭐야?" 악셀이 물었다.

"나도 모르겠어." 내가 답했다. "나는 모든 게 다시 예전 같기를 원해."

"그건 불가능해."

"그래."

"그저 하룻밤 실수라면 또 몰라. 하지만 당신은 꼬박 1년을 그러고 다녔어……. 1년 내내! 그 자식한테 입으로 해줬어? 그놈이 당신 뒤로도 들어갔어?"

그러고 나서 다시 절규와 고함이 시작되었다.

그가 안정을 찾으면 다시 내가 물었다. "그럼 당신은 뭘 원하는데?"

"나도 모르겠어."

그렇게 우리는 계속했다. 돌고 또 돌며.

그런 나날들 속에 언젠가 우리는 잠자리를 가졌다. 우리 중 누구도 성 기능에 문제를 느끼지 못했다.

"아니야." 그러다 몇 분 뒤 악셀은 옆으로 돌아누웠다.

시작은 그가 손바닥으로 내 뺨을 때리면서 비롯되었다. 거의 애무와 같은 효과를 냈고 자제력을 잃은 채로 가쁜 숨을 몰아쉬었다. 그리고 생각했다. '어쩌면 우리는 다시 하나가 될지 몰라. 폭력을 통해서. 나는 그래도 상관없어.'

지난 세월 나는 때때로 그와 바람에 대한 이야기를 주고받았다. 우리 사이에 벌어질 불상사를 미리 대비한다는 차원에서. 하지만 설령 그런 일이 생기더라도 우리는 끄떡없을 거라 믿었다. 대체 무슨 근거로 그리 믿었던 걸까. 서슴없이 이야기할 수 있었다는 이유로?

대대적인 폭발로 두터운 진흙층 아래 숨겨져 있던 무언가가 뿜어져 나왔다. 이후 악셀은 자신도 누군가에게 관심을 가졌으며, 결국 끈이 끊겼다고 털어놓았다.

그는 비교적 많은 여자에게 관심을 가졌다. 그 범위는 동료와 지인, 이웃과 환자에 이르기까지 다양했다. 특히 병원 동료 하나를 유독 많이 떠올렸다고 했다. 나와 잠자리를 할 때도 그녀를 떠올렸다고. 한번 말을 꺼내기 시작하더니 그는 더 이상 주저하지도 멈추지도 않았다.

나는 생각했다. 이 모든 것을 숨기고 나란히 붙어 살아왔다니 얼마나 기이한 일인가. 그 안에서 우리는 같이 웃고, 먹고, 자고, 씻었다. 또 바보 같은 짓을 하며 허물없이 대화를 나누지 않았던가. 그토록 비밀이 많은 누군가와 가능해 보이지 않는 일들을 했다니. 그럼에도 대화에 유머와 무언의 합의가 있었다. 도저히 믿어지지 않았다. 그렇다면 그 밖에 다른 무엇이 또 가능했을까.

일주일 뒤 나는 둘 사이에 진전이 없음을 깨닫고 떠나기로 결심했다. 그때, 그러니까 3주 전에 나는 단단히 마음먹었다. '나의 결혼 생활을 지키리라. 우리 부부를 구하리라.' 당시만 해도 나는 구한다거나 기회가 있다는 등의 표현을 사용하는 축에 속했다. 하지만 지금은 모든 개념이 사라졌다. 또한 그것들의 의미를 더 이상 알지 못한다.

"가서 애인이랑 뒹굴게?" 내가 옷가지를 검정 봉투에 쑤셔 넣고 있을 때였다. 조만간 오스카스 게이트로 떠날 거라고 전하자 악셀이 소리쳤다.

"아니야. 완전히 끝났다고 말했잖아. 연락도 모두 끊었어. 주고받은 메시지도 다 보여줬잖아. 지금 상황에선 당신이랑 거리를 두는 게 옳다고 생각해. 이렇게는 계속 살 수 없어. 우리 지금 꼼짝도 못 하고 멈춰 있잖아."

그는 지쳐 쓰러졌다. 그러고는 다시 침대에 앉았다.

"그리 나쁜 아이디어는 아닌 것 같네. 한동안 안 보면 좋을 것 같기도 하고."

"그래, 분명 그럴 거야."

내가 오스카스 게이트에 나타나지 않은 토요일 오후, 비에른은 나와 연락하려고 대략 열 개의 메시지를 보냈다. 나는 늦은 밤이 되어서야 화장실에 몰래 들어가 그에게 짧은 메시지를 전할 수 있었다. 발각된 일련의 상황과 함께 더 이상 만날 수 없다는 말을 적어 보냈다. 적어도 한참 동안은 문장을 덧붙였다. '비에른에게 양심의 가책을 느끼지 마.' 나는 스스로에게 말했다. 하지만 소용이 없었다.

그리고 다시 토요일이 되었다. 나는 다시 오스카스 게이트를 향해 길을 나섰다. 일주일 동안 비에른은 하루에 약 서른 개의 메시지를 보냈다. 그러나 나는 답하지 않았다. 그는 나와의 연락을 중단해야만 했다. 그럼에도 계속해서 문자를 보내왔다.

집에 도착해 자물쇠를 열자 그가 현관 복도에 서 있었다.

비에른이 팔을 뻗어 자기 휴대폰을 나에게 내밀었다.

"왜 답을 안 해?"

나는 처음으로 젊은 버전의 그가 떠올랐다. 질투심 가득한 그 사이코 청년. 그러자 당시 그가 어땠는지 기억이 되살아났다. 불신, 의심, 히스테리발작. 나는 지난 일주일 동안 대략 1000번 가까이 묻고 또 물었다. '너 대체 무슨 일을 저지른 거야?'

비에른에게 나는 말했다. "여기서 뭐 하는 거니……."

"나 린다랑 헤어졌어. 그 사람한테 다 이야기했거든. 그리고 곧장 이곳으로 달려왔지. 어제저녁부터 여기 있었어. 너랑 연락하려고 수없이 시도했는데. 왜 답을 안 해?"

휴대폰을 붙들고 있는 손이 부들부들 떨렸다.

"원래 보던 드라마에 빠져 있었어."

"이제 우리는 하나야. 무슨 일이 벌어졌는지 모르겠어? 우리는 다시 서로에게 속한 하나라고. 더 이상 피할 길은 없어. 너도 분명히 알고 있지, 그렇지?"

그의 얼굴이 땀으로 번쩍거렸다. 지난 1년 동안 그는 확실히 늙었다. 훌쩍 늙어버리는 급변을 겪은 것이 분명하다. 노화는 천천히 균형 있게 이루어지지 않는다. 갑자기 뛰어오르듯 한달음에 진행되어 다음 단계로 접어든다. 나는 비에른의 모습에서 그의 본격적인 노화를 확인할 수 있었다. 정확히 말하면 한 걸음에 7마일을 걷는 동화 속 장화처럼 성큼 발을 내디딘 것 같았다.

주름들이 선명했고, 머리는 휑했으며, 배가 나와 있었으니까. 이런 변화들은 나도 마찬가지였다. 마지막으로 샤워한 지도 벌써 며칠이 지나 있었다. 그 순간만큼은 내 자신이 어떤 모습으로 서 있는지 생각하고 싶지 않았다.

'그래, 아무렴 어때.' 나는 속으로 생각했다. 겉모습을 단장하기가 얼마나 피곤했던가. 비밀 로맨스에 얼마나 지쳐 있던가. 그러나 비에른은 아무것도 알아채지 못한 듯했다. 그가 다가와 나를 끌어안았다. 그리고 나는 그를 가만히 내버려두었다.

"충격받았구나." 비에른이 말했다. "너 몸이 너무 차가워. 거기다 땀으로 흠뻑 젖었네. 아무래도 누워야겠어. 가서 차 한 잔 끓여 올게. 혹시 배고파?"

그날 저녁 그가 방으로 가만히 들어왔다. 우리는 마치 오래된 노부부 같았다. 나는 잠든 척하며 몰래 그를 지켜보았다. 느린 움직임으로 옷을 벗고, 정성스레 옷가지를 접은 다음, 셔츠만 옷걸이에 따로 걸었다.

나는 지금 악셀과 비웃었던 상황 한가운데에 놓여 있었다. 우리는 확신으로 이혼을 감행했던 주변인들을 빈정거렸다. 새로운 삶을 극복하는 일이 복잡하다거나, 서로의 아이를 두고 씨름을 벌여야 한다는 이유로. 그들이 훨씬 더 나은 삶을 꾸리며 예전과 다름없다 단언하는데도 말이다. 기존의 오래된 삶을 떠나 한층 깊은 차원에 다다르는 것임을 그때는 몰랐다.

비에른이 이불을 걷고 옆에 누웠다. 하지만 그가 흡사 몇 광년은 떨어져 있는 것처럼 느껴졌다. 나는 거기 누워 펼쳐진 미래를 보았다. 증오에 찬 아이들, 의붓자식들, 손주들 그리고 맛집 동호회 친구들. 열애로 이루어진 우리의 작은 섬은 증오로 가득한 세상을 어떻게든 헤쳐나가야 했다.

나는 '별거 중'이라는 이유로 병가 진단서를 부탁하러 왔던 환자들을 떠올렸다. 이제 내가 바로 그 별거 상태에 있는 누군가가 되어 있었다. 그때까지만 해도 아직 확실하게 받아들이지 못했다. 여전히 내가 악셀과 극복해내리라 믿고 있었으니까. 시간이 도와주기만 한다면 말이다.

악셀과 나는 서로에게 하나였다. 그리고 비에른과 나는 아니었다. 여기 내 옆에 누워 있는 지난 1년 동안 만난 남자. 여러모로 생소한 남자와 나는 서로에게 속해 있지 않았다. 지금까지 나는 무얼 한 걸까? 나는 왜 여기 있지? 왜 낯선 남자가 옆에 누워 있어? 악셀은 어디 간 건가?

그러다 잠이 들었나 보다. 몇 시간 뒤, 나는 비에른의 휴대폰 불빛에 깨어났다. 그는 침대 머리맡에 기대 울고 있었다.

악셀과 달리 비에른은 잘 울었다. 나는 악셀이 우는 모습을 지난 30년간 세 번 정도 보았다. 두 딸들이 태어날 때 보고, 며칠 전에 한 번 더. 반면 비에른은 지난 1년 동안 드물게 만났음에도 열 번 넘게 우는 모습을 보였다.

"무슨 일이야?"

비에른이 휴대폰을 향해 고개를 끄덕였다.

"살면서 린다가 이런 적이 없었거든. 그런데 지금 내가 바라던 걸 하고 있어."

"지금 린다가 어떤데?"

"울고 있어. 그러면서 너무 미안하대. 지금 집으로 돌아오면 부부 상담을 받으러 가겠대. 그리고 내가 하고 싶은 대로 평생 해주겠대. 돌아오기만 하면."

"어쩔 거야? 집으로 갈 거야? 가더라도 이해할게."

"아니. 아니, 아니."

그러나 그는 다음 날 아침 길을 떠났다.

"그냥 확실히 해두러 가는 거야. 그 사람이 괜한 짓 하지 않도록. 갔다가 다시 돌아올게."

"그럼, 그래야지."라고 말하며 나는 그의 팔을 토닥였다. "연락해. 나중에 얘기하자. 잘 다녀와. 행운을 빌어."

이어지는 월요일 나는 출근을 했고, 날이 저물자 환자용 간이침대에 누웠다. 그리고 그때부터 쭉 여기 머물렀다.

17

24시간의 행적

우연히도 마지막 네 명의 환자는 1929년에서 1934년 사이에 태어난 이들이다. 그들은 절뚝거리며 진료실에 발을 들이고는 깜짝 놀란 상태로 입을 열고 있다. "정말 여기 왔다고? 내가?" 동시에 숨을 헐떡이며 자리에 앉는다. 나는 사무용 의자를 굴리며 다가가 큰 목소리로 묻는다. 그것도 구식 수첩과 볼펜을 꺼내 들고서. "제가 오늘 뭘 도와드리면 될까요?"

그들은 머리를 흔든다. 어디서부터 시작해야 할지 모르는 사람처럼. 그러면 나는 이것저것 질문하며 입을 뗄 수 있도록 돕는다. 허리와 엉덩이, 관절, 만성 폐질환, 불면증, 식욕, 기분, 날씨, 선거, 요실금, 전립선, 소화, 혈당, 신문, 비, 더위, 추위, 여름,

겨울, 가을, 봄 등등은 어떤지 물으면서.

시간은 흐르기 마련이다. 초는 째깍거리며 분이 된다. 여기선 누구도 서두르지 않는다. 급한 기미를 드러내면 그들은 곧바로 마음을 닫는다. 노인들은 시간에 쫓기는 상황을 참지 못하기 때문이다. 대신 식료품점 계산대에 서서 담소를 나누고 싶어 한다.

그들은 오늘날 세상이 성급히 돌아간다고 한탄한다. 하지만 모든 것이 언제나 분주히 돌아갔다. 몇 해 전만 해도 그들 역시 서두르며 살았다. 당시에는 분주한 일상을 살았기에 자신의 삶이 달라지리라 미처 예상하지 못했을 것이다.

대부분의 진료는 3분에서 5분이면 마무리된다. 내가 그들의 말을 중단하지 않는다면 말이다. 이는 가장 주의할 점이기도 하다.

마지막 환자는 올해로 거의 아흔이 되었다. 그녀는 천식을 비롯해 만성 폐질환과 고관절통증, 그 밖의 많은 질환에 시달리고 있다. 하지만 어찌 된 영문인지 전부터 처방한 약을 받아 가지 않는다.

내가 이유를 묻자 그녀가 답한다. "있잖아요. 갑자기 다 지긋지긋해졌어요. 온갖 약에 대기줄 그리고 늙은이들까지. 약국에서는 보행기끼리 부딪쳐도 미안하다고 하지 않아요. 그래서 차라리 화장품 가게에 가기로 했어요. 거기서 새로 나온 영양 크림을 하나 샀답니다. 저는 약국보다 화장품 가게가 더 마음에 들어요. 풍기는 냄새도 좋고, 사람들도 친절하거든요."

"하지만 그래도 약을 드셔야…."

"네네. 저도 알아요. 오늘은 받아갈 거예요. 매번 할 일이 너무 많네요. 어차피 금방 죽을 텐데 말이에요. 저는 아흔둘을 넘기지 않기로 했거든요. 그 정도면 충분히 살았잖아요. 말이 나온 김에 덧붙이자면 저는 오늘 약국 대신 케이크 가게에 들를 생각이에요. 제 약은 내일 받아갈게요. 정말이에요. 약속해요."

그녀가 진료실을 떠날 무렵 시계가 3시 54분을 가리켰다. 한 시간 반 뒤에는 책상이 말끔히 정리되었다. 짐 일부는 사인해 보내거나 우편용 서류 바구니에 넣었다. 여러 해 만에 모든 것이 처리되었다고 말할 수 있는 순간이 온 것이다. 이제 더 이상 할 일이 없다. 유니폼을 평상복으로 바꾸는 일 빼고는.

모든 직업마다 유니폼이 주어지면 좋을 것이다. 일을 끝마치고 벗어버리는 것만으로도 상당한 만족감을 주기 때문이다.

아홉 살 때 나는 같은 반 친구 베리트와 함께 기독교 스카우트에 들어갔다. 이유는 바로 스카우트 유니폼 때문이었다. 허리띠와 스카프, 치마와 셔츠 그리고 작은 모자까지. 나는 유니폼을 입은 채 그루베가타의 훈련소에 앉아 자수를 놓거나 예수 이야기를 듣는 일이 꽤나 마음에 들었다.

그러다 슬슬 지겨워지기 시작했고, 결국은 몇 달 뒤 그만두었다. 하지만 유니폼만은 간직했다. 주말이 되면 나는 유니폼을 입고 안락의자에 앉아 책을 읽었다. 그렇게 그 안에서 무한히 자

　　　　　　　　　　　바람난 의사와 미친 이웃들

유로운 나날을 보냈다.

화장실 옆에는 세탁실이 있다. 그곳에는 세탁기와 건조기가 놓여 있으며, 청소부가 우리의 유니폼을 세탁한다. 일주일에 한 번만 돌려도 아무 지장 없이 잘 산다. 유니폼뿐 아니라 수건과 침구도 마찬가지다.

나는 매주 금요일 경비원이 순찰을 돈 직후 빨랫감을 세탁기에 던져 넣는다. 특히 청소부보다 경비원을 더 조심한다. 청소부는 사람이 있든 없든 별로 중요하지 않을 테니까.

경비원이 문을 나서기 직전인 10시 무렵 얼른 병원을 빠져나온다. 근처를 익숙하게 산책하고 5분 만에 다시 진료실로 돌아온다.

처음에는 그의 레이더망을 신경 쓰지 않았다. 셋째 날 밤에도 이미 잠이 들어 있었다. 수면제를 먹고 곯아떨어진 상태였다.

"저기요?" 한 남자의 목소리가 들렸다. "거기 누구 계세요?"

"제가 지금 부부간에 문제가 있어서요." 나는 내가 어디 누워 있는지를 깨닫고 털어놓지 않을 수 없었다. 그러고는 이케아 소파 베드에서 몸을 일으켜 세웠다.

경비원은 미소를 지었다. 그의 미소는 어느 정도 이해받았다는 느낌을 주었다. 적어도 몇 초 동안은 그랬다. 그러면서 생각했다. 비에른이 결혼 생활로 돌아갔음에도 다시 만남을 원한다면 어떻게 할 것인가. 어쩌면 관계를 끝내기 위한 해결책은 다른 사람과 잤다는 말뿐일 것이다. 그것도 세 번째 남자와 잤다고, 악셀을 포함해서.

경비원이랑 잤는데 물건이 너보다 훨씬 크다고 덧붙이면 된다. 그리고 마침표, 끝. 어쩌면 이것만으로 충분할지 모른다. 고층 건물에서 뛰어내리는 일만큼이나 간단하다. 다만 첫걸음이 반드시 필요하다. 물론 경비원과 꼭 잘 필요는 없다. 그저 잤다고 하면 된다. 비에른이 자기 말마따나 시골에서 온 단순한 남자이기에 가능한 일이다. 그는 나의 이런 말에 단순 반응의 의무를 느낄 것이다.

스스로 단순하다고 칭하는 남자는 자기가 단순하지 않다는 거나 다름없어. 토레가 말한다.

휴대폰이 명령이라도 내려진 듯 윙윙거린다. 최근 몇 시간 동안 나는 비에른의 메시지만 받았다. 지금은 악셀과 그로에게서 날아온 메시지들이다. 한가로운 금요일 저녁에 우연은 아니리라.

나는 세탁실에 서서 침구를 꾸역꾸역 기계에 넣는다. 그리고 일을 끝낸 뒤에야 휴대폰을 들여다본다. 습관처럼 메시지들을 위에서부터 차례대로 읽는다.

"보고 싶어."라는 말만 덜렁 적혀 있다. 그런 다음 하나가 더 와 있다. **답 하나면 해주면 안 될까. 아직 네가 살아 있는지 알 수 있게.**

나는 세제를 넣고 기계를 돌린다.

너랑 꼭 해야 할 말이 있어. 무슨 일이 좀 생겼어.

바람난 의사와 미친 이웃들

나는 이해하지 못한다. 그가 왜 이런 문장을 보냈는지. 우리가 서로 무얼 했더라? 복도를 따라 걸으며 무엇도 느끼지 못한다. 그저 지난날을 향한 막연한 그리움 같은 것이 떠오른다. 모든 메시지가 커다란 의미를 지녀 문장을 지우고, 쓰고, 다듬던 날들이었다.

무슨 일이 생긴 걸까. 어쩌면 비에른은 소시지와 콜라를 사고 앱에 기록하는 일을 까먹었는지 모른다. 그로 인해 린다가 다시 이혼하자고 위협했을 수 있다. 분명 이런 식의 무언가가 일어났을 것이다. 왜냐하면 우리는 디테일에 좌우되니까. 현미경으로나 보이는 작디작은 디테일이 모든 것을 한순간에 무너뜨리는 법이다. 실수로 보낸 친구 요청이나 잘못 보낸 메시지 하나가 하루아침에 인생을 뒤죽박죽 만드는 것처럼 말이다.

나는 비에른에게 의심을 품는다. 우리가 예전 상태로 돌아가길 원하는 건 아닐지. 우리 두 사람이 전처럼 비밀리에 만나길 바라는 건 아닐지.

왜 아니겠어. 토레가 끼어든다. 사실 꽤나 괜찮게 흘러갔잖아. 하지만 지금 넌 그 문자메시지 하나로 모든 걸 망가트리게 되겠지.

밤이면 여기 있는 사물들도 살아나 활기를 띤다. 토레뿐만이 아니라 다른 모두가 그렇다. 그들은 오만한 얼굴로 카리스마를 발산한다. 또 위압적인 존재감으로 잠을 빼앗아 누워 있게 만든다. 마치 나에 관한 정보를 간파하는 것 같다. 아니, 뻣뻣하게 서서 시선을 받아치며 쏘아보는 듯하다.

나는 스스로에게 말한다. '가구들은 살아 있지 않아. 네가 토레라고 부르는 존재도 생물이 아니야. 그는 너의 머릿속에 있을 뿐 어디에도 존재하지 않아. 지금 너는 플라스틱 덩어리와 이야기하고 있는 거야.'

분명 잠이 들었나 보다. 휴대폰을 들여다보니 새벽 3시 34분이다. 내가 일어나야 하는 시간까지 아직 46분 정도가 남아 있다. 그사이 나는 휴대폰을 뒤적이며 날씬한 허리, 기억력 향상, 간통 등등의 권고 사항을 찾아 읽는다. '그래, 내가 해야 할 일은 무엇일까.'

우리는 다양한 상황에서 자신의 반응을 예측할 수 있다고 믿는다. 또 다른 사람을 통해 자신이라면 어떻게 할지를 상상한다. "비행기가 바다로 추락할 경우, 지침대로 머리를 감싸며 상반신을 굽히세요. 비행기가 절벽에 부딪힐 경우, 얼른 산소마스크를 쓰세요. 채소를 즐겨 드시고 더 많이 움직이세요. 당신 유전자에 혈전으로 쉰일곱에 죽는다고 새겨져 있더라도 말이에요." 하지만 생각처럼 쉽지 않다.

요 며칠 밤 나는 경찰청 트위터를 살펴보는 습관이 생겼다.

오슬로 로델로카: 주거침입 및 흉기 위협 피의자 검거. 부상자 없음. 사고 경위 수사 중.

　　　　　　　　　바람난 의사와 미친 이웃들

오슬로 요르달 지구: 소규모 화재 상습범 현장 체포. 소방대와 함께 화재 진화 중. 체포 남성 구치 상태.

누군가 깨어 있다는 것, 누군가 감시한다는 것. 우리에게 빵을 굽고, 버스를 운전하며, 범인을 잡는 사람이 있다는 사실은 위로가 된다. 사람들은 누구나 서로를 습격하고, 소동을 벌이며, 주거지를 침범할 수 있다. 그러나 놀랍게도 소수만이 이같이 행동한다.

악성 바이러스가 나타나면 백혈구들은 위험을 방지하기 위해 때로 몰려온다. 그리고 인간의 몸처럼 사회에서도 같은 반응이 일어난다. 누군가 진로를 벗어나면 신문에 실리거나 경찰청 트위터에 올라오는 경우가 바로 그것이다. 폭력과 파괴에 관한 보고는 일말의 위안을 담고 있다. 만약 흔한 일상이었다면 팩트에 대해 전하지 않았을 테니까.

"덕분에 힘이 나. 그렇지 않아?" 나는 텅 빈 공간에 속삭인다. 몇 시간 동안 아무 말도 하지 않은 토레에게 생기를 불어넣기 위해.

부모들은 약속된 시간에 아이들과 함께 병원으로 출석한다. 그리고 우리는 매사 조심하며 건강을 돌본다. 항상 사람과 집, 차와 도로에 신경을 쓰는 것처럼. 음식을 챙기고, 빨랫감을 세탁하며, 환자들을 입힌다. 병간호를 하기 위해 일을 쉬기도 하고, 인터넷을 뒤적여 증상을 찾기도 한다. 그들은 영하 15도에 옷도 없이 떠돌아다니거나, 같은 말을 반복하는 치매 부모에게 귀를 기울인다.

사람들은 최선을 다한다. 보통은 이런 인간들이 다수다. 타인을 위협하고 불을 지르는 몇몇 개인에 비하면 세금을 납부하는 시민들은 수천에 이를지 모른다. 어쩌면 이들이 성냥팔이 소녀를 구했을 것이다. '그게 신이지.'라고 나는 생각한다.

신이 있다면 바로 여기, 부단한 일상의 노력 속에 있을 거야. 그렇구말구. 생기를 되찾은 토레가 말한다. 할렐루야! 그가 외친다. 할렐루야! 나는 조롱과 경멸의 낌새를 알아채려 애쓴다. 그런데 그는 확신에 차 보인다. 심지어 구석에서 울부짖는 소리까지 들린다.

마침내 시계가 4시 20분을 가리킨다. 비에른의 프로필 사진 밑에 한 시간 전 활동이라는 표시가 뜬다. 내가 경찰청 트위터를 살필 무렵 그도 로그인 상태였던 것이다. 어쩌면 그들은 다시 싸웠을지 모른다. 한편 자기편인 사람과 약간의 친절을 그리워했을지도.

언젠가 비에른은 간호사에 대한 환상을 이야기한 적이 있다. 포르노에 등장하는 모습이 아니라 나이 지긋한 간호사가 돌봐주는 상상을 한다고.

"여태까지 들을 말 중에 가장 변태적으로 들리는데." 그러면서 내가 품은 어떤 환상에 대해 이야기한다. 그의 왼쪽 가슴주머니에 들어갈 만큼 작아져서 종일 심장박동 소리에 귀를 기울

바람난 의사와 미친 이웃들

이고 싶다는 상상 말이다.

나는 구내식당으로 가서 커피머신의 전원을 켠다. 이른 토요일 아침 여기서 누군가를 마주칠 가능성은 희박하다. 혹여 누군가 나타나더라도 적절한 해명이 준비돼 있으니 괜찮다. 만약 누가 물으면 어제저녁 집으로 갈 택시를 잡지 못했다고 말하면 된다.

잠시 뒤 나는 탁자에 다리를 올리고 뜨거운 커피잔에 만족감을 느낀다.

'그래, 만족감.' 나는 생각한다. 이번에는 토레도 잠자코 있다. 하나의 평온함이 자리를 잡으며 촘촘해졌다. 이제 나는 비에른과 악셀 또는 그로에게 답하지 않고도 평온하게 매분 매초를 흘려보낸다.

어제 저녁 이후로 악셀과 그로는 내게 연락을 시도하지 않았다. 반면 비에른의 메시지는 아직 물밀 듯이 들어오고 있다.

내가 커피를 끓일 무렵 그로부터 마지막 메시지가 도착했다. 그때 나는 휴대폰을 두고 식당으로 걸어가고 있었다. 물과 원두의 양을 재고, 커피머신이 일하는 모습을 지켜보았다. 그러고서 커피 한 잔을 들고 자리로 돌아왔다. 이 모두를 휴대폰에 대한 생각 없이 해냈다. 지난 1년간 일분일초가 멀다 하고 매달려 있던 애착 수건마저 잊은 채로.

나는 몇 가지 식료품을 사러 세상 밖으로 나간다. 움직이는 무언가를 보기 위해서다. 바깥은 무척이나 고요하다. 나는 가게 안을 돌아다니며 충분한 여유를 준다. 필수로 사야 하는 오렌지 외에 추가로 바나나와 립밤을 담는다.

그런 다음 다시 집으로 간다. 이제 여기가 내 집이니까. 접수처 복도에 다다를 즈음 혁명가 선생 진료실에서 달그락거리는 소리가 들린다. 그가 문밖으로 먼저 나와 숨기에는 너무 늦어버렸다.

내 목소리가 말한다. "안녕하세요. 선생님이셨군요. 토요일에도 계시네요."

그러자 혁명가가 말한다. "네 뭐, 어쩌다 여기까지 왔네요. 일이 절대 끝나질 않아요. 아예 병원으로 이사 와도 될 것 같다니까요. 하하. 그래도 휴가 떠날 생각에 조금 설레네요."

지금은 5월 중순으로 대대적인 휴가까지는 아직 여유가 있다. 혁명가 양반은 페이스북이나 구내식당에서 알 수 있듯이 여행을 즐기는 사람이다. 그래서 그에게 묻는다. "아하, 휴가요. 그렇군요. 이번에는 어디로 떠나세요?"

나는 가만히 서서 그의 얼굴을 바라본다. 그러면서 스몰토크가 세상에서 가장 힘들다는 사실을 깨닫는다. 우리가 주고받는 흔하디 흔한 이런 말들이. '어떻게 지내세요, 만나서 반가워요, 오래간만이에요, 안녕히 가세요, 즐거운 주말 보내세요, 좋은 하루 보내세요, 행복한 크리스마스 보내세요, 새해 복 많이 받으세요, 초대해줘서 고마워요, 여행 잘 다녀오세요, 진심으로 축하해

요, 심심한 조의를 표합니다, 오늘 날씨 좋네요.'

하지만 원래는 모두 이런 뜻이다. '안심해. 나는 평화를 원해. 너를 죽이거나 잡아먹을 의도는 없어. 너의 소유물이나 구성원을 빼앗을 마음도 없어.'

스몰토크는 힘들지만 필수적이다. 회사 복도에서 주말에 동료를 마주친다면 특히 더 그렇다. 거기다 당사자가 잡담을 늘어놓길 바란다면, 또 왜 항상 병원에 머무는지 캐묻는다면 더 말할 것도 없다.

상투적인 빈말과 스몰토크의 장점은 뒤에 숨을 수 있다는 것이다. 까다로운 환자와 상담을 마치고 나면 나는 미소 지으며 문가에 서서 말한다. "안녕히 가세요. 잘되실 거예요. 행운을 빌어요. 얼른 나으세요." 하지만 굳게 닫힌 치아 뒤에서는 다른 단어들을 만들어낸다. 누구도 이들을 보거나 들을 수 없다. 그럼에도 분명 말로 내뱉어진다. 밝은 대낮에 환자 얼굴에 대고 쓰레기를 처리하듯이.

대부분의 욕설은 소리 없이 치아 뒤쪽에서 발음된다. 비읍, 피읖, 미음 같은 문자가 포함되지 않는 한 거의 그러하다. 왜냐하면 이들이 포함된 욕설은 발음할 때 입술을 동원해야 하니까.

"안녕히 가세요!(더러운 새끼!)"

"얼른 나으세요!(개자식!)"

문을 닫는 동안 나는 숨김없이 활짝 웃는다.

너는 너무 유치해. 그럼 토레가 말한다.

"저들이 먼저 시작했어." 지지 않고 내가 답한다.

나는 여전히 혁명가의 말에 귀를 기울인다. 여성들이 나이 많은 남성에게 하듯이, 어른들이 어린아이의 말을 듣듯이. 그러자 여러 가지 생각으로 머리가 복잡해진다. 나는 나이 든 남자들이 드러내는 특유의 열의를 눈여겨본다. 더불어 내 또래의 여자가 잠시나마 시시덕거릴 누군가를 만날 수 있다니 유쾌해진다. 그는 도움 없이 혼자 걸을 수 있는 데다 여전히 직장생활을 하는 남자이지 않은가.

연금 생활자를 거부한 우리 혁명가는 주말 아침부터 투어 이야기를 늘어놓고 싶은 충동을 느끼고 있다. 그것도 아들과 딸, 며느리와 사위, 손주들까지 떠날 예정인 대가족 여행에 대해. 그러자 배 속에 찬 가스처럼 기분 좋은 단어들이 새어 나온다. 그러니까 늙은 수컷 유인원과 잘 지내야 한다는 원시적 규칙을 이행하기 위해 무언가를 더 하는 중이다.

적극적으로 경청하는 나의 행위에는 관대함과 우월함을 가라앉히려는 마음이 숨겨져 있다. 나는 이런 충동을 억제하고 완화해야 한다고 생각한다. 특히 여자들 마음속에 부단히 간질거리는 무언가를 통제해야 한다고. 모든 것을 제대로 돌보고 싶다면 말이다. 그렇다고 모두에게 항상 좋은 건 아니지만.

"어머나, 세상에. 정말 좋네요." 내가 말한다. "온 가족이 인터

바람난 의사와 미친 이웃들

레일 투어를 떠난다니. 말도 안 돼. 전혀 몰랐어요. 야간열차로 말뫼에서 베를린까지 가다니. 그럼 저녁은 말뫼에서 먹고 아침은 베를린에서 먹는 거네요."

나는 무게중심을 다른 쪽 발로 옮긴다. 그러는 와중에도 시선을 마주치고 고개를 끄덕인다. 중심을 옮길 때면 크게 숨을 돌린다. 바로 이런 말을 하기 위해서다. "네네. 그럼 즐거운 시간 보내시길 바랄게요. 여행 잘 다녀오시구요."

그는 나의 의도를 간파한 듯 새로운 화제를 꺼낸다. 내가 반응해야만 하는 무언가를 들고 나오는 것이다. "아, 그래요. 베를린-프라하 구간도 침대칸을 통으로 예약하셨구나. 그럼 베를린에서 하루에 박물관을 다섯 군데는 들를 수 있겠어요."

그의 말은 지저귐이 되어 귓속을 간질인다. 그리고 이제 기절하는 척이라도 해야 하나 싶을 무렵에 이야기가 끝이 난다.

"그럼 잘 지내요. 즐거운 주말 보내시구요." 그가 뒤에서 외친다.

"선생님도요." 내가 큰 목소리로 말한다. 마침내 안전거리를 확보한 나는 진료실로 돌아와 빙빙 맴돈다. 자리에 앉아 딸기셰이크 몇 모금을 마실 수 있는 상태가 될 때까지 계속.

18

카린 무럭무럭 늙어줘

그렌다를 떠나야겠다고 확신한 저녁부터 나는 울지 않았다. 하지만 이날 오전에는 눈물이 터지고 말았다. 오래 전 잡은 약속으로 내가 미용실에 앉아 있을 때였다. 그저 비에른을 생각하며 머리를 다듬어야겠다고 생각했다. 모든 일이 벌어지기 전에 말이다.

그리고 끝내 생물학적 몸이 지휘권을 가지게 되었다. 악셀의 몸이 더 이상 내 곁에 누울 수 없다는 사실을 알려주었듯이. '어서 달아나. 그녀는 위험해.' 악셀의 몸은 이렇게 말하며 현기증과 경련, 심지어 구토를 일으켰다.

처음에는 무슨 일이 벌어지고 있는지 몰랐다. 머리는 세면대

바람난 의사와 미친 이웃들

에 걸쳐져 있었고, 미용사는 샴푸를 하며 두피를 주물렀다. 나는 턱과 얼굴, 머리와 목의 긴장을 풀어보려 했다.

마침 그녀가 머리를 수건으로 감싸려던 찰나, 뇌리 깊은 곳에서 이상한 소음이 들렸다. 무언가가 깨지는 듯한 소리였다.

순간 느껴보지 못한 경련이 목구멍을 타고 올라왔다. 이어서 울음이 터져 나오기 시작했다. 보통의 눈물이 아니었다. 한두 방울의 눈물은 시작도 전에 이미 그쳤다. 대신 제대로 된 격렬한 울음이 솟구쳤다. 눈물과 콧물이 줄줄 흐르는 깊은 흐느낌이었다. 나는 몸을 수그려 얼굴을 감싸며 휘몰아치는 느낌을 만끽했다.

미용사는 아무 말도 하지 않았다. 그저 작은 수건 하나를 가져와 내 무릎 위에 놓았다. 그녀는 빗자루로 바닥을 쓸다가 잔에 커피를 담아 나에게 건넸다.

얼마 뒤 나는 조심스레 잔을 입에 가져다 댔다. 그리고 커피 한 모금을 홀짝였다. 그러자 미용사는 내 젖은 머리를 빗질하기 시작했다. 아무런 질문도, 아무런 참견도 없이. 나는 그녀의 침묵이 고마워서 다시 울부짖을 뻔했다. 이런 식의 온정을 받기란 얼마나 드문 일인가. 또 수다는 도처에 얼마나 많이 널려 있던가.

사방에서 오고 가는 말들은 지극히 단순했다. '제발 조용히 해, 기다려, 어떤 말도 하지 마, 아무것도 하지 마, 찡그리지도 마, 그냥 가만히 있어, 내가 다 끝날 때까지.'

나는 갓 자른 머리로 활보하다 분수가 흐르는 융스토르게로 간다. 밝은 햇살이 분수대 속에서 반짝거린다. 가방 안에서는 휴대폰이 윙윙 진동한다. 하지만 꺼내지 않는다. 휴대폰을 꺼내지 않는 것은 노천 식당에서 맥주를 주문하지 않는 것만큼이나 쉬운 일이 되었다.

아예 화장실로 가 던져버릴 마음도 있다. 그러면 모든 것으로부터 벗어나게 된다. 하지만 고민을 끝내기도 전에 나는 너무 많은 것을 알고 있었다. 휴대폰을 버리는 일은 결국 휴대폰에 매달리는 일과 매한가지라는 것을. 지난 1년 동안 그랬듯이 휴대폰에 인생을 맡기는 것과 크게 다르지 않다. 버리든 지니든 둘은 동전의 양면과 같다. 휴대폰은 당시만 해도 선물이었다. 분명 수천 크로네를 치렀으리라.

휴대폰 진동이 멈춘다. 그러다 다시 울린다. 그쳤다가 떨리기를 반복한다. 비에른은 늘 하던 대로 짧은 메시지를 연달아 보낸다. 거기에는 여러 이유가 얽혀 있다. 삭제, 안전 그리고 린다.

나는 지금 비에른이 놀이터에 있다는 사실을 안다. 손주 하나를 돌보기 위해 벤치 위에 앉아 있을 것이다. 그의 아내와 딸이 웨딩드레스나 커피그라인더를 사러 시내로 나간 사이에.

또한 그가 절망적인 상황이라는 것도 안다. 왜냐하면 주말이기 때문이다. 이틀이라는 시간이 자식 손주들과 린다의 불평불만으로 채워질 테니까.

그러나 조만간 다시 고요해질 것이다. 아마 우리 어머니라면

　　　　　　　　　바람난 의사와 미친 이웃들

이런 말을 했으리라. '금방 조용해질 거야, 비에른. 머지않아 일상이 작동할 거야. 전부 다시 굴러갈 거야. 그러니 조금만 기다려. 시간이 상처를 치료할 거야.'

요양원으로 향하는 도중에 나는 모든 것이 지나감을 느낀다. 보그스타드베이엔 길을 따라 걸으며 깨달음에 반응해본다. 하지만 관심이 자꾸 다른 데로 돌아간다. 사람들과 동물들, 쇼핑과 상점들, 반짝이는 햇살, 노천카페에서 점심을 먹는 커플들. 비에른과 린다는 지금 무엇을 하고 있을까.

나는 옛날 기분을 내려고 스스로에게 묻는다. 그러나 분위기는 좀처럼 만들어지지 않는다. '그러든 말든 알게 뭐야.' 혼자 생각한다. '그게 나랑 무슨 상관인데.' 프레드릭스타 집안이랑 내가 관계가 있기는 했던가. 나는 죄를 저질렀고 빚을 갚았다. 이제 더 이상 술도 마시지 않는다. 그리고 지금은 우리 어머니를 찾아가는 길이다.

출입구 쪽에 치매 노인들이 줄지어 앉아 있다. 그들은 나를 비롯해 움직이는 모든 생물을 빤히 바라본다. 또한 한데 모여 있기를 즐긴다. 그들은 갓난아이가 되어 세상이 어디서 시작되는지를 알지 못한다.

한 여인이 자리에서 일어나 나를 가리킨다.

"너 누구야!" 거슬리는 목소리가 들린다. 언제나 그녀가 먼저 시작을 한다. 이어서 몇 사람이 슬슬 일어난다. "너 나 데리러 온 거지." 누군가 중얼거린다. "여기서?", "지금?", "나를?"

전에는 그들의 이런 도발이 섬뜩하게 느껴졌다. 하지만 이제는 조금 더 오래 머물기 위해 발걸음을 늦춘다. 내가 있는 진료실에서 보면 이곳은 참으로 정상적이기에.

그러나 오래 있으면 공격당할 수도 있다. 한번은 어떤 여자가 따귀를 때린 적이 있다. 그녀는 불쑥 다가와 경고도 없이 나를 쳤다.

나중에 간호 직원이 말하길 그녀는 이미 모두를 한 번씩 때렸다고 한다. 그러니 감정적으로 받아들이지 말라고 일러주었다. 그녀가 정신병동에 있기는 하나 따귀 같은 돌발 행동은 드물게 나타나는 편이라고. 나머지 시간은 조용히 앉아 잘 먹고 잘 따른다고도 덧붙였다.

어머니 병실로 가는 길에 나는 익숙한 방랑자와 마주친다. 그는 가냘프고 뼈만 앙상하다. 끊임없이 돌아다니며 식음을 거부하는 까닭에 튜브로 영양을 공급받는 듯하다.

방랑자는 앞에서 걸음을 멈추더니 가만히 내 눈을 응시한다. 그렇게 10초가 흐르자 머리를 흔들며 씩씩거린다. 그는 잰걸음으로 가던 길을 계속 걸어간다.

어머니가 이곳에 온 이후 그는 늘 복도를 떠돌아다녔다. 그리고 지금은 지난 1년 동안 내가 토요일마다 무얼 했는지 알고 있는 것만 같다. 그러면서 온 인류의 이름으로 나에게 판결을 내리고 있었다.

바람난 의사와 미친 이웃들

"아마 어머님은 저쪽 휴게실에 앉아계실 거예요." 간병인 하나가 곁을 지나며 말한다. 그녀는 나와 같은 길에 있다. 그리하여 우리는 함께 걸어간다.

어머니가 속옷 차림으로 헤매기 시작한 것은 몇 해 전의 일이었다. 그날 어머니는 계단을 배회하며 이웃집에 욕을 퍼부었다. 자기 집 문을 두드렸다 생각한 탓에 왜 이웃 사람이 문을 여는지 이해하지 못했다.

이후에는 모두가 자신의 물건을 훔치려 한다는 망상에 접어들었다. 어머니는 패물들을 집 안 곳곳에 숨겼으나 곧장 잊어버렸는지 도둑을 맞았다고 믿었다. 그리고 패물을 되찾았을 때 나는 어머니에게 도둑이 도로 두고 갔다고 설명했다.

그녀는 종종 공격적이었다. 이런 모습은 내게 무척이나 새로웠다. 다정하지는 않더라도 그녀가 늘 객관적인 모습을 유지했기 때문이다. 그런 어머니가 분노발작을 일으키며 욕을 내뱉을 수 있다니. 그것도 내가 당신의 마리메코 코트를 훔쳤다고 확신하면서. 뒤늦게 내가 옷장에 걸린 코트를 꺼내 보여주면 그녀는 내가 미리 가서 걸어놓았다고 생각했다.

시간이 흐르면서 어머니는 나를 알아보지 못하게 되었다. 그녀는 자신의 삶을 전혀 기억하지 못한다. 나에 대한 기억도 새로운 시기의 것만 남아 있다. 어머니는 우리에게 어떤 관계가 있다는 것을 알면서도 그게 무엇인지는 모른다. 그래도 그녀는 내가 현 상황을 잘 아는 축에 속한다는 것만은 분명히 알고 있다.

그녀는 휴게실 창가에 앉아 나의 방문을 눈치채지 못한 척한다. 하지만 노인들의 속은 어린아이처럼 꿰뚫어보기가 쉽다. 아이들은 꾸미는 법을 배우지 못한 반면, 노인들은 위장하는 법을 잊어버렸기 때문이다.

여기서 어머니의 옛날 성격이 드러난다. 어머니가 다시 나를 알아보기 시작한 이후, 그녀는 예전으로 돌아가 나를 대하고 있다. 관대하고, 인자하며, 근검절약하는 모습으로. 어머니가 식사 시간에 적은 양을 받으려는 것만 봐도 알 수 있다. 이런 태도는 치매로도 씻겨나가지 않는 모양이다. 그리하여 우리의 상호작용은 아주 무해하고 건전하다. 내가 어머니를 붙잡으려 손을 뻗으면 그녀가 빠져나가는 식으로 말이다.

드디어 어머니가 몸을 돌린다. 나는 밤마다 가구들이 살아 있다고 착각하듯이 어머니도 나의 존재를 알아차렸다고 꾸며낸다. 지난 평생 어머니의 무수한 생각과 감정을 읽으며 의미를 부여했기 때문이다.

그러면서 분명히 깨닫는다. 그동안 상상한 어머니의 생각과 감정은 이제 무엇도 존재하지 않을 거라고. 그리고 바로 이 존재하지 않음이 지난 세월 나를 불안하게 만든 모든 물음에 대한 답이라고. 나는 이토록 허무하게 답을 확인하지 못하게 되었다.

물론 이 지점에서 결단을 내릴 수도 있다. 여기 오는 일을 그만두어도 된다고. 그때 내가 드람멘으로 달려가는 일을 그만둘 수 있었듯이. 하지만 나는 알고 있다. 내가 다음 토요일에도 다시 여기 와 있으리라는 것을. 어머니의 뼛속 깊이 자리한 상투어처럼 내 안에도 희망이라는 것이 닻을 내리고 있다.

내면에 자리한 영원한 불평, 인정을 향한 오래된 희망. 그녀가 허락하지 않고 허락할 가능성이 없는 어떤 형태의 교감들. 나는 왜 그녀를 가만두지 못하는 걸까. 어머니를 그냥 두지 않는 것은 내게 남은 수수께끼이기도 하다.

나는 몸을 숙여 어머니를 끌어안는다. 문가에 서서 우리를 향해 미소 짓고 있는 간병인을 위해. 어머니의 몸이 마치 나뭇가지처럼 느껴진다. 세파와 계절에 씻겨나간 건조한 잿빛 나뭇가지 같다.

"안녕, 엄마! 잘 지냈어요?"

"그럼, 잘 지냈지!"

어머니는 체념한 듯 대답한다. 꼭 이런 말을 하려던 것처럼. "대체 무슨 생각으로 이러는 거니?" 내가 아는 한 어머니는 이런 식으로 답했을 것이다.

나는 대화를 하면서도 미소 짓는 간병인을 힐끔거린다. 어머니가 말을 하기 전에 휴대폰을 들여다보면 이상하게 여기며 무언가를 기록할 수 있으니까.

이미 나는 꽤나 오래전부터 알고 있었다. 어머니가 말을 할 때까지 기다렸다 대화하거나, 내가 용건이 생길 때까지 기다렸다 전화하는 것이 최선임을. 한번은 악셀이 어머니에게 더 이상 전화를 걸지 말라고 이야기했다. 그러면 언젠가 그녀가 먼저 소식을 전할 거라고 말이다. 그러나 집안일에서처럼 나는 스스로를 충분히 오래 누르지 못했다.

얼마나 흘러야 충분히 오래라고 할 수 있을까? 언젠가 우리는 두 달 내내 같은 침구를 쓰며 자기도 했다. 그러다 결국 내가 새 침구로 교체하자 악셀이 말했다.

"나한테 말해줄 수도 있었잖아." 나는 대꾸할 수 없었다. "당신이 눈치껏 했어야지."라고 말했다면 그는 이런 답을 내놓았을 것이다. "나는 당신 생각을 읽을 수 없어." 어버이날 전화를 걸지 않았다고 화를 내던 자기 어머니에게 대꾸하는 줄 알았다.

이는 어머니의 전화를 받기 위해 내가 애쓰던 방식과 똑같았다. 그녀는 그냥 전화를 하지 않았다. 항상 내가 먼저 전화를 걸었다. 한번은 연락 한 통 없이 반년이 지나갔다. 그럼에도 결국 전화를 거는 사람은 나였다. 그러면서 그녀는 마지막 통화 이후 고작 며칠이 지난 사람처럼 행동했다.

내가 의대 합격 통지서를 받고 전화 걸었을 때도 마찬가지였다. 나는 그녀에 대해 더 잘 알았어야 했다. 아니, 미래 계획을 물어볼 때까지 기다렸어야 했다. 그녀가 노르웨이로 돌아와 내 방에서 교과서를 발견할 때까지 말이다. 그럼에도 나는 아프리카에 있는 어머니에게 전화를 걸었다. 오스카스 게이트에 있는 우리 집 복도에서 합격 통지서를 손에 들고.

"여보세요. 엄마! 나 의대에 합격했어요!"

"그래."

"나 의대에 합격했다구요!"

"들었어."

"대단하지 않아요? 기쁘지 않아요?"

"아니, 좋아."

"들어가기 정말 힘든 곳이에요."

"그래."

"엄마도 기쁜 거죠?"

"응. 뭐 또 다른 할 말 있니?"

"아니요."

"내가 좀 바빠서 얼른 가봐야 해. 안녕."

답을 기다리지도 않고 어머니는 전화를 끊었다. '어쩌면 우리는 자폐증일지 몰라. 자폐는 유전이니까.' 예전에는 종종 이런 생각을 했다. 그러다 가정을 꾸리며 상당 기간 정상적인 삶을 지낼 수 있었다.

딸들이 전화를 걸어 위로받기를 원할 때면 나는 상상해본다. 아프거나 슬플 때 혹은 약간의 격려가 필요할 때. 내가 그들 나이였을 때 같은 행동을 했다면 어땠을까. 즉 위로받고 싶어 어머니에게 전화를 걸었다면? 아마 그녀는 내가 무슨 말을 하고 무엇을 원하는지 이해하지 못했을 것이다.

어머니가 나가 살기 시작한 것은 내가 열네 살이었을 무렵의

일. "엄마, 나 감기 걸려 누워 있는데 재미난 얘기 좀 해줘요." 우리 딸들이 내게 얼마 전까지 했듯이 어머니에게 말을 걸었다면 전화는 혼선을 빚었을 것이다.

"여보세요?" 나는 연결 상태를 확인하기 위해 여러 차례 말했으리라. "뭘 원하는 건데?" 그러면 어머니는 되물었을 것이다. "나는 그저 약간의 관심과 애정이 필요하다구요."라고 대꾸했을 수도 있다. 하지만 그랬다면 그녀는 도로 물었을 것이다. 전화는 걸 수 있는 상태 같은데 에이즈에 걸린 만삭의 열두 살짜리와 비교해 얼마나 아픈지 말이다.

내가 일반의 전문가 과정을 밟기 시작했을 때 어머니는 말했다. "대체 무슨 생각으로 그런 과정을 만든 거지? 일반의 전문가라니. 일반의와 전문가는 반대말이잖아. 목과 코와 귀는 연결되어 있어. 출산과 여성질환도 관계가 있고, 심장과 혈관도 관련이 있지. 그런데 일반의 전문가는? 농담하는 거야, 뭐야?"

내 대답은 이랬다. "그 과정을 거치면 일종의 멀티플레이어가 되는 거예요. 모든 분야에서 능통한 만능선수. 전문가들은 보통 자기 분야에 속하는 질병만 보잖아요. 망치를 가진 사람에게는 모든 사물이 못으로 보이듯이 정형외과의사에게는 모든 문제가 골절로 보이죠."

"거기서 그런 것도 가르치든? 뭐가 아주 특별하기는 한가 보다. 자기 분야를 설명하는 것부터 가르치다니."

우리는 무엇이 어때야 하는지에 관한 무수한 이견을 붙들고 살아왔다. 나에게 어머니의 의견은 왜 그토록 중요했을까. 평범한 어머니를 향한 인정 욕구는 어디에서 왔을까. 모든 경험적 지식이 그녀가 그리하지 않을 거라 말하고 있었는데 말이다.

"엄마 방으로 갈까?" 내가 묻는다. 그녀는 대답 없이 일어나 절뚝이며 복도를 걸어간다. 어머니에게 이곳은 안락한 집처럼 보인다. 리놀륨 바닥, 간호 직원, 식사 시간까지 모든 것이 익숙하다. 그리 놀랄 만한 일도 아니다. 어머니는 어린 시절을 국가에서 운영하는 어느 시설에서 보냈으니까.

여기 있는 대부분의 사람이 사적 책임에서 벗어나 몸을 맡기게 되었다면, 어머니는 공적 돌봄 속에서 처음 당신의 삶을 시작했다. 그녀는 갓난아이 때 고아원 계단 위에 버려졌고, 이후로 줄곧 그곳에서 성장했다.

나는 둔탁한 소리를 내며 걸어가는 조그마한 형상을 바라본다. '갓난아기 때 버려지다니.' 나는 눈물이 수면 바로 밑에 몰려왔음을 알아차린다. 그러면서 바깥으로 끄집어내려는 충동을 느낀다.

하얀 머리카락 다발 틈으로 반짝이는 머리통이 희미하게 드러난다. 그러나 내가 아는 한 어머니는 불우한 시절 때문에 눈물을 흘린 적이 결코 없다. 나 역시 그녀 앞에서 눈물을 보이고 싶지 않다.

대신 나는 여기 올 때마다 하는 생각을 꺼낸다. 그녀가 아직 살아 있어 작동하고 있다고. 우리를 움직이게 하는 기계들은 대체 뭘까. 우리는 어떻게 세상 안에 들어오고 나가야 하는지 모른다. 무엇이 심장과 손톱을 뛰고 자라게 하는지, 누가 시작되고 멈추는 날을 정하는지.

작은 씨앗에서 비롯된 생명은 한껏 부풀어 오르다 꺼진다. 그럼에도 그녀는 복도를 따라 걷는다. 신장과 허파 그리고 뇌를 가진 채로. 구멍이 숭숭 난 저 연약한 흉곽 안에서 여전히 심장이 박동한다.

어머니는 아주 특별한 재능이 있다. 이를테면 그녀가 하는 일은 모두가 해야 할 것 같은 인상을 준다.

이제 그녀는 여기 살고 있다. 이곳은 깨끗하고 친절하다. 끼니마다 식사가 차려지는 것은 물론, 무한한 애정과 돌봄을 받는다. 어쩐지 그녀의 삶은 추구할 만한 가치가 있는 상황으로 보인다. 치매로 요양원에 있지만 어디 있든 상관없이 그녀가 늘 중심인 것처럼.

나는 어머니가 소파에 앉을 수 있도록 돕는다. 그녀는 앉힌 자세 그대로 나를 멍하니 바라본다. 그리고 벌써 내가 당신과 이곳으로 들어온 기억을 잊었다.

"어떻게 지내요?" 나는 대화를 살리려고 큰 목소리로 묻는다.

대답이 자동적으로 돌아온다. "잘 지내, 고마워. 불평할 정도는 아니야. 너는 어때?"

바람난 의사와 미친 이웃들

그녀는 커다란 무늬가 들어간 마리메코 원피스를 입고 있다. 수십 년이 넘은 원피스는 세월만큼이나 낡은 모습이다. 그녀는 70년대 무렵 자신의 옷장을 노르웨이 디자인스에서 장만한 옷들로 채웠다. 그리고 내가 아는 한 그때 이후로 단 한 벌도 옷을 구입하지 않았다.

"저도 잘 지내요. 고마워요. 그런데 요즘 너무 바빠요. 환자들이 워낙 많아서. 당연히 상상병 환자도 몇몇 있구요. 그건 뭐 항상 있는 일이지만."

어머니가 고개를 비스듬히 기울인다. '상상병 환자'라는 표현을 이해하지 못해서다. 나는 그녀가 유머로 받아들이기 바라며 손가락으로 허공에 따옴표를 그렸다. 하지만 유머는 그녀를 거대 물결 속에 휩쓸어버린 것들에 속한다. 어머니가 넘치도록 반복했던 상투어와 몸짓을 제외하고는 모조리.

하나의 몸짓이 얼마나 빈번히 행해져야 뼛속까지 뿌리를 내릴 수 있는 걸까. 어머니와 대화를 나누는 동안 곰곰이 생각해본다. 치매의 장점 중 하나는 대화 주제를 애써 떠올릴 필요가 없다는 것이다. 그저 마지막 질문만 반복하면 된다. 그녀는 이미 그 질문을 잊어버렸을 테니까.

나는 한때 어머니의 옷장 안에서 아주 익숙하게 와인을 가져다 마셨다. 레드와인으로 가득 채운 커피잔만 있으면 쉬지 않고 대화를 이어가는 데 어려움이 없었다. 쳇바퀴처럼 돌고 도는 대화의 연속이었다.

하지만 이제 나는 같은 문장들을 반복하는 일이 그럭저럭 마음에 든다. 무의미하고 터무니없는 대화 속에 평온을 찾을 수 있기 때문이다. 마치 어머니와 내가 70년대 후반 토르쇼프 극장에서 보았던 연극 〈고도를 기다리며〉를 떠올리게 한다.

"어떻게 지내요?" 내가 다시 한 번 묻는다.

나는 가만히 앉아 얼굴을 쳐다본다. 지난 세월 나는 그녀를 지극히 평범한 사람으로 보이도록 만들려 노력했다. 그리고 지금의 무표정과 공백감은 비교적 내가 잘 아는 것에 속했다. 이를테면 무언의 거절이랄까. 내가 자연스럽게 수다를 떨 때면 마음속에서는 나를 흉내 내는 목소리가 올라왔다. 유치원과 학교, 그렌다의 식탁, 정원 축제에서 잡담을 나눌 때 특히 그러했다. 유쾌한 담소는 언제나 내 귀에 잘못되고 과장된 소리로 들렸다.

"고마워. 오르락내리락해." 어머니가 답한다. 예전에 그녀는 전화선 너머의 지인들에게 때때로 이런 말을 건네곤 했다. 그러나 나에게는 이런 상투어를 사용할 리 없었다.

한 번은 내가 여덟아홉 살 때의 일이었을 것이다. 그때 나와 어머니는 시내에서 누군가와 마주쳤다. 아마도 병원에서 알게 된 사이였던 듯하다. 그렇지 않았다면 어머니가 시내 한복판에서 있지 않았을 테니까. 그녀는 거리에서 마주친 이웃이나 지인과는 절대 수다를 떨지 않았다.

그때 어머니는 걸음을 멈추고 무언가를 말하려 했다. 하지만 상대는 그저 고개만 살짝 끄덕이고 사라졌다. 걸음 속도를 조금

바람난 의사와 미친 이웃들

도 줄이지 않은 상태로.

몇 초 동안 우리는 병쩌 있었다. 어머니의 얼굴 표정은? 누군가가 주먹으로 때린 것만 같았다. 나는 어설프게 그녀의 팔을 어루만졌다. 평소에는 서로를 전혀 만지지 않았다는 것이 아이러니했다. 어머니는 이내 손을 물리쳤다. 흡사 내가 벌레라도 되는 것처럼.

나는 겁이 났다. 어머니가 손을 내쳐서가 아니었다. 공공장소에서 아이를 때리는 일이 드물었기 때문에 그녀가 굴욕을 당했다는 사실에 겁이 났던 것이다. 그로 인해 그녀가 느끼게 될 부끄러움도 이해할 수 있었다. 그 감정이 무엇인지 누구보다 잘 알고 있었으니까. 그런데 그 순간 우두커니 서 있는 속수무책의 어머니를 보고 나는 세상이 무너지는 듯한 느낌을 받았다.

"가서 커피 좀 가져올게요."

어머니가 고개를 끄덕인다. 하지만 이유를 모르는 것 같다. 오히려 자연스러운 반사 반응에 가까워 보인다.

나는 요양원의 주방으로 보온병에 담긴 커피를 가지러 간다. 가져온 커피는 두 개의 잔에 나란히 담긴 상태였다.

"너 참 똑똑하구나." 어머니가 말한다.

"나한테 한 번도 그런 말 한 적 없잖아요. 내가 아홉 살에 살림을 꾸려나갔을 때도, 내가 의대 합격증을 받았을 때도. 그런데 겨우 커피 하나 가져왔다고 똑똑하다니."

어머니가 미소 짓는다. 이번 주말에 날씨가 분명 좋을 거라는 말이라도 들은 표정이다. 심지어 내 눈을 바라보고 있다. 나는 지금 그녀에게 무엇이든 말할 수 있다. 하지만 이 모두가 낯설어서 그만 시선을 회피하고 만다.

누군가는 준비를 도모해야 한다. 우리의 관계가 유지되도록, 그녀가 예전과 같이 머물도록. 어머니가 다시 돌아올 경우를 대비해서 말이다. 나는 마음속 깊은 곳에서 그녀의 건강 일부가 여전히 어딘가에 숨어 있다고 믿는다.

"너는 내가 왜 여기 있는지 알지?"

"엄마가 기억을 살짝 잃어서 그래요. 지금 엄마는 누군가가 필요하거든요. 여기 커피 드세요."

"그런데 너 왜 나를 엄마라고 불러?"

"내 엄마니까요."

"낯이 익기는 한데, 어디서 봤는지 모르겠네. 내가 가르치던 학생들 중 하나인가?"

나는 답하지 않는다. 어차피 그녀는 자신이 한 말을 까먹을 테니까.

어머니는 잔을 탁자 위에 놓으며 나를 빤히 쳐다본다. 전에 한 번도 꺼낸 적이 없는 무언가를 말하려는 듯이.

"이제 슬슬 지겨워."

"그게 무슨 말이에요?"

"더 살고 싶은 마음이 없어."

바람난 의사와 미친 이웃들

"그래도 엄마."

"나는 죽을 거야."

"그런 말 하지 말아요."

우리의 대화는 매번 이쪽으로 흐른다. 그리고 나는 여느 때와 같이 생각한다. 그러면 왜 안 되는 걸까?

그녀는 죽으면 안 될뿐더러 그런 말조차 해서는 안 된다. 사람들은 법에 따라 생을 유지해야 한다. 얼마나 고통스럽든지 간에 살아내야 하는 것이다. 그뿐 아니다. 죽음의 단어를 내뱉는 것조차 좀처럼 허락되지 않는다.

말하자면 구조의 일환이다. 젊고 건강한 사람들의 기분을 망치지 않으려는 목적과도 같다. 우리는 나이 든 사람들이 먹고 자고 움직이며 활기차게 생을 꾸려가길 바란다.

이 모두는 내가 환자들에게 권하는 것이기도 하다. 그리고 그들 역시 절대 여기서 멈추지 않는다. 사람들은 노화와 맞설 수 있는 희망을 절대 포기하지 못한다. 물론 우리는 그들에게 어떤 입장이 있는지 모른다. 또한 사실을 알게 되는 날에는 이미 너무 늦어 있다.

어머니가 한숨을 내쉰다.

"매일 아침 너무 실망스러워. 내가 아직 죽지 않은 게."

가끔 그녀는 잠시나마 제자리로 돌아온 듯한 모습을 보인다. 옛날 버전의 어머니가 했을 법한 말을 하면서. 하지만 나타날 때와 마찬가지로 재빠르게 다시 사라진다.

그 순간 내가 대답을 하기도 전에 간병인 하나가 들어온다.

"좀 어떠세요?" 그녀는 질문을 건네고 어머니에게 알약 몇 알을 건넨다. 마치 어린아이를 대하듯 어머니와 대화를 주고받는 모습이다. 내가 대학 시절 일하던 요양원에서 그곳 사람들과 이야기하던 방식 그대로였다.

이제 나는 간병인에게 미소를 보낸다. 그때 그곳 사람들이 내게 지었던, 아니 당시 내가 젊음에 대한 질투라 해석했던 얼굴 표정을 하고.

이미 오래 전 나는 그 질투의 본질이 실제로는 관대함이었음을 깨달았다. 또한 그들이 나를 꿰뚫어보았다는 것을 알았다. 건강한 몸을 경쾌하게 흔들며 거니는 간병인을 지금 내가 꿰뚫어보는 것처럼 말이다. 나는 그녀에게 우리의 나이와 백발이 활기와 격려가 된다는 사실을 알고 있다.

우리는 미소 짓는다. 어머니도 그래야 한다는 것을 안다. 그러면서 그녀가 나가기만을 기다린다. 나는 온화한 표정으로 눈앞에 펼쳐지는 젊음의 춤을 내버려둔다. 그리고 다시금 그때를 떠올린다. 당시 그 노인들이 얼마나 많이 참아냈을까.

우리는 두 마리의 늙은 고양이다. 하나는 지저귀는 새를 마냥 바라만 보고 있다. 우리가 속을 훤히 알면서도 관대하게 용서하는 작은 새. 그러나 쨱쨱거리는 새는 아무것도 알지 못한다.

우리의 지나간 젊음이 간병인에게 허락된다면 그녀도 언젠가 자신이 늙는다는 결론을 내릴 수밖에 없을 테니까. 이런 우울한 깨달음은 그녀의 뇌가 받아들이기 어렵다. 만약 받아들일 수 있다면 그녀는 더 이상 생식의 임무를 이행할 수 있는 상태가 아닐 것이다.

그녀는 두 손을 허리에 받치고 우리 앞에 멈춰 선다.

"어머님이 자주 움직이시게끔 도와주세요. 그래야 소화에 도움이 되거든요."

우리는 말 잘 듣는 아이처럼 고개를 끄덕인다. 그녀의 목소리는 거만하고 가르치는 말투다. 물론 그녀는 알지 못한다. 혹은 신경 쓰지 않을 수도 있다.

최근 들어 나는 젊은 사람들에게 일말의 반감이 생기기 시작했다. 더 정확히 말하면 서른 미만의 인간들을 향해서다. 대략 10년 전만 해도 이런 반감은 그저 스물 미만의 사람들을 향했다. 이제는 30년 뒤를 빤히 내다볼 수 있다. 그때 가면 나는 예순 넘은 사람들하고만 말을 섞을 수 있을 것이다.

드디어 젊은 간병인이 나간다. 내가 앉은 자세를 바꾸자 어머니가 움찔한다. 그녀는 내가 당신을 보행기에 태워 이리저리 걷게 할 것이라 오해한 모양이다. 인류에 속해 있던 몇 달 전의 내가 그랬듯이. 어머니의 입장에서 나는 더 이상 인류에 속하지 않는다. 내가 언제 거기 속하기라도 했다면 다행이다.

"안심해요. 절대 억지로 걷게 안 할 테니까. 그냥 여기 가만히 있어도 돼요."

그러자 작년에 어머니를 복도로 몰아세웠던 기억이 떠올라

괴로워진다. 그 사이에도 틈틈이 휴대폰을 들여다보곤 했다. 그 때 나는 비에른의 신호를 기다리고 있었으니까.

"엄마." 하고 부르자 어머니가 주위를 둘러본다. 소리가 어디서 나는지 확인하려는 듯하다. 곧이어 그녀의 시선이 내게 머문다.

"응?"

"나는 의사로서 자질이 없나 봐요. 주부에도 소질이 없고 다른 그 무엇에도 소질이 없어."

어머니가 눈길을 돌린다. 그러고는 한마디 던진다. "손안에 든 참새가 지붕 위 비둘기보다 낫지."

그녀는 소파 등받이에 머리를 기대고 자기 시작한다. 코 고는 소리가 날 때마다 늘어진 입 주변이 펄럭거린다.

어머니가 악셀을 처음 만나던 날 나는 그에 대해 물었다.

"완전 말랐네. 그리고 동안이더라."

그녀는 립 서비스를 제공하듯이 말했다. 내가 뒤에 가서 따지지 못하도록. "왜 조금 전에 말하지 않았어요?"라며.

하지만 나는 조용히 있을 수 없었다.

"괜찮지 않아요? 약간 남쪽 지중해 사람 같지 않아?"

악셀은 노르웨이 사람치고 피부가 어두웠다. 그의 온 가족이 그러했다.

어머니가 대답했다. "그래, 그렇더라. 얼핏 보면 그랜드 호텔

바람난 의사와 미친 이웃들

접시닭이 같기도 해."

세월이 흘러 일화처럼 전할 때면 사람들은 입을 모아 질투라고 말했다. "어머님은 너를 잃을까 두려웠던 거야." 분명 나를 위로하고자 하는 소리였다. 내가 그들이라도 비슷한 말을 했을 것이다. 입에서 나가는 대로 아무 말이나 대충.

어머니는 조금도 질투를 느끼지 않았다. 단지 균형을 잡도록 거들었을 뿐이다. "준수한 외모 맞아. 남부 유럽 스타일 맞다구. 하지만 그랜드 호텔 접시닭이도 잊지 마."

나는 자리에서 일어나 그녀를 물끄러미 바라본다. 그녀는 너무 줄어들어 사라질 지경이다. 구입 당시만 해도 꼭 맞았던 마리메코 원피스가 이제 두 치수는 커 보일 정도다. 그럼에도 확연히 그녀의 존재감을 느낀다. 흡사 방 구석구석을 가득 채우는 것만 같다.

나는 조용히 속삭인다. "나도 지금 당신 심정이랑 같아. 당장 베개 하나를 당신 얼굴 위에 놓고 싶어요. 아마 세게 누를 필요도 없을 거야."

대답 대신 어머니는 격렬하게 코를 곤다.

19

그곳에 내려앉다

전차 안에 한 남자가 끈질기게 매달려 있다. 그는 뼈가 드러나도록 말랐으며, 볼은 움푹 패어 있고, 약물 중독자 특유의 부정교합을 가지고 있다. 얼굴은 흉터로 가득하며 옷은 15년 전 유행스타일이다. 거기다 무릎은 살짝 굽어 두 눈이 반쯤 감겼다.

그는 거의 온 무게를 실어 전차 손잡이에 매달려 있다. 적어도 이 순간만큼은 다른 사람들보다 훨씬 나아 보인다. 그를 불안하게 쳐다보는 멀쩡한 승객들에 비하면 말이다.

과거 학교에서는 약물 중독에 관한 비디오를 틀어 우리에게 공포심을 불러일으켰다. 영상 속에서 약물 중독자들은 성치 않은 몸으로 이곳저곳을 배회했다. 우리는 매춘으로 타락한 사람

바람난 의사와 미친 이웃들

들을 비롯해 공중화장실에서 발견된 마약중독자들의 모습을 보았다. 화장실 바닥은 피와 대소변으로 뒤덮여 있었다. 그 순간 내 머릿속에 커다란 물음표 하나가 떠다녔다. '그들은 왜 이런 일을 저질렀을까?'

나로서는 도저히 이해할 수 없는 상황이었다. 누구도 우리에게 도취 순간 오는 무아지경에 대해 설명하려 들지 않았다. 일상의 한가운데서 그저 열기만 하면 가로질러 갈 수 있는 곳, 순식간에 다른 곳에 머물게 되는 그 어떤 문에 대해서.

'조심해.' 나는 스스로에게 말한다. '너는 더 이상 가족에게 보호받지 못해. 이제 아무것도 당연하지 않아. 너는 노년을 향해 가고 있으니까. 오롯이 혼자서 말이야.'

솔리 플라스에 내리자 문득 허기가 느껴진다. 너무 낯선 느낌이라 즉각 알아채지 못할 정도다. 처음에는 이미 무언가를 먹었다고 생각했다. 그러나 다시 생각해보니 어제 먹은 라자냐 이후 아무것도 입에 대지 않았다.

나는 몇 분 뒤 카페브레네리엣에 앉아 오늘의 커피와 키쉬를 주문한다. 심지어 비에른과 내가 정확히 1년 전에 앉았던 그 테이블에서. 나는 눈을 감은 채 입천장에 퍼지는 커피 맛을 느낀다. 하루 정도는 이렇게 무난히 흘러가도 괜찮다.

방금 계산대에 있는 아가씨가 좋은 하루를 보내라며 빌어주었다. 귀가 조금 따갑기는 하지만 크고 명랑한 목소리로였다.

앞으로 나는 완전히 혼자가 될 것이다. 늘 혼자였던 우리 어머니처럼. 그리고 오스카스 게이트의 집 계단을 오르며 생각한다. 내가 원하지 않았던 방식으로 생을 마감하게 될 거라고.

집에 들어가는 길에 우편함을 비운다. "전단지를 넣지 마세요!"라는 스티커가 붙었는데도 종이 뭉치로 가득하다.

어머니가 요양원으로 가고 집을 치우는 데만 꼬박 일주일이 걸렸다. 실내는 거대 동물이 모든 물건을 삼켰다 뱉은 것처럼 보였다. 여기 한 입, 저기 한 입. 상당수의 물건은 감히 내버릴 자신이 없었다. 여전히 어머니를 기다리고 있어서다. 그녀는 어느 날 건강한 버전으로 다시 나타나 물건들이 어디 있는지 물어보리라.

나는 주방에서 우편물 속에 섞인 청구서를 따로 빼놓는다. 여기 살던 최근 몇 년 동안 그녀는 전화로 걸려오는 모든 광고를 받아들였다. 잡동사니나 보조식품에는 관심이 전혀 없는 사람이었다. 하지만 언제부터인가 집을 자잘한 장식품, 도자기 인형, 산타 무늬 접시 등으로 채우기 시작했다. 아울러 비타민이나 항산화제가 담긴 약상자들이 헤아릴 수 없을 정도로 늘어났다. 나는 집을 정리하며 찾아낼 수 있는 모든 계약을 해지했다. 그럼에도 집에는 여전히 잡지나 비타민 통이 굴러다닌다.

그때 누군가 현관문을 연다. 나는 문이 쾅 하고 닫히는 소리를 듣는다. 동시에 여행 가방 하나가 질질 끌리며 들어온다. 비에른이 주방 문턱에 서 있다. 그는 트렁크를 벽에 세워 두고 맞

바람난 의사와 미친 이웃들

은편에 앉는다.

"아니야." 나는 그저 한마디 내뱉는다.

그러면서 첫걸음을 딛고 말았다. 이 상황은 마치 휴대폰 메시지와 같다. 최선은 가만히 있는 것이지만 지금 나는 다시 그에게 답을 해버렸다.

비에른도 알고 있다. 자리에서 일어나 커피를 끓이러 가는 그의 얼굴에 미소가 보인다. 그는 커다란 모카 포트를 들고 이쪽을 바라본다. 나는 고개를 가로젓는다.

"그래, 좋아. 그럼 내가 마실 커피만 끓여도 될까?"

나는 끄덕인다. 그러자 비에른이 작은 모카 포트를 꺼낸다. 그 안에 물과 커피를 채우고 위아래를 돌려 맞춘 다음 가스레인지에 올린다. 그러고서 다시 자리에 앉는다.

"자, 나는 린다와 완전히 헤어졌어. 두 번 다시 돌아가지 않을 거야."

"내가 오늘 건강해질 것 같은 느낌을 받았거든. 그런데 지금 다시 아픈 것 같아."

"내가 가길 원해?"

"……응."

"가기 전에 커피 좀 마셔도 될까?"

나는 어깨를 으쓱인다.

"해. 하고 싶은 대로."

비에른은 말없이 바닥을 본다. 이어서 가스레인지를 끄고 열쇠 하나를 식탁 위에 놓는다.

"이거 다시 돌려줄게."

"어디로 가려고?"

"저기 아파트나 하나 알아보려고."

나는 일어나서 다시 가스레인지를 켠다.

"가서 앉아."

비에른이 앉아 내 손을 잡는다. 꼭 1년 전의 우리 모습 같다. 그렇게 잠시 앉은 상태로 가만히 머문다. 그러다 내가 입을 연다. "린다는 어때? 네가 나올 때 어떤 반응을 보였어?"

"린다는 도로 옛날로 돌아갔어. 그리 오래가지 않더라. 며칠 전 또 이혼하고 싶다더라구. 거의 다시 생활이 되어버렸지. 지금의 위기가 사라지면 판에 박힌 일상으로 돌아갈 거야. 하지만 그건 아니야. 나도 더 이상은 못 하겠어. 이제 지긋지긋해."

"이번에는 무슨 이유로 이혼하자는데?" 내가 묻는다. 예전의 호기심이 다시 돌아온 것만 같다. 그러면서 스스로에게 묻는다. 언제 무엇이 사라지기는 했던가. 그러나 사실 아무것도 사라지지 않았다. 모든 것이 그대로 있다. 단지 모양만 달라졌을 뿐이다. 몇 번이고 되풀이하여.

"내가 자동차 정기 점검을 잊어버렸거든. 목요일 밤에 차를 끌고 나와 한참을 돌아다녔어. 몇 번이나 연락을 시도했는데 너는 답을 하지 않았지. 그리고 곧장 집으로 가 린다에게 말했어. 이혼하고 싶다고. 당분간 별거하자는 뜻이 아니었어. 나는 린다에게 집이랑 차를 전부 가져도 된다고 말했거든. 린다는 그냥 웃더라. 그러다 내가 짐 가방을 챙기니까 갑자기 욕을 퍼붓기 시작했어.

갑자기 이해가 되지 않았어. 내가 왜 그 사람을 평생 두려워했는지. 몸집도 내가 두 배는 더 큰데 린다는 그 조그만 얼굴로 호통을 치고 있잖아. 지난 세월 내내 질러대던 그 모습 그대로. 나는 그 사람이 이혼 협박하기 직전임을 알 수 있었어. 그 순간 짐 싸기를 멈추고 침대 모서리에 앉았어. 제대로 한번 들어나 보려고. 그러자 린다가 자제를 하데? 만약 이혼 얘기를 뱉었다면 꽤나 재밌었을 거야. 생각해보면 별난 습관을 참 오래도 가지고 있었지.

어쨌든 계속 짐을 꾸리자 린다는 울기 시작했어. 그런데 지난번처럼 마음이 흔들리지 않더라. 이제 나는 알아. 낡고 오래된 삶이 바로 코앞에 잠복하고 있다는걸. 그리고 아무것도 달라지지 않을 거라는걸. 내가 트렁크를 끌고 나가려 하자, 린다는 당장 죽어버리겠다고 했어. 여태까지 린다가 그런 말을 한 적은 없었거든. 그래서 애초 계획대로 호텔에 묵을 순 없었어. 여차저차 하루는 잘 지나갔어. 우리 둘은 일하러 나가지 않았고, 나는 너와 수차례 연락을 시도했지. 그런데 너는 왜 답을 하지 않는 거야?"

"그냥, 더 이상 할 수가 없었어."

모카 포트가 격하게 울부짖기 시작한다. 비에른은 자리에서 일어나 가스레인지를 끈다. 이어서 잔 하나를 꺼내 커피를 따르고 앉는다.

"린다가 누구한테 그렇게 전화랑 문자를 퍼붓는지 묻더라. 나는 엘린이라고 대답했지. 그러자 엘린이 자기 남편을 버렸듯 나도 버릴 거라고 하더군. 온갖 일이 한꺼번에 터질 거라며 어쩌고저쩌고. 그런 건 전혀 신경 안 쓴다고 받아쳤지. 지금 여길 떠날 거라고, 더는 있고 싶지 않다고. 엘린이 나를 원한다면 좋겠지만 그게 아니라면 아파트를 하나 구할 거라고 했어. 이번엔 아이들과 연락을 끊겠다고 위협하더라. 하지만 아이들은 평생 겪어서 알아. 내가 어떻게 살았는지 다 알고 있어. 어쩌면 아이들은 괜찮다고 할지도 몰라."

"아이들이 뭐라 할 거 같아?"

"나도 몰라. 하지만 다른 건 몰라도 너를 좋아하게 될 거야."

"절대 아닐걸."

"상관없어. 아이들은 이제 다 큰 성인이야. 애정과 보호를 받으며 부족함 없이 자랐어. 불평할 이유가 전혀 없지."

"만약 린다랑 내가 불난 집에 갇히면 너는 린다부터 구할걸."

"정말 그렇게 생각해?"

"너의 본능이 애들 어머니를 구할 테니까."

"그렇지만 화재로 죽을 확률은 낮아. 거기다 네가 린다와 같은 집에 머물 확률은 말할 것도 없지."

"로또 당첨보다 낮은 확률이야 . 세상에 태어나는 일처럼 드물거나."

"맞아. 흠, 내가 생각을 좀 해봤는데 뭔가 맛있는 음식을 만들어야겠어. 말하자면 오늘을 기념하는 의미로."

"기념할 일이 뭐가 있는데?"

"지금부터 함께 사는 기념 말이야. 우리의 새로운 삶을 축하하면서."

"그런 거야? 우리가 같이 산다고?"

"응."

"다행이네. 적어도 둘 중 하나는 나아갈 방향을 알고 있으니까."

"너 가지 좋아해?"

"응. 우리 소파는 새로 사지 않는 거다. 맞지?"

"그 이야기는 나중에 해도 되잖아. 인터넷에 예쁜 가구가 얼마나 많은데. 어떻게 꾸밀지 다 생각해둔 아이디어가 있어."

"소파를 사야 한다면 그건 네가 알아서 해."

"당연하지. 내가 알아서 할게."

"나랑은 상관없는 거다. 손톱만큼도 신경 안 쓸 거야. 색깔도 모양도 마음대로 골라. 나는 그냥 거실로 들어올 거고, 그럼 거기 새 소파가 있는 거야."

"좋아."

"참, 대가족 모임도 없는 거야. 아이들을 초대한다거나, 보너스 가족을 부른다거나 뭐 그런 거."

"그럼, 그럼."

"못해도 꽤나 시간이 흘러야 할 거야. 우리가 그런 시도를 해보려면."

"아니, 아예 시작하지 않아도 괜찮아."

"어쩌면 1년쯤 뒤에? 아니면 따로 초대하거나."

"그건 지금 생각하지 않아도 돼."

바람난 의사와 미친 이웃들

감사의 말

시셀 그랜, 리브 하겐, 페터 에릭 하겐, 안네 리세 요미스코, 힐데 요르겐센, 벤트 크발빅, 알바 데 피게이레두 리케, 아니트라 리케 그리고 엘라 데 피게이레두 리케에게 고마움을 전한다. 또한 내 글의 편집자인 카트린 나룸에게 특별히 큰 감사의 마음을 표한다.

더불어 여러 가지 이유로 무명으로 남아야 하는 두 사람에게 고맙다는 말을 하고 싶다. 당신들 둘이 없었다면 이 책은 절대 세상의 빛을 보지 못했으리라.

옮긴이 **장윤경**

숙명여자대학교에서 정치외교학과 독어독문학을 전공하였다. 졸업 후, 독일로 건너가 프랑크푸르트대학교와 다름슈타트대학교에서 공동으로 국제관계 석사학위를 취득했다. 귀국 후에는 다양한 분야에서 통번역 활동을 해왔으며, 현재 출판번역 에이전시 베네트랜스에서 전문번역가로 활동하고 있다.
옮긴 책으로는 《정신과 의사의 소설 읽기 1605》《방구석 시간 여행자를 위한 종횡무진 역사 가이드 1464》《아이가 내 맘 같지 않아도 꾸짖지 않는 육아 6840》《무례한 시대를 품위 있게 건너는 법 5463》《No! 백번 말해도 No!》 등이 있다.

바람난 의사와 미친 이웃들

2021년 10월 21일 초판 1쇄

지은이 니나 리케
옮긴이 장윤경
펴낸이 김상현 최세현 **경영고문** 박시형

책임편집 윤정원 **디자인** 박선향
마케팅 양봉호, 이주형, 양근모, 권금숙, 임지윤, 신하은, 유미정
디지털콘텐츠 김명래 **경영지원** 김현우, 문경국
해외기획 우정민, 배혜림
펴낸곳 팩토리나인 **출판신고** 2006년 9월 25일 제406-2006-000210호
주소 서울시 마포구 월드컵북로 396 누리꿈스퀘어 비즈니스타워 18층
전화 02-6712-9800 **팩스** 02-6712-9810 **이메일** info@smpk.kr

ⓒ 니나 리케(저작권자와 맺은 특약에 따라 검인을 생략합니다)
ISBN 979-11-6534-418-4 (03850)

쌤앤파커스(Sam&Parkers)는 독자 여러분의 책에 관한 아이디어와 원고 투고를 설레는 마음으로 기다리고 있습니다. 책으로 엮기를 원하는 아이디어가 있으신 분은 이메일 book@smpk.kr로 간단한 개요와 취지, 연락처 등을 보내주세요. 머뭇거리지 말고 문을 두드리세요. 길이 열립니다.